고블린 슬레이어 외전2
악명의 태도
다이 카타나
中
DAIKATANA
The Singing Death
© lack

과거의 용사, 백금 등급으로 헤아리던 자는
오로지 홀로 이것과 맞섰다고 하는데…….
일단 그 기골부터 용기 있는 자라 불리기에
걸맞다고 생각했다.
© lack

“데리러 왔어! 자, 같이 모험하러 가자!”
© lack

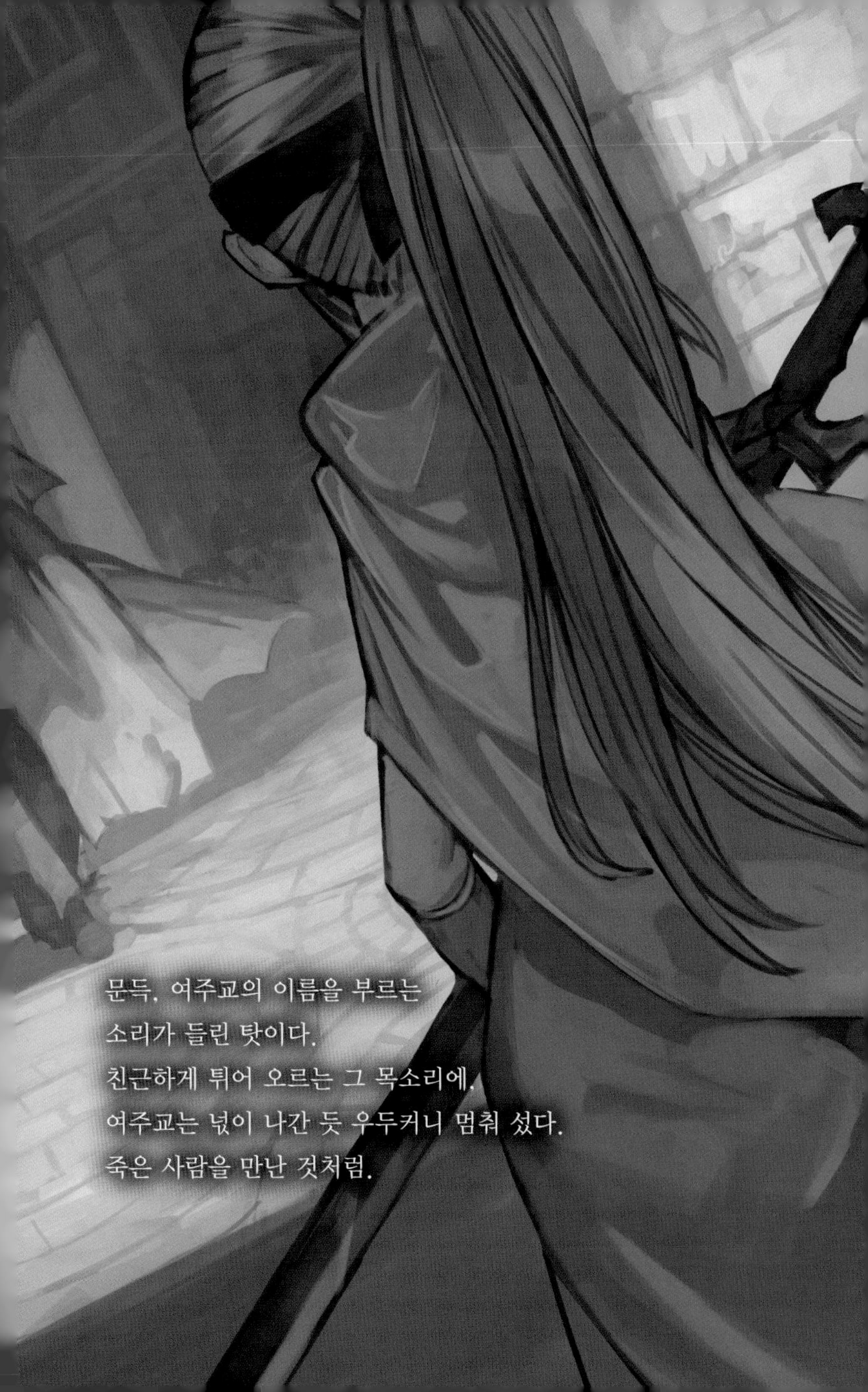
문득, 여주교의 이름을 부르는
소리가 들린 탓이다.
친근하게 튀어 오르는 그 목소리에,
여주교는 넋이 나간 듯 우두커니 멈춰 섰다.
죽은 사람을 만난 것처럼.

CONTENTS

DAIKATANA

The Singing Death

고블린 슬레이어 외전2

악명의 태도

다이 카타나

中

저자 카규 쿠모

일러스트 lack

DAIKATANA

The Singing Death

Character 인물 소개

You are the Hero

당신

G-SAM
HUMAN MALE

사방세계의 북방에 있는, 《죽음의 미궁》의 입구에 생긴 성채도시. 그곳에 이제 막 도착한 흄(인간) 모험가. 만도(灣刀)의 술리를 갈고 닦은 전사.

Blessed Hardwood spear

여전사

N-FIG
HUMAN FEMALE

당신들이 성채도시에서 만난 소녀. 이미 미궁에 들어간 적이 있는『경험자』. 창을 다루는 흄 전사.

Sword Maiden lily

여주교

G-BIS
HUMAN FEMALE

당신들이 성채도시의 주점에서 만난 소녀. 과거의 모험에서 눈에 상처를 입었다. 지고신의 권능으로『감정』을 할 수 있다.

DAIKATANA The Singing Death

One of the All-stars

종누이

G-MAG
HUMAN FEMALE

당신과 함께 성채도시로 찾아온, 당신의 종누이. 마음씨 착한 기질이며 누나 행세를 하지만, 좀 빠진 구석도 있다. 후열에서 지휘를 맡는 흄 마술사.

Hawkwind

하프 엘프 척후

N-THI
HALF ELF MALE

성채도시로 오는 도중에 당신들이 만난 모험가. 눈썰미가 좋고, 자리를 수습하는 것을 잘한다. 파티의 척후(스카우트)를 담당한다.

Elite solar trooper, special agent and four-armed humanoid warrior ant

미르미돈 승려

G-PRI
MYRMIDON MALE

당신들이 성채도시에서 만난 모험가. 미궁의 『경험자』로서, 당신들의 참모 역할을 담당한다.
교역신을 섬기는 미르미돈 승려.

—시작이 무엇이었는지, 이미 아는 자는 없다.

가여운 농부가 주춧돌을 파낸 것인지. 어리석은 아이가 사당의 봉인을 깬 것인지. 하늘의 화석(火石)인지.

어쨌든지 《죽음》이 온 대륙에 흘러넘친 것은, 그리 멀지 않은 어느 날의 일이었다.

병이 바람을 타고 걸으며, 사람을 삼키고, 망자가 일어서고, 나무들은 말라 죽고, 공기가 응어리지고, 물은 썩었다.

그 시절의 왕이 포고를 내렸다.

『《죽음》의 근원을 찾아내, 이것을 봉하라』

온 대륙의 용사들이 떨쳐 일어났다. 그리고 그들이 차례차례 《죽음》에 먹혀 주검이 되었다.

그런 가운데, 어느 파티의 말만 남았다.

『북쪽 끝자락에, 《죽음》의 입구가 있다』

누가 그것을 찾아냈는지, 이미 아는 자는 없다. 그 모험가도 《죽음》 앞에 사라졌다.

《죽음의 미궁(던전 오브 더 데드)》.

사신의 아가리 그 자체인 나락의 구덩이로 사람들이 모이고, 어느 샌가 성채도시가 생겼다.

모험가들은 성채도시에서 동료를 모아, 미궁에 도전하고, 싸우고, 재화를 얻고, 때로는 죽었다.

그런 빛나는 나날이, 언제까지나, 언제까지나, 언제까지나, 반복됐다.

무한히 끓어오르는 부와 괴물, 영구하게 이어지는 습격과 약탈(핵 앤 슬래시).

생명이 물처럼 쏟아지고, 모험가들은 꿈에 빠져 어느샌가 눈동자에서 정열이 사라졌다.

그 뒤에 남은 것은 《죽음》과 마주보며, 잔불처럼 희미하게 타 들어가는 재와도 같은 모험의 나날—.

4의단 크리티컬 오브 더 타이거 맹호암살권(猛虎暗殺拳)

“이야아아, 꽤 순조로운 모양이네.”

그것은 당신들이 지하 2층의 탐색에도 익숙해진 어느 날 아침의 일이었다.

당신이 평소처럼 동료를 기다리며 주점의 탁자에 앉자, 눈앞에 훌쩍 앉는 자가 있었다.

“얘기 들었어. 그 초심자 사냥꾼을 몰살시켰다면서?”

바람이 살랑 불어온다. 후드 아래서 그림자가 흔들린다.

씨익. 유쾌한 기색으로 장난스러워 보이는 웃음을 짓는 젊은 아가씨. 조각상이 떠오르는 아름다운 몸의 능선.

—아아. 당신은 납득하면서 고개를 끄덕였다. 그 정보상이다.

잡다한 모험가가 붐비는 주점의 소란을 흘려들으면서, 당신은 그녀에게 감사 인사를 했다.

물론, 당신들을 칭찬해준 것에 대해서가 아니다. 정보를 제공해준 것에 대해서다.

“뭘, 신경 쓸 것 없어. 이쪽으로서도 나름대로 목적이 없었던 것이 아니니까.”

그런가. 당신은 딱히 그 이상 파고들지 않고, 자신의 손 안에 있는 잔을 만지작거렸다.

레몬수가 든 잔이었다. 동료들이 일어나 나올 때까지 식사는 하지 않는다.

오늘은 십중팔구 미궁에 들어가겠지만, 그래도 의논을 한 다음에 정해서 나쁠 건 없으니까.

"그래서, 다른 동료는?"

마구간에 두고 왔다. 아침저녁의 단련을 빠뜨리지 않는 당신을 따라오지 못할 것 같았으니까.

그러나, 그녀가 칭찬해주는 것에 다소 위화감을 느꼈다.

돈이 목적인 모험가들만 있는 주점에서는 딱히 당신들을 추켜세우거나 하는 자가 없었다.

무상의 선의로 움직이는 무리는 이 말세에 꽤나 귀중한 법……이란 것이리라.

무리도 아닌 이야기다. 당신 자신도 동료들을 데리고 가버린 점은 미안하게 생각하기도 한다.

뭔가 현세의 이익이 없다면 움직이기 싫다. 이리 생각하는 것은 참으로 자연스런 이야기다.

뭐 그런 기특한 당신과 당신의 동료들이다 보니, 자신들의 행동을 떠벌리고 다닌 기억은 없다.

그런데, 그렇다면 이 정보상은 어디서 당신들의 활약을 들은 것일까…….

"그야 당연히 길거리의 녀석들에게 들었지."

당신의 의문에 대해서, 정보상은 무슨 말을 하느냐는 듯 그렇게 대답했다.

“이름을 날린 모험가가 사람들 입에 오르내리는 건, 인사하는 김에 날씨 이야기를 하는 것과 같아.”

그녀는 그렇게 말하고, 훌쩍 한손을 들어 여급을 부르더니 레몬수를 부탁했다.

긴 토끼 귀를 흔들면서, 풍만한 가슴과 동그란 엉덩이, 꼬리를 살랑살랑 움직이며 물러가는 모습을 배웅하고 당신은 생각했다.

—아마도, 정보의 출처는 무구상의 주인장이나, 교역신의 수도녀이리라.

당신들이 초심자 사냥꾼의 소굴에서 철수한 다음, 그것에 대해 말한 것은 그 두 사람뿐이다.

회수한 인식표를 매장해주는 것도 다소의 기부가 필요해지는 법이다.

그렇다면, 무구상 주인이나 수도녀…… 수도녀의 성격을 생각하면 분명 그녀 쪽이 틀림없으리라.

—돈을 내놓으면 기꺼이 얘기해줄 법하군.

당신이 그런 추측을 말하자, 정보상이 「글쎄」 하며 깔깔 웃었다.

“뭐 순조로운 건 좋은데, 방심하면 죽는다니까. 그런 녀석들부터.”

당신은 불만스레 입술을 삐죽거렸다. 말이 심하지 않은가? 맞는 말이라고는 해도.

그러나, 그 이상의 반론은 안 한다.

며칠 이 주점에 나서 보면 싫어도 알 수 있는 일이니까.

엊그제까지 원탁 하나를 점거하고 있던 파티가, 어제는 없었다.

그리고 오늘은 그 원탁을 새로운 장비를 갖춘 파티가 점거하고 있다.

그들이 어느 정도 《죽음》에 저항할 수 있을지는 당신이 알 바가 아니다.

당신 자신도, 당신의 파티에 대해서도 마찬가지다.

"뭐 방심은 금물, 이라는 거야."

여자는 당신의 내심을 꿰뚫어본 것처럼 말하고 키득, 웃었다.

"지하 2층 다음은 3층, 3층 다음은 4층이야. 아직 갈 길이 멀지. 죽어 있을 수가 없잖아."

레몬수를 홀짝이는 그녀의 말에 당신은 고개를 끄덕였다. 그렇고 말고, 죽어 있을 수가 없다.

당신의 검이 닿는 범위는 이제야 고작 2층, 이제 슬슬 3층이 될까 하는 참이다.

그리고 지하 3층은 미답의 영역이 아니며, 이미 선구자가 있는 장소다.

자신의 검으로 갈 수 있는 곳까지 가고 싶다는 것이 당신의 바람이니, 3층에도 도전해야 하리라.

"뭐, 물론."

사색에 빠진 당신의 의식이, 그런 그녀의 말에 문득 현실로 끌려 돌아왔다.

"아직 지하 4층으로 가는 계단이 발견되지 않았다고 하지만, 말이야."

고개를 든 당신의 맞은편에는 반쯤 마신 레몬수의 잔이 놓여 있었다.

분명히 여급 중 누군가가 정리하는 걸 잊었음이 틀림없다. 당신은 그렇게 결론을 내리고, 의자에 고쳐 앉았다.

깨닫고 보니 주위의 술렁거림이 파도처럼 밀려들어서, 주점의 활기 한복판에 있는 자신을 자각한다.

어디, 이제 슬슬 파티의 동료들도 주점에 나설 무렵일 텐데—.

“미안하지만, 합석을 해도 괜찮을까?”

문득 말을 거는 목소리는 늠름하면서도 힘차고, 부러울 정도로 우아함이 가득했다.

고개를 돌리자, 그곳에는 번쩍이는 금강석의 갑옷과 방어구를 갖춘 미장부의 모습이 보였다.

그 옆에는 마치 그림자 같은, 자그마한 체구의 은발 소녀가 대기하고 있었다.

—레아인가?

한순간 그렇게 생각했지만 아니, 아마도 흄이리라. 그러나 기척이 흐리다. 척후(스카우트) 일까?

보는 바대로 혼자니까 상관없다고 당신이 말하자, 그는 고개를 끄덕이고서 당신의 맞은편에 앉았다.

소녀는 가까운 원탁에서 의자를 끌어오더니, 훌쩍 앉아서 다리를 달랑달랑 흔들었다.

이쪽 이야기를 자세히 들을 셈은 없다, 라는 것일까?

파티냐고 물어보자 「인연이 있었지」라고 금강석의 기사가 말했다.

“고아원 출신이라고 하는데, 이거 상당히…… 제법 도움을 받고 있다.”

가난뱅이 귀족의 3남이라고 들었는데, 그래도 역시 기사라는 것은 장비가 좋은 법이다.

이야기의 시작 삼아서 당신이 그렇게 말하자, 그는 「아니 뭐」 하

며 수줍게 볼을 풀었다.

"알맹이의 실력이 따라줘야지 않겠나. ……경하고는 한 번 정도 차분하게 이야기를 해보고 싶었다."

짐작이 가는 바는 있었다. 그러나, 당신은 그것을 말하지 않고 무슨 말이냐고 물었다.

"그렇게 겸손할 것 없어. 그 무뢰한 놈들, 경들이 토벌하지 않았나."

글쎄 어떨까? 당신은 어깨를 으쓱거렸다. 이 도시에 있는 모험가는 많다. 자신들이라고 단정할 수는 없다.

"지하 3층까지 도전할 실력이 있는 자들을 꼽아보자면, 분명히 이 주점에도 있기는 하겠지만."

금강석의 기사는 그렇게 말하고, 날카로운 눈매로 주점에 모여 있는 모험가들을 둘러보았다.

원탁 위에 재보를 펼치고, 술을 들이켜고, 기쁨을 감추지도 않고 소란을 피우는 그들.

떠들썩하고, 활기가 있고, 그러나 어쩐지 허무적인 광경에 금강석의 기사는 눈을 깔았다.

"스스로 곤궁에 도전하여 공략하고자 하는 모험가는, 우리들과 경의 파티 정도밖에 없겠지."

당신은 그 말에서 혐오의 울림을 느끼고, 글쎄 어떨까, 의문스레 말하며 고개를 좌우로 흔들었다.

뭐 사리사욕을 위해서라면 당신도 다를 바가 없는 것이다.

목숨을 걸고 돈을 번다. 세상을 구한다. 검의 길을 걷는다. 모든 것의 가치는 같으리라.

그 방침(얼라인먼트)이 어떻든지, 그것에 우열은 없으리라.

결국, 마지막에는 살 것인가 죽을 것인가 밖에 없으니까.

"……경은 상당히 흥미로운 방식으로 사물을 보는군."

흐으음. 그렇게 숨을 흘린 금강석의 기사는, 뭐 좋아, 하고 고개를 끄덕이더니 화제를 바꾸었다.

"물론 신진기예, 힘을 쌓아가고 있는 파티의 소문도 들었어."

있을 법 하다. 이 도시 정도로 모험가가 격렬하게 드나드는 도시도 없으리라.

그도 그럴 것이, 다른 도시— 길드하고는 모든 사정이 다르다.

사회 공헌 따위는 생각할 것도 없다. 도달 계층과 벌어들인 금액, 다시 말해서 오직 기량만 따진다.

등급이니 신용이니 따위는 상관없이, 실력 하나로 성공하기에는 절호의 장소이리라.

이 미궁에서는 오직 그것이 전부다.

"듣자 하니, 경과 마찬가지로 가느다란 곡도(사브르)를 휘두르는 위인이 리더라고 하더군."

—허어.

당신은 무심코, 허리에 찬 만도의 자루에 손을 올리고 있었다.

그것은 참으로 흥미로운 일이다. 언젠가 기회가 있으면 만나보고 싶긴 하다만.

"인연이 있고, 서로 살아 있다면, 만나지 못할 것도 없겠지."

그것도 그렇다. 당신은 웃으며 금강석의 기사가 한 말에 동의했다.

그런데 이른 아침부터 이렇게 무구를 장비하고 있는 것을 보니,

탐색인가?

"그래."

고개를 끄덕이고하는 기사. 허리에는 직검과 함께, 단검을 차고 있었다. 전에는 없었던 것이다.

"아아, 이거 말인가……? 그래. 지난번에는 실수를 했으니, 접근전에서 쓸 수 있도록 대비했지."

뽑아서, 찌른다. 그런가, 역수라면 한 동작으로 할 수 있다는 거군.

당신은 그 궁리에 소리를 흘리면서, 지하 4층으로 가는 계단이 발견되지 않은 것 같다는 소문을 확인했다.

"허어, 소식이 빠르군."

금강석의 기사는 숨기지도 않고, 맞는 말이라고 긍정해 주었다.

당신도 과연 누구에게 들었는지—. ……뭐, 크게 중요한 일도 아니리라.

무운을 빈다. 그렇게 말하자, 금강석의 기사는 잠자는 사자처럼 웃었다.

"그래. 그래 주면 더 듬직할 것이 없지."

그리고—.

"아앙, 에잇, 늦어져서 미안해. 어제 그 점액, 아직도 좀 끈적거려, 서……."

문득 경쾌한 발걸음과 함께, 그렇게 졸음이 담긴 목소리가 울렸다.

당신의 원탁에 다가온 것은 돌아볼 것도 없이 여전사이리라.

그녀의 목소리는 당신의 등 뒤에 다가옴에 따라서 뚝 끊어졌다.

문득, 그 은발의 자그마한 소녀가 아주 진지한 표정을 지으며 당신에게 말을 걸었다.

"슬라임?"

슬라임이다.

"그렇구나."

한순간 침묵한 다음, 소녀는「실례」하고 말하며 고개를 돌리더니 성대하게 어깨를 떨기 시작했다.

금강석의 기사는 뭐라 말하기 어려운 표정을 지었다. 당신은 어깨를 으쓱거렸다. 사실이니까 어쩔 수 없다.

당신의 등 뒤에서 여전사가 어떤 표정을 짓고 있을지 상상하는 것은 대단히 유쾌했다.

§

"하하하하하하하하하하하! 기야 뭐, 슬라임이 잘도 달라붙는다카이!"

하얀 윤곽선(와이어프레임)이 흐릿하게 떠오르는 어둠에, 하프 엘프 척후의 밝은 웃음소리가 울려 퍼졌다.

당신은 옆에 앉아 있는 여전사 쪽에 의식적으로 눈길을 주지 않고자 마음먹으면서, 그저 무언을 지켰다.

지하미궁 안이다. 아무리 휴식중이라지만, 방심은 금물이라고 당신은 주장한다.

"하지만 전위니까요. 어쩔 수 없는 부분이 있다고…… 생각하는데요."

종누이가 조심조심 옹호한다. 뭐 무리도 아니라고 당신도 생각했다.

대오를 짜면서 전위를 맡는 것은 당신과 그녀, 그리고 미르미돈 승려 세 사람.

맨 먼저 놈들이 뛰어들 확률은 3분의 1이니까, 이건 이제 운의 문제이리라.

"그리고, 이 미궁의 슬라임은 그렇게까지 성가신 게 아니다."

그 3분의 1을 차례차례 피해내고 있는 미르미돈 승려가 다소 어색하게 턱을 울렸다.

그는 피를 떨쳐내듯 휘둘러 곡도에 묻은 점액을 털어내고, 천천히 허리의 칼집에 넣었다.

말을 만들어낸 바람의 신, 교역신의 신도라 그런지 그 어조에는 함축적인 것이 있었다.

그의 이야기를 들어보니, 슬라임이라고 해도 종류가 다양하다. 지식을 가지고, 술법을 다루는 것도 있다고 한다.

"산이나 독으로 녹이면서, 그대로 통째 집어삼키지 않는 것만 해도 운이 좋지."

그럴 듯하다. 딱히 위로가 되지는 않겠지만, 지하 1층에 나타나는 슬라임 놈들은 분명히 약한 적이다.

당신이 그런 생각을 하고 있는데, 여전사에게 사사삭 다가간 종누이가 살며시 상태를 살피고 있었다.

"……괜찮아요?"

"…………응."

여전사는 풀이 죽은 어린애처럼 순순히 고개를 끄덕였다.

축축하게 젖은 의복을 갑옷 위에서 쥐어짜고, 얼굴을 닦는다. 그리고 천천히 일어섰다.

그리고 그녀는 폭풍 전의 고요한 바다가 연상되는 온화한 미소를 지었다.

"……나중에 웃은 걸 후회하게 만들어 줘야지. 응?"

"어이……쿠야."

그 웃음을 보고, 하프 엘프 척후의 얼굴이 파르르 떨렸다.

당신은 가슴 속으로 몰래 재앙을 피하는 주문을 두 번 세 번 반복해서 읊조리고, 어디 보자, 사고를 회전시켰다.

일단 허를 찔러 덤벼든 슬라임 놈들은 베어버렸다. 재수가 좋은 건지 나쁜 건지, 알 수가 없다.

당신은 몇 번이고 반복해서 오갔던 지하 1층의 통로, 그 안쪽으로 눈길을 주었다.

하얀 윤곽선이 이어지는 암흑의 가장자리는, 아무래도 결코 익숙해질 것 같지 않은 죽음의 냄새가 떠돈다.

"저, 저기."

그런 당신의 소매를, 여주교(비숍)가 쿡쿡 당겼다.

무슨 일인지 묻자, 그녀는 부스럭부스럭 지도를 그린 양피지를 펼치며 다가왔다.

"오늘은…… 지하 3층에 도전, 하는 거죠?"

그럴 셈이다.

당신은 응답하며 부담 없이 고개를 끄덕인 다음, 그럴 셈이라고 반복해서 자신의 결의를 새롭게 다졌다.

—딱히 그 금강석의 기사를 보고서 마음이 급해진 건 아니다.

그럴 것이다. 당신은 자신에게 들려주는 것처럼 말을 거듭했다.

지하 2층의 탐색도 순조로우며, 자신의 기량을 확인하기 위해서도 나아가고 싶다고 생각한 것이다.

이 죽음의 미궁을 나아가는 최전선에서, 과연 자신의 검이 통할지 아닐지…….

“그러면, 가는 길을 새삼 확인해야겠어요……. 최단 루트면 되겠죠?”

“일일이 계단까지 가야 하는 게 나쁜 거야…….”

아직도 징징거리며 여전사가 삐져 있다. 당신은 그 모습에 쓴웃음을 지으면서, 여주교에게 부탁한다 말했다.

“네. 맡겨 주시어요.”

여주교는 그 가녀린 표정을 풀면서, 기쁜 기색을 드러내며— 사명감을 띠면서 진지하게 고개를 끄덕였다.

지하미궁은 광대하다. 지도 담당이 없으면, 어떻게 나아가야 할지 당신은 알 수가 없었다.

이 세상에서 가장 깊숙한 미궁이라고 허풍을 떠는 자도 있지만, 도무지 농담 같지가 않다.

탐색과 전투에 정신을 집중하고 있는 탓이리라. 시간의 감각마저도 여기서는 애매하다.

아침에 들어가서, 나왔더니 밤. 하루라고 생각했더니 며칠이 지나 있었다, 이런 일도 있다고 한다.

물론 대개는 며칠 싸우는 사이에 집중력이 끊어져 파티가 괴멸하는 쪽이 많은 모양이지만.

며칠 동안 주점에 나타나지 않는 모험가는, 대부분 그대로 두 번 다시 나타나지 않는다.

물론— 그것을 굳이 화제로 삼는 자도 없다.

"여기 우두머리 자슥은 근성이 썩어 있을 기다. 틀림이 없다 참말로."

당신의 사색에 아주 진지한 표정으로, 하프 엘프 척후가 동의를 표했다.

"통로에 이래 변화가 없다 보니까, 걷다 보면 피곤해질 기다."

"한순간에 왔다 갔다 할 수 있으면 좋을 텐데. 그거, 《게이트(전이)》 주문 같은 걸로!"

육촌이 좋은 생각이 났어! 라고 말하듯 손뼉을 쳤다.

정말이지 참으로 좋은 생각이다. 《게이트》가 이미 잊힌 주문이라는 점만 넘어간다면!

"그리고 《게이트》도 만능이 아니지."

미르미돈 승려가 슬그머니 턱을 벌리고는 타각타각 위압적인 소리를 냈다.

"《게이트》의 함정에 걸린 녀석이나, 두루마리에 적을 좌표를 잘못 쓴 술사는, 대개……."

"?"

"……돌 안에 있다."

고개를 갸우뚱 기울인 **육촌**의 얼굴이, 다음 순간에 공포로 굳어버렸다.

흠칫 몸을 떨고서 몇 걸음 물러서더니, 조심조심 사방의 벽을 돌아보면서 어깨를 끌어안았다.

그 모습을 생긋 웃으며 지켜본 여전사가 척후의 어깨를 두드리며 심각한 어조로 말했다.

"책임이 중대한걸."

"……겁주지 마라, 참말로."

뭐 보물 상자를 열 때는 떨어진 장소에 있을 테니 신경 쓰지 말아다오.

당신이 그렇게 말하자 하프 엘프 척후는 「대자앙」 하며 한심스런 표정을 지은 다음, 깔깔 웃었다.

상자를 열 때 당신이 옆에 서 있으리라 마음을 먹고 있지 않았다면, 농담이라도 이런 말은 못하리라.

"……혹시, 저 어둠 안쪽에 뭔가 있을 지도 모르겠어요."

지도에 그린 잉크를 만지며 읽고 있던 여주교가 문득, 조용히 말했다.

여전사가 기우뚱 고개를 갸웃거리고, 얼굴에 달라붙은 머리칼을 떨쳐냈다.

"뭔가?"

"저도 알 수는 없습니다만……. 《게이트》의 마법진 같은, 것이."

"히이익!"

당신은 **육촌**의 굳어진 목소리를 흘기며, 팔짱을 끼고서 흐으음 신음했다.

어둠, 이라는 것은…… 지하 1층의 구석에 있는 암흑의 영역이리라.

이 어슴푸레한 어둠에 잠긴 미궁 안에서마저, 다소는 보이는 것이 있다.

어슴푸레 떠오르는 통로의 윤곽선이 그 증거다.

그렇지만, 일절 앞을 내다볼 수 없는 어둠 또한 존재하고 있었다.

지하 1층에서 2층을 왕복할 때, 당신들도 입을 쩍 벌리고 있는 그 앞을 지난다.

미궁의 입구가 괴물의 아가리라면, 그곳은 그야말로 심연의 입구일까…….

"거기 말이지이……."

여전사가 울적한 기색으로 말했다.

"도전한 사람도 있다고 듣기는 했지마안."

"돌아온 녀석은 없다 했던가?"

미르미돈 승려의 말에 그녀는 끄덕 고개를 끄덕여 응답했다.

일확천금을 노리는 모험가가 많은 이 도시에서는 그렇기에 괜한 **모험**은 선호되지 않는다.

그래도 도전한 목숨 아까운 줄 모르는 녀석들은 돌아온 기색이 없다, 그렇다면—.

"……역시 이 미궁 만든 자슥은 근성이 썩어 있는기라."

하프 엘프 척후가 내뱉는 것처럼 중얼거렸다. 당신도 완전히 같은 의견이었다.

"어, 어서 앞으로 나아가요! 안전제일, 안전제일이에요!"

아까부터 공포의 색이 사라지지 않는 **육촌**이 소리를 높였다. 당신도 완전히 같은 의견이었다.

당신은 고개를 끄덕이고, 여주교의 어깨를 가볍게 두드렸다. 이제 그만 가자. 갈 길이 멀어.

"아, 네!"

그녀는 몇 번이나 끄덕끄덕 고개를 움직이고, 재빨리 둘둘 지도를 말더니 일어섰다.

"그럼 가요!"

기합은 충분하다. 참으로 듬직한 일이다.

§

당신들은 그 다음, 몇 개의 방과 전투를 헤쳐 나가 긴 밧줄 사다리를 내려갔다.

지하 2층— 경관이 도통 바뀌지 않는 미궁에서는 자신이 어디 있는지도 애매하다.

어디까지고 이어지는 어둠, 떠오르는 통로의 윤곽선.

지도 담당을 맡은 여주교가 잉크의 감촉에 의지하여 당신들에게 지시를 보낸다.

"지하 3층으로 이어지는 밧줄 사다리는 예전에 발견됐으니까요. 여간 해선 헤매지 않을 거예요……."

안내는 맡긴다. 당신이 그렇게 말하고, 칼을 점검하고, 동료들의 상태를 확인하고서 통로를 나아갔다.

다행히도 지금까지, 배회하는 괴물 놈들과 마주치지는 않았다.

방을 지키는 놈들과의 전투는 피할 수 없지만, 교전을 최소한으로 억누르고 있는 것은 운이 좋다.

"새로운 장소에 도전하는 거니까요, 주문은 절약해야죠."

후위에서 주술적 자원(리소스)의 관리를 맡은 종누이가 마치 어린애의 용돈처럼 말했다.

“무슨 일이 있을지 모르니까요, 조심해야 돼요!”

그렇습니까 하고 당신이 받아 흘리는 모습을 보고, 옆에 가는 여전사가 키득 웃었다.

“너는 주문도 쓸 수 있었지. 그건 부러워어.”

딱히 그리 대단한 건 아니다. 당신은 어깨를 으쓱거리고, 힐끔 등 뒤를 보며 소리를 죽였다.

괜히 우쭐하게 만들고 싶지 않으니까 큰 소리로는 말 못하지만, 술자로서는 저쪽이 훨씬 위다.

“흐응?”

여전사가 어째 싱글싱글 웃는 것을 곁눈질로 노려보고, 당신은 모퉁이를 돌았다.

여전히 어둠에 눈이 익숙해졌는데도 불구하고 앞을 내다볼 수 없다는 것은, 참으로 기분이 나빴다.

무미건조한 미궁의 경관, 소리라고는 자신들의 발소리와 무구 소리뿐이다.

냄새마저도 무기질적이기 짝이 없어서는 전사의 오감도 마비되는 법.

당신은 전시에 집중력이 끊어지지 않도록 마음을 이완시키는 방도를 배워야 했다.

방심은 금물이지만, 여차할 때 긴장의 실이 뚝 끊어져 버리는 편이 위태롭다.

그렇기에 당신은 동료들의 수다를 용납하고, 그것에 스스로 끼어드는 것도 꺼리지 않는 것이다.

"요전의 전투에서는 《매직 미사일(힘의 화살)》을 썼지. 몇 번 쓸 수 있나?"

미르미돈 승려의 물음에 당신은 생각하고, 그리 많지 않다고 하며 셈해 보았다.

회수 자체는 두 번, 세 번은 되겠지만, 당신은 검객이며 아직 미숙하다.

칼날을 맞대는 와중에 주문을 몇 번이고 연발할 수 있는 여유는 없으리라.

"그러면 리더도 위에 돌아가면 주문 공부를 해야겠네요."

키득 여주교가 웃음을 흘렸다. 그녀는 천칭검을 짤랑 울리며 돌아보고, 앞길을 가리켰다.

"요전에 새로운 주문서를 샀으니까요……. 무척 도움이 된답니다?"

알고 있다고 당신은 대답했다. 2중의 의미다. 여주교는 그때의 기억이 완전히 빠져버린 모양이다.

그렇다. 모험과 모험 사이에 그녀가 종누이와 열심히 공부하고 있는 것을 당신은 알고 있었다.

깨닫고 있는 건지 모르지만, 그 지하 2층의 전투를 헤쳐 나온 이후로 더욱이다.

당신은 종누이에게 **그 애들**에 대해서 물어보거나 하지는 않았다.

또한, 질문을 듣지도 않았다. 그러면 그걸로 된 거라고 생각하고 있었다.

그래서 당신은 괜히 지긋지긋하단 표정을 지으면서, 봐달라고 하며 척후를 의지했다.

"아니다 대장, 공부는 중요하대이!"

어이쿠 이런.

"세상에는 읽기 쓰기 계산도 못하는 녀석들이 많다카이. 해두면 한끝이고 두끝이고 달라지는기다!"

팔짱을 끼고서 설교를 하면 대답할 말이 없다.

당신이 가능하면 검술 단련을 하고 싶다고 투덜거리자, 여전사가 괜히 목소리를 높였다.

"여기 들어봐, 동생이 뭐라고 하는데에?"

종누이다. 당신은 곧장 정정했다.

"그럼요 그럼요. 누나가 주문 공부를 단단히 봐줄게요."

시끄러워, **육촌**.

"……뭐 나는 어느 쪽이든 상관없다만."

미르미돈 승려가 괜히 턱을 타각타각 울리면서 숨을 내쉬었다.

"앞으로 나아갈 건지, 아니면 돌아갈 건지, 얼른 정해다오."

깨닫고 보니 당신들은, 방으로 이어지는 중후한 문 앞에 도착해 있었다.

여긴가? 손가락으로 가리키며 여주교에게 묻자, 그녀는 「네」 하며 작게 고개를 끄덕이고 천칭검을 쥐었다.

"지하 2층이라면, 고블린이 나오지 않는 것 같으니…… 갈 수 있답니다."

당신은 새삼 양 옆, 그리고 후위의 동료들을 둘러보고 그들의 장비를 확인했다. 문제는 없다.

"있지, 내가 걷어차도 될까아?"

아니, 이 역할을 양보할 수는 없다.

당신은 여전사에게 딱 잘라서 말하고, 있는 힘껏 문을 걷어찼다.

——!

눈사태처럼 안으로 뛰어 들어간 당신들을 기다리는 것은— 부패한 사람 모양의 괴물이다!

"좀비!"

곧장 정체를 간파한 누군가가 소리를 높였다.

모험가의 말로인지, 명부에서 불러낸 것인지, 썩은 시체가 일어서서 밀려들어온다.

미궁 안에서는 인연이 없었던, 썩은 고기와 내장에서 풍기는 농후한 《죽음》의 냄새.

그것은 독기와 뒤섞여 당신들의 코를 찌르고, 위에 경련을 일으켰다.

"우, 에에……."

여전사가 견디지 못하고 눈썹과 함께 표정을 찌푸리는 옆에서, 곧장 미르미돈 승려가 앞으로 뛰쳐나갔다.

"망자놈들이라면 《디스펠(해주)》에 약할 거다! 《돌고 돌아 바람이 되는 나의 신》!"

"맞출게요! 《검의 군주여, 부디 그 검으로—》."

여주교의 기도와 함께 미르미돈 승려의 마디진 손가락이 뒤집어지고, 복잡한 주인을 차례차례 맺었다.

"《—그들의 혼백을 고향으로 돌려보내라》!"

"《—저 자들을 묶는 저주를 끊어 주소서》!"

축도의 영창과 함께 내민 손바닥에서, 신기가 가득한 청량한 바람이 방으로 휘몰아쳤다.

부패한 살이 바람에 닿자마자, 부스스스 닿은 부분부터 무너져 내렸다.

—그러나, 그것이 끝이다.

몇몇은 골격을 유지하지 못하고 부스스 잿덩어리가 되어 뭉개졌지만, 그렇지 않은 개체도 있다.

삭아버린 육체에서 병소 같은 균사를 꿈틀거리며, 서서히 다가오는 망자놈들.

그것은 거의 인간의 움직임이 아니라, 어린애가 끌고 다니는 인형 같은 기이한 움직임이었다.

사지를 내던지고, 구르면서, 일어서서 걷는다는 개념에서 해방된 역겨운 놈들.

농밀한 《죽음》의 냄새에 주춤거렸지만, 여주교가 비명처럼 소리를 질렀다.

"이것은……! 단순한 언데드가 아닐지도 몰라요……!"

"상관할 것 없다. 어차피 몸을 파괴하면 움직이지 못한다……!"

전환이 참 빠르다. 당신은 미르미돈 승려의 말에 희미하게 웃고, 애도의 칼집을 당겼다.

곁눈질로 여전사를 보자, 그녀 또한 이미 창의 끝을 적진에 겨누고 희미하게 웃었다.

후위는 괜찮을까? 당신은 적에게서 눈을 돌리지 않고 확인. 기세 좋은 하프 엘프 척후의 목소리가 응답했다.

"대장, 이쪽은 맡기라!"

"위태로워지면 술법을 쓰겠지만, 그 때는—!"

이어지는 종누이의 말에 당신은 말없이 고개를 끄덕였다. 그때는 지하 3층은 시기상조. 후퇴해야 하리라.

"갑자기 달려올지도 몰라. 물리지 않도록 해야 돼?"

슬금, 슬금. 거리를 좁히는 놈들을 보면서, 여전사가 농담처럼 말했다.

어디— 놈들에게 간격을 잴만한 지혜가, 과연 있을까 없을까?

아무렇게나 이쪽의 칼날의 거리로 들어오는 걸 보니, 당신은 그게 의문이었다.

당신은 하단에서 퍼 올리는 것처럼 만도를 휘둘러, 그 오른팔을 잘라버렸다.

"BRAAAAAAAAINNNNNN?!?!"

튀어 오르는 썩은 즙. 당신은 손목을 돌려 칼날을 돌리고, 대상단에서 한 칼에 왼팔을 베었다.

발을 구르며 몸통에 다른 발을 대고서, 당신은 하나를 걷어차 쓰러뜨렸다.

"내가 잡을게!"

그때 즉시 여전사가 뛰어들어, 긴 자루를 휘둘러 통렬한 일격을 가했다.

금속 봉에 얻어맞은 육체가 견디지 못하고 으지직, 근육과 뼈와 내장이 짓이겨지는 끔찍한 소리.

방의 바닥에 퍼지는 지저분한 액체에서 훌쩍 몸을 돌리는 걸 보니, 여전사의 움직임도 꽤 익숙했다.

지금까지 몇 마리의 슬라임 놈들을 뭉개 왔던가…….

"BRAINNNNNN! BRAAAAAAIN!!"

그러한 쓸데없는 생각을 하는 걸 보니, 우려했던 것처럼 당신의 긴장이 풀려 있었던 걸까?

옆에서 덤벼드는 망자가 당신의 팔에 이를 박았다.

통증은 없다. 당신은 혀 차는 소리를 흘리고, 팔을 떨치는 것처럼 미궁의 벽에 처박았다.

다음 순간, 가슴이 울렁거릴 것 같은 소리를 내며 방의 벽에 뇌수가 꽃을 피웠다.

"리더?!"

등 뒤에서 여주교의 목소리가 들린다. 당신은 괜찮다고 손을 흔들어 알렸다.

그보다는 눈앞의 머리 없는 시체가 먼저다. 주르륵 무너져 내리지만, 그것도 한때.

머리를 잃고서도, 덜컥덜컥 병적으로 경련을 반복하며 몸을 일으키지 않는가!

절단면에서 부패액을 뿜어내는 것뿐 아니라, 기괴한 균사 같은 것이 꿈틀거리고 있다.

"살아 있다고 생각하지 마라! 이놈들은 이미 그저 물체(씽)다!!"

미르미돈 승려가 기역(ㄱ)자 모양의 곡도로, 다른 시체의 다리를 휩쓸며 외쳤다.

—그렇군.

당신은 인식을 바로잡고서 칼등을 겨누어, 머리 없는 좀비의 몸통을 힘차게 때렸다.

콰드득, 요골과 척추가 부서지는 소리가 들리고, 이번에야말로 육체가 무너져 내렸다.

만약에 만약을 고려해 더욱이 몇 번 두드리고, 당신은 그 육체가 재로 돌아가는 것을 확인. 이걸로 둘.

—이것은 상당히 수고가 든다.

당신은 칼을 휘둘러서 내장을 떨쳐내고, 호흡을 정돈하고서 다음 적에게 돌진했다.

"무구 장비가 없대이. 운이 좋은 건지 나쁜 건지 알 수가 없다카이."

등 뒤에서 척후의 목소리. 수고는 들지만 돈벌이는 적다. 분명히 그렇다고 당신은 웃었다.

그러나, 이제 긴장을 푸는 일은 없으리라.

당신은 미끄러지듯 간격을 좁히고, 새로운 좀비의 어깨를 칼등으로 두 번 때렸다.

으드득 소리를 내면서 쇄골이 부서지고, 양팔이 추욱 늘어지는 것과 동시에 몸을 돌린다.

"여엉차!"

당신이 몸을 돌린 것과 교대하여, 여전사의 창이 긴 자루를 유연하게 휘면서 좀비를 때려눕혔다.

타격력이라는 것을 따져 보자면 이 파티에서 그녀의 창이 제일이리라.

창이라는 것은 찌르고 떨치는 것에만 눈길이 가기 십상이지만, 중량을 실어 때리는 것도 위협적이다.

"BBBBBBRAAIN……?!"

여전사의 공격으로 근육과 골격이 뭉개진 좀비가 재로 돌아가고, 세 번째가 소멸.

그녀가 이어서 창을 빙글 돌리더니, 물미로 발치의 시체에 일격을 휘두른다.

“후우. 숨이 차는걸, 에잇…….”

당신은 다 맡겨서 미안하다고, 땀이 스며 나온 이마에 달라붙은 머리칼을 떼어내며 투덜거리는 여전사에게 말을 걸었다.

그도 그럴 것이 칼등으로 때리기만 해서는, 아무래도 효과가 나빠서 좋지 않은 것이다.

요컨대 물리적으로 움직이지 못하게 하면 되는 것인데, 마무리를 지으려면 결국 뭉개버리는 것 말고는 방법이 없다.

그렇다면, 자연히 여전사의 분투가 열쇠가 되는 것인데—.

“나와 리더가, 수고와 정성을 들여서 때려눕히고 다녀도 될 텐데?”

곡도를 손에 든 채, 미르미돈 승려가 타각타각 턱을 울렸다.

그가 넘어뜨린 좀비를 꿰어 놓은 채, 여전사는「그렇네에」하고 고민스럽게 숨결을 흘렸다.

그리고 철제 신발로 으지직 머리를 짓밟아 뭉개면서, 생긋 웃으며 말했다.

“그러면 나머지 둘, 그렇게 해줄래?”

당신은 미르미돈 승려를 찌릿 노려보았다. 그는「이거 재미있어졌구만」하고 알 수 없는 소리를 해댔다.

숨을 내쉬고, 당신은 몸을 꿈틀거리며 다가오는 좀비 놈들을 돌아보았다.

동료가 어떻게 되든 상관없는 건지, 아니면 산 자에게만 흥미가 있는 건지.

전혀 고맙지 않게도, 놈들은 여기서 철수할 생각도 없는 모양이다.

“이대로라면, 《디스펠》말고, 주문과 기적을 쓰지 않아도 되겠어요.”

“그래요. 할 일이 없어지는 것은, 조금 유감이지만요…….”

당신은 여주교와 종누이의 목소리를 들으면서, 썩은 시체의 허리를 향해 칼을 옆으로 휘둘렀다.

정말이지, 주문은 줄어들지 않더라도 이쪽의 체력에는 한계가 있단 말이다.

앞으로 과연 지하 몇 층까지 이 미궁이 이어질 것인가?

그곳에 이르기까지, 어느 정도의 시체를 쌓아야 할 것인가?

정말이지 이 미궁의 주인(던전 마스터)은 근성이 썩어 있다…….

당신의 숨이 가빠질 무렵, 방에는 좀비 놈들의 말로가 되는 재가 드높이 쌓여 있었다.

§

“괜찮아?”

살포시 땀 냄새를 풍기면서, 자리에 쪼그려 앉은 여전사가 당신을 들여다보고 있었다.

당신은 무사하다고 응답하며, 팔 보호대에 파고든 치아를 예비 소검으로 파내는 작업을 계속했다.

방의 안전을 확인한 당신들은 지하 3층으로 내려가기 전에 짧은 휴식을 하기로 했다.

정화된 물을 이용해 진을 그리면, 단시간이지만 안전을 확보할 수 있기 때문이다.

좀비 놈들의 재를 모아둔 구석에서는 여주교가 무릎을 꿇고서, 그들의 명복을 빌고 있었다.

한편으로 미르미돈 승려는 하프 엘프 척후와 함께 보물 상자 확인을 하고 있으니, 신도 제각각이던가.

주저앉아 있는 당신과 여전사 너머에서는 종누이가 뭔가 짐을 주섬주섬 뒤지고 있었다.

―뭐, 괜한 짓을 하지 않는다면 **육촌**은 그냥 멋대로 하라고 두는 게 좋을 거다.

"네가 아니라, 보호대 쪽을 물어보는 건데?"

키득키득 웃으면서, 여전사는 무릎에 팔을 올리더니 턱을 괴고서 고개를 갸웃거렸다.

당신은 보호대 쪽도 그렇다고 덧붙여 대답하고, 마지막 치아를 팍 하고 떼어내는 것에 성공했다.

소리를 내면서 땅바닥을 굴러간 치아는 셋인가 넷. 모두 누렇고 불결하기 짝이 없다.

이거야 원. 숨을 내쉬고 그것을 떨쳐낸 당신은 여전사에게 위무의 말을 했다.

"정말 그래. 너무 나한테만 맡기지 말아달라니까."

그만큼, 슬라임 놈들의 상대는 이쪽에서 맡고 있지 않나?

당신이 그렇게 말하자 그녀는「에잇」하면서 토라진 것처럼 입술을 삐죽거리고, 당신의 옆구리를 팔꿈치로 찔렀다.

흉갑으로 방어되지 않은 부분을 찌르다 보니, 그녀의 일격에 당신은 숨이 막혔다.

"이놈, 여자애를 괴롭히면 안되잖아요."

이쪽이 당한 건데. 당신은 펄펄 화내는 **육촌**에게 반론했다.

뭘 하고 있었는지 보았더니, 그녀는 양손에 딱딱하게 구운 과자 같은 것을 안고 있었다.

출발 전에 식량으로 준비한 것과는 다르지만, 짐작하건대 이것은—.

"이제부터 지하 3층인걸요! 그 전에 제대로 먹어두지 않으면 안 돼요!"

에에잇, 이 **육촌** 녀석.

당신은 표정을 찌푸리고, 자 여기요 하고 내미는 과자를 두 개 받아 하나를 여전사에게 던졌다.

"후훗, 고마워."

그녀는 웃으며 과자를 입에 넣더니 「맛있어!」 하고 쾌재를 올렸다.

그것을 보고서 당신은 고개를 끄덕이고, 안심하며 구운 과자를 깨물었다.

오래 보존되도록 딱딱하게 구웠기 때문에 씹는 맛이 있고, 바삭바삭 소리가 난다.

덤으로 같은 목적으로 설탕을 듬뿍 썼기 때문에 입 안이 단 맛 일색이다.

다소 이상으로 사치스럽긴 하지만, 제각각에게 분배한 용돈을 쓰는 길은 자유다.

당신은 그것에 말참견할 생각이 없고, 그것에 불평을 하는 것도 사치이리라.

그래서 묵묵히 과자를 깨물고 있는데, **육촌**이 자신만만하게 풍만한 가슴을 내밀었다.

"대장, 맛보기를 시키믄 되긋나……."

보물 상자에서 얻은 전리품을 주머니에 넣은 하프 엘프 척후가 쓴웃음을 섞으며 다가와서 과자를 집었다.

그것을 들은 종누이가 우웅하며 눈을 삼각형으로 끌어올리고 당신을 노려보지만, 뭐 매번 있는 일이다.

이 종누이는 좀 덜렁이니까, 실패도 많아서 어디 시집갈 수나 있을는지 걱정스럽기 짝이 없는 것이다.

"어머, 실례네요! 누나는 요리에서 실패한 적은 그렇게 많이 없거든요?!"

그렇게 많이, 란 말이지. 이 **육촌** 녀석.

"나는 맛있으니까 신경 안 쓰지만, 동생이 참 심하네."

키득키득 여전사가 소리를 내면서 웃고, 「그렇지?」 하며 동의를 구하자 여주교가 쓴웃음을 지었다.

"기껏 만들어 오신 거니까요, 고맙게 먹는 편이 좋을 것 같아요."

보기 드물게 늦잠을 잤던 일, 요리를 만들어준 일, 만든 탓에 지각한 일.

그것에 과자가 맛있다는 것을 가미하면…… 우우움. 가산점이 많지 않은가?

"박하와 생강이 들어있지 않은 건 뭐지? 나는 뭐든지 좋다만……."

"그거라면, 이쪽일 거예요!"

일 거예요, 란 말이지. 이 육촌 녀석.

미르미돈 승려가 신경 쓰지 않는 기색으로 턱에 과자를 던져 넣었으니, 당신은 추궁을 피했다.

그보다도 앞으로에 대해서 당신이 말을 꺼내는 것을 보고, 여전사의 웃음이 짙어졌다.

뭐지? 당신이 눈길을 돌리자, 그녀는 「아무것도?」 하고 고양이처럼 눈웃음을 지었다.

당신은 그것에 연연하지 않고, 지도 담당을 맡고 있는 여주교에게 지도의 확인을 시작했다.

"아, 네. 그러니까……."

질문을 들은 그녀는 주섬주섬 양피지를 펼치고, 잉크의 감촉을 손가락 끝으로 더듬으며 조용히 고개를 끄덕였다.

"……계단이 있는 장소는 이제 눈앞이니, 지하 3층으로 이동 자체는 괜찮답니다."

"지하 3층을 그리기 시작할 때는, 계단…… 밧줄 사다리의 위치에 주의해라."

오독오독 구운 과자를 턱으로 부수고, 그 틈으로 조각을 흘리면서 미르미돈 승려가 끼어들었다.

종누이가 「어머나어머」 하는 기색으로 법의 자락에 묻은 그것을 손가락으로 집어주었다.

미르미돈 승려는 곁눈과 더듬이를 그쪽으로 보낸 다음, 아무 일도 없는 것처럼 태연하게 말을 이었다.

"위층의 바로 아래에 펼쳐지고 있다고 장담할 수는 없으니까."

만일《게이트》의 두루마리를 얻었을 때,《게이트》의 함정에 걸렸을 때, 좌표가 다르면 치명적이다.

어딘지 모를 장소로 날려가서 위치도 알 수 없는 것보다는 그나마 낫다.

아까 들은 이야기를 비추어볼 때, 어쩌다가 통로에 나오게 되는 기대는 안 하는 편이 좋으리라.

"드디어 3층이가……."

하프 엘프 척후가 팔짱을 끼고서 어려운 표정으로 끙끙거렸다.

"무슨 일인데에?"

여전사가 스르륵 고개를 갸웃거리자, 그는「별 거 아니래이」하고 중얼거렸다.

"지금은, 바닥에 함정 같은 건 거의 없는데 말이다, 앞으로도 그럴 기라고 장담할 수가 없다, 안하나."

"아아……."

분명히 그렇다며 고개를 끄덕인 것은 여주교였다. 지도에 함정의 표식을 적어두는 것도 그녀의 책임이었다.

위층에서도 함정다운 함정이 없지는 않았다. —그 암흑의 영역도 함정이라고 하면 함정이리라.

그래도 치명적이라고 부를 수 있는 것은 적었고, 당신들은 그렇게 당황하지도 않았다.

그러나, 다음 층도 그렇다. 따위로 근거 없이 선입관을 품어서는 안 되리라.

"지금까지의 계층을 답파해온 녀석들을, 방심시켜서 처치할 셈일지도 모르겠군."

종누이가 과자 부스러기를 청소해주는 걸 내버려두고, 미르미돈 승려가 진지한 기색으로 말했다.

하프 엘프 척후는 뭐라고 말을 해야 할까 망설인 끝에, 그것에 맞추어 긴박감을 드러냈다.

"참말로, 이 미궁의 주인은 근성이 썩은기라."

어째서인지 당신 쪽을 보고, 여전사는 웃음을 참으며 어깨를 떨었다. 당신은 코웃음을 쳤다.

그런 여전사 옆에서, 여주교가 입술에 손가락을 대고 울적한 기색이었다.

"다른 모험가 분들께서, 지도를 보여주신다면 좋겠지만요……."

"아하 마 기는 무리 아니긌나?"

하프 엘프 척후가 어깨를 으쓱거리고, 고개를 옆으로 저으며 응답했다.

"목숨 걸고 알아낸 정보, 밥벌이의 양식아이겠나. 돈을 준다고 해도 간단히 양보는 못할 기라."

당신도 그 의견에는 동의하는 부분이 있었다.

우리들이라면 모를까, 다른 파티하고는 같은 모험가라고 해도 동료나 친구 따위가 아니다.

그 가난뱅이 귀족의 삼남이라면— 이라고는 생각하지만, 그것마저도 제멋대로 하는 이야기라고 하면 제멋대로다.

당신 또한 모두와 함께 걸어 다니며, 여주교가 정성 들여서 그린

지도를 무상으로 건네고 싶지는 않았다.

“……그렇, 네요.”

당신은 여주교가 뭔가를 참는 것처럼 고개를 숙이는 것을 보고 볼을 긁적이고는, 한 마디 거기에 덧붙였다.

—물론, 모두가 동의를 한다면 또 다르겠지만.

“……앗! 네!”

여주교가 퍼뜩 고개를 들고, 머리칼을 흔들면서 기쁜 기색으로 몇 번이나 고개를 위아래로 움직였다.

그것을 보고 당신은 안도의 숨을 내쉬었다.

모두가 어째서인지 웃음이 짙어지는 것을 무시하고, 방금 전에 물린 팔을 굽혔다 폈다 했다.

괜히 해보는 동작이라고 스스로도 생각하지만, 상태가 어떤지 확인하는 건 중요했다.

보호대로 막아냈으니까 상처도 없고, 마비도 없다. 보호대도 손상된 건 아니다.

“그건 그렇고 운이 나쁘네.”

그러나 그런 당신의 움직임을 들여다본 여전사가 슬쩍 하얀 손가락을 뻗었다.

“지금까지 그렇게 무거운 일격을 받은 적 없었는데.”

여전사가 말하는 것은 당신의 보호대에 눈에 띄는 깨문 자국이리라.

그녀는 손톱으로 긁는 것처럼 보호대 위에 손가락을 미끄러뜨리고, 당신의 귀에 속삭이는 것처럼 한 마디.

“리더의 운이 나빠서 지하 3층에서 전멸하거나 그러면, 싫은거얼.”

찰싹 몸을 붙여 기댄 탓인지, 전해지는 체온과, 방호되지 않은 사지의 부드러움.

당신이 생각하기에, 그녀의 독을 품은 말은 어떤 종류의 농담이나 어리광 같은 것이 아닐까?

가학을 드러내는 것으로 긴장을 느슨히 풀거나, 그것을 부정해주기 바라는—.

"……응?"

—뭐, 그렇다고 해도 놀림 받는 쪽으로서는 못 견딜 일이다.

당신은 다 아는 것처럼 바라보는 그녀에게 어깨를 으쓱거리고, 느슨하게 풀어둔 장비의 끈을 조이기 시작했다.

이제 출발이다. 모두에게 무구와 장비를 확인하도록 재촉해야 하리라.

"그래요그래. 단단히 할게요오."

스르륵 고양이처럼 유연하게 몸을 뗀 여전사가, 척척 갑옷의 확인을 시작했다.

여주교는 다시 한 번 지도를 확인한 다음에 접고, 하프 엘프 척후도 손가락을 풀었다.

그런 가운데, 미르미돈 승려만 앉은 채로 꼼짝도 하지 않는다.

"후우, 이제 깨끗해졌어요!"

그 옆에서 **육촌**이 이마에 스며 나온 땀을 닦고서, 참으로 멋진 미소를 반짝거리며 일어섰다.

손바닥에 산처럼 쌓인 과자 부스러기를 보고 누군가가 웃음을 흘리자, 그것에 이끌린 것처럼 모두 웃었다.

머리에 물음표를 띄우고 좌우를 바라보는 여주교에게, 여전사가 귓속말.

어머나. 입가를 가리는 것처럼 손을 댄 그녀마저도 볼이 느슨해지는 가운데, 미르미돈 승려는 말이 없었다.

"…………."

쑤욱 일어선 그는 타각타각, 턱을 울리면서 묵묵히 장비 확인을 시작했다.

당신은 그의 존엄을 위해서, 입가를 부르르 떨면서도 출발을 선언했다.

—지하 3층은, 이제 눈앞이다.

§

당신은 날카로운 기합과 함께, 뛰어 들어온 짐승에게 만도를 휘둘렀다.

하얀 털가죽의 작은 동물은 깨갱 비명을 지르고, 세차게 때린 공처럼 미궁 바닥에 튕겼다.

동시에 그것은 그야말로 공 그 자체 같은 기세로 땅을 차고 공중으로 튀어 올랐다.

"RAAAAAAAAABIT!!"

"위험, 하……네에!"

당신이 칼을 끌어당기는 사이, 스르륵 앞으로 뛰쳐나온 여전사의 창이 울부짖으며 그것을 때렸다.

자루로 강하게 구타당한 짐승이, 내장이 뭉개지는 소리를 내면서 몇 번 튕기고 이번에야말로 움직이지 않게 됐다.

당신은 가볍게 여전사에게 인사를 하고 (「에~이 뭘!」) 그 처음 보는 기이한 짐승의 시체로 다가갔다.

—정말이지, 지하 3층의 마중은 제법 취향에 정성을 들이지 않았는가?

"토끼……랑 닮았네요."

쫄래쫄래 당신 옆에 선 종누이가 빤히 시체를 들여다보며 중얼거렸다.

—그런가?

당신은 고개를 갸웃거렸다. 카피바라 같은 것이 아닌가?

"카피바라?"

낯선 단어에 여주교가 고개를 갸우뚱 기울이고, 여전사가 키득키득 웃었다.

우음. 당신은 신음했다. 그리고 헛기침을 한 뒤에, 그렇군, 분명히 그럴 지도 모른다고 말했다.

지저분하지만 순백의 털가죽, 기다란 귀, 발달한 뒷다리 따위는 그야말로 토끼다.

그렇지만 입가에서 삐쳐 나와 있는 앞니가 기이할 정도로 험악하며, 치명적이다.

토끼라는 것은 밭을 망치는 교활한 해수이기는 해도, 이토록 치명적이지는 않으리라.

이것은 언뜻 보기에도 육식의 **짐승**이었다. 그것도 아마도, 사람을 잡아먹는 부류의.

"오랜 옛날, 어느 왕이 기사를 이끌고 탐색할 때 공격해온 괴물도 토끼랑 비슷했다고 하더군."

미르미돈 승려가 타각타각 턱을 울리며 마치 혼잣말처럼 중얼거렸다.

"그 녀석은 성스러운 법구가 아니면 해치울 수 없었다고 들었다. 방심하면 잡아 먹혀서 끝장이지."

"그렇다고, 그런 거창한 생물 같지는 않다 아니가."

하프 엘프 척후에 이어서, 당신도 그렇고말고 동의를 표하며 고개를 끄덕였다.

밧줄 사다리를 내려온 직후의 조우전. 기습적이었지만, 어떻게 헤쳐나올 수 있었다.

피아의 역량차이는, 그렇게 차이가 있지 않다고 보았다…….

"저, 저기, 저도 괜찮을까요……?"

당신이 손바닥에 남은 손맛을 확인하고 있는데, 문득 쿡쿡 여주교가 소매를 잡아당겼다.

무슨 일이냐고 당신이 고개를 갸웃거리자, 그녀는「귀중한 것은 알고 있습니다만」이라며 말했다.

"위치를 확인하고 싶어서, 《포인트(좌표)》의 술법을 사용해도 괜찮을까요……?"

아아. 당신은 납득하여 고개를 끄덕였다. 아까 위에서 미르미돈 승려가 겁을 준 그 일이겠지.

앞으로의 탐색을 생각하면, 확실히 현재 위치를 확실하게 확인해

두는 것은 좋은 일이다.
그런 점에서, 지도 담당의 스승은 어떻게 생각하는 걸까?
"나는 어느 쪽이든 상관없다."
턱을 울린다.
"마음대로 하면 된다."
난처하군. 당신은 하늘을 우러러보며, 변화가 없는 검은 천장과 하얀 선에 표정을 찌푸렸다.
결국, 망설인 끝에 당신은 종누이를 불렀다.
"그래요그래, 누나랍니다. 무슨 일이죠?"
신이 난 기색으로 걸어오는 **종누이**에게, 당신은 파티의 주술적 자원 관리 담당으로서 의견을 구했다.
여기서 한 번, 술법을 써버려도 상관없을 것인가?
"글쎄요……."
종누이는 진지한 태도로 입술에 손가락을 대고 「괜찮지 않을까요?」라고 말했다.
당신이 상당히 쉽게 정한다고 말하자, 종누이는 「그거야」 하고 풍만한 가슴 앞에 손을 마주 댔다.
"이번에는 시험이니까요. 지하 3층까지 온 이상, 다음은 돌아가는 것만 생각해야죠?"
그렇죠? 아래쪽에서 올려다보며 동의를 구하는 태도가 마치 동생을 타이르는 누나 같아서 당신은 눈을 깔았다.
옛날에는 당신보다 키도 컸던 것 같은데— 뭐, 그건 됐다.
당신은 종누이의 의견을 듣고서 조금 생각하고, 하프 엘프 척후를 불러서 수확에 대해 확인했다.

"앙? 그거가……. 벌이를 따지면, 뭐 나쁘지 않다고 생각한대이."

보물 상자는 괴물이 지키는 방에만 있다. 그것을 피해서 왔다고 생각했는데, 돈벌이가 된 건가?

"오며가며 죽어 있던 녀석들 시체에서, 잔돈도 안 받았나. 인식표를 매장하는 수고비라카이."

좌르르 소리를 내는 가죽 주머니를 허리에서 흔들며, 그는 방긋이 웃었다.

미안한 기색이 없는 모습에 종누이가 조금 눈썹을 찌푸렸지만, 당신은「그렇군」하고 고개만 끄덕였다.

죽은 자는 무기도 못 들고, 돈도 안 쓴다. 가져간다고 불평도 못 하리라.

그걸 고려하여— 자신이 쓰러졌을 때, 누군가가 매장해준다면 고마운 일이다.

당신은 그렇게 생각하다가, 문득 처음 만났을 때 여전사가 시체 주머니를 끌고 있던 것을 떠올렸다.

지금 생각하면, 그건 상당히 **상냥한** 행동이 틀림없다.

"……뭔데에?"

아니, 아무것도 아니다. 당신은 여전사의 험악한 시선을 웃으며 받아 흘리고, 괜찮으리라고 결론을 내렸다.

어차피 이번에는 3층의 방 하나를 가보고, 무리하지 않고 철수할 셈이었다.

여기서 주문 한 번을 사용하여 발치를 반석으로 다져두면, 다음에

올 때 도움이 된다.

당신이 그렇게 말하자, 여주교는 몸을 앞으로 숙이며 「고맙습니다」 하고 표정을 밝혔다.

"그러면, 금방 끝내겠답니다. 《에고(자신)…… 케르타(확실)…… 자인(존재)》"

진정으로 힘 있는 말을 읊조리자, 세계에 울려 퍼진다.

―말은 바람의 신이 만들고, 그것을 지혜의 신이 문자로 만들었다고 한다.

말은 소리이며 바람인 것이리라. 여주교의 말이 방에 가득 차는 것을 당신은 느꼈다.

당신도 검사이면서 마술에 소양이 있는 이상, 그 흐름을 이해하는 능력은 필수다.

아마도, 지금쯤 여주교의 뇌리에는 세계가 격자 모양으로 펼쳐지고 있을 게 틀림없다.

그렇게 자신의 위치를 포착하는 이 술법은 지극히 초보적인 것 중 하나라고 한다.

"……알았어요."

호오. 여주교가 아직 풍만하지 못한 가슴팍에 손을 대고 고민스럽게 숨을 내쉬었다.

"역시, 위층하고는 어긋나 있는 것 같아요. 지도를 그대로 그렸다면……."

"하아~ 참말로 편리하구마."

하프 엘프 척후가 감탄한 것처럼 팔짱을 끼고 소리를 흘렸다.

척후인 그가 마찬가지 일을 하고 싶다면, 자신의 경험과 감에만 의지해야 하리라.

그것도 수련을 쌓은 이상, 소양이 없는 당신 따위하고는 비교가 안 되리라.

그걸 고려해서도, 마술 쪽이 웃돈다는 것은…… 그것이 재능으로 인정받는 이유이리라.

"여기서부터, 길을 잃으면 그 마술 의지할 기라!"

"그것은……."

여주교가 쑥스러운 기색으로 볼에 손을 댔다.

"……몇 번이나 쓸 수는 없으니까, 대단치 않아요."

"그러면, 잔뜩 쓸 수 있게 되면 척후는 파티에 필요 없다는 거네에."

여전사가 함박웃음과 함께 양손을 마주 대자, 하프 엘프 척후가 「어이쿠야」 하고 하늘을 우러러 보았다.

당신은 그런 동료들의 모습에 입꼬리를 풀면서, 칼날을 종이로 닦아 칼집에 넣었다.

"가는 건가?"

미르미돈 승려의 말에 당신이 고개를 끄덕였다.

앞길에 펼쳐지는 것은 질리도록 보았던, 어둠의 미궁이다.

독기가 넘치고, 어슴푸레함 속에는 통로의 윤곽선만 흐릿하게 떠오르고 있었다.

경치는 변함이 없지만, 이 앞에서 기다리고 있는 것은 위층하고는 다른 것이리라.

따라서, 일단은 방 하나.

방을 찾아서, 뛰어 들어가, 한 번 싸우고, 돌아간다.

그것은 처음 지하미궁에 도전했던— 이 미궁에 숨어 있는《죽음》과 싸우기 시작했을 때와 다를 바 없었다.

그렇다면, 재수가 좋은 걸지도 모른다. 당신은 하얀 짐승의 시체를 보고 생각했다.

이 괴물이, 이 계층에서는 과연 어느 정도의 위치에 있는지 모른다.

아마도, 강자는 아니리라. 그렇지만, 그래도 당신의 검은 통하는 것이다.

그것을 안 것만으로도 충분하다. 이 앞으로 나아갈 용기로 이어지는 법.

당신은 새롭게 결의를 다지며 고개를 끄덕이고, 무구를 점검하고, 동료들에게「가자」하고 말을 걸었다.

그리고 첫 걸음을 내디딘 당신의 발치에서, 문득 땅바닥이 사라졌다.

§

“리더!”

이런, 추락 함정!

공중에 던져진 당신은 중력에 이끌려 낙하하면서 무아지경으로 양손을 휘둘렀다.

내뻗은 손끝에 무언가가 닿자, 당신은 그것을 혼신의 힘을 담아서 움켜쥐었다.

손바닥이 쓸리며 타오르는 것처럼 고통이 흐르고, 팔과 어깨가 쥐어짜는 것처럼 뻗어서 근육이 결린다.

그래도 손을 놓지 않은 것은 다른 게 아니다. 당신이 죽고 싶지 않았기 때문이다.

"괘, 괘안나, 대장?!"

"무……거워……엇!"

하프 엘프 척후와 여전사의 목소리에 머리 위를 올려다본 당신은 드디어 자신이 창의 자루를 잡고 있는 것을 깨달았다.

추락 함정 가장자리에서 버티는 여전사의 허리에 척후가 팔을 둘러서 지탱하고, 당신이 매달려 있는 것이다.

"기다려라, 나랑 바꾸자. 악력이라면 내가 강하다."

"부탁해애……!"

옆에서 쑤욱 뻗은 미르미돈 승려의 손이 창의 자루를 쥐고, 여전사가 숨을 뱉었다.

당신은 그것에 맞추어 몸을 흔들어, 추락 함정의 벽에 발을 짚었다. 버티고, 힘을 주었다.

"끌어올린다. 한 걸음씩 올라와라. 그쪽 손이 미끄러지면 끝장이야."

부탁한다고 당신은 응답하고서, 척, 척, 벽을 밟으며 창을 잡고 올라가, 추락 함정에서 탈출을 시도했다.

이마에 땀이 나고, 숨이 가빠진다. 이를 악물고서, 당신은 배에 힘을 주어 버텨냈다.

한 걸음, 두 걸음, 세 걸음, 네 걸음. 세어 보니, 당신의 낙하 거리는 얼마 되지도 않았다.

그것은 다시 말해서 동료들의 도움이 조금이라도 늦었다면 닿지 못했을 거라는 것이다.

간발의 차이로 당신은 추락 함정에서 생환하여, 허억허억 숨을 거칠게 쉬면서 3층으로 기어 올라왔다.

"에잇, 그럼 안 되잖아요. 발치를 똑바로 봐야죠……!"

종누이가 혈색이 바뀌어서 당신에게 달려왔다.

발치를 보았다고 어떻게 되는 것도 아니겠지만, 당신이 부주의했다는 건 틀림없다.

어쨌든지 당신은 살았다. 구해준 것에 대해 동료에게 감사하고, 허리의 물주머니 알맹이를 입에 머금었다.

"정말이지, 손이 아파졌어……."

이마의 땀을 닦으면서, 여전사는 당신에게 입술을 삐죽거리며 불평을 말했다.

당신은 미안하다고 사과하는 한편, 그녀의 신속한 대응에 감사의 말을 했다.

그게 없었다면 낙하를 면하지 못했으리라. 여전사는「뭐얼?」하고 중얼거리더니, 고개를 돌렸다.

당신은 물주머니를 다시 한 모금 마시고, 재빨리 장비의 확인을 시작했다.

뭔가 구멍 바닥에 떨어뜨린 것이 없다면 좋겠는데…….

"아래쪽은 위험하대이. 대장, 떨어지면 끝장이었다."

하프 엘프 척후가, 횃불을 구멍 깊숙한 바닥으로 던져 들여다보며 말했다.

준비성이 좋다 — 미궁에서 횃불은 필요 없다 — 고 해야 하리라. 숨을 가다듬은 당신도 구멍의 바닥으로 눈길을 주었다.

추락 함정의 바닥에는 몇 개나 되는 날카로운 가시가 박혀 있고, 가여운 희생자의 뼈를 꿰뚫어 드러내고 있었다.

동료들이 없었다면, 당신도 먼저 왔던 자들과 같은 말로에 이르렀을 것이 틀림없으리라.

만일 운 좋게 꼬치 신세를 면한다고 해도, 요골이 부러져서 움직이지 못하게 되고 굶어 죽기를 기다릴 뿐이리라.

당신은 자신의 꼴사나운 모습을 깊게 부끄러워하고, 거듭하여 동료들에게 인사를 했다.

이러한 추태가 열 번 정도 있으면, 당신은 명예를 위해서 자살을 고르는 수밖에 없으리라.

한편으로, 함정에 걸린 것이 자신이라 다행이라고도 생각했다.

여전사나 미르미돈 승려, 하프 엘프 척후라면 모를까, 종누이나 여주교였다면 위태로웠을 것이다.

"……역시, 이제 이 계층부터는 함정이 있는 거군요."

여주교가 표정이 굳어지면서, 지도에 재빨리 이 함정에 대한 것을 적고 있었다.

그러는 사이에 추락 함정의 뚜껑이 딱 닫히고, 본래처럼 바닥으로 돌아갔다.

당신의 눈으로는 도저히 여기에 함정이 있었다고 간파할 수 없으리라.

"이제부터도 조심해서 걸어야 한다는 거로군."

당신은 미르미돈 승려에게 고개를 끄덕이고, 전문가인 하프 엘프 척후에게 의견을 구했다.

"그보다도 먼저, 어여 장소를 옮기는 편이 좋대이, 대장."

그러나, 그의 대답은 딱 잘라낸 것이었다.

"함정에 놀라서 깜빡 발을 멈춰 버렸다, 또 걸리삐는 일도 있다 안하나."

확실히. 그건 반드시 피하고 싶었다.

당신은 동료들에게 한 번 더 반복하여 사과를 한 다음, 척후를 선두로 나아가도록 지시를 보냈다.

대신 미르미돈 승려는 후열에 물러나도록 하자.

"괜찮겠나?"

타각타각 턱을 울리는 그에게, 어쨌거나 지금은 함정에 대한 대책이 우선이라고 당신은 말했다.

"후후, 잘 부탁할게요."

"부, 부탁드립니다……."

종누이가 생글생글 옆에 선 미르미돈 승려를 올려다보고, 여주교가 꾸벅 고개를 숙였다.

뭐, 이래저래 말해도 그는 남을 잘 챙겨준다. 종누이도 보살피기를 좋아한다. 세 사람 사이는 괜찮으리라.

"으랏차, 그라믄 대장, 어여 이동하제이!"

그래. 당신은 하프 엘프 척후에게 고개를 끄덕이고, 발 빠르게 걷기 시작했다.

아~아, 하며 손을 괜히 사삭 비비면서, 창을 진 여전사가 당신 옆에 나란히 섰다.

"정말, 너는 오늘 운이 나쁜걸?"

재수가 좋았을 텐데. 당신은 그렇게 말하여 대꾸하고, 지하 3층 안쪽으로 눈길을 보냈다.

—정말이지, 지하 3층은 제법 유쾌통쾌하지 않은가?

"……지하 3층에도 슬라임이 있는 걸까아……?"

문득 그녀가 중얼거린 마음 약한 말에, 당신은 무심코 쓴웃음을 지었다.

그것이 상당히 힘들었기 때문인지, 단순히 잡담의 일환인지는 분명하지 않았다.

추락 함정보다는 나을 거라고 당신이 말하자, 그녀는 「그렇네」 하고 살짝 볼을 풀었다.

당신은 그런 별것 아닌 대화를 그녀와 계속하면서, 자신이 차분하다고 스스로에게 들려준다.

지하 3층이라는 처음 온 영역이니까 긴장한 것이리라.

호흡을 가다듬고, 어깨의 힘을 빼고, 새삼 주위를 둘러본다— 변화가 없는 흑백의 미궁.

앞에서는 하프 엘프 척후가, 날카로운 눈초리로 왼쪽, 오른쪽에 끊임없이 시선을 바꾸면서 바닥을 밟는다.

뭔가 요령이 있는 거냐고 물어보자 「그기가」 하고 그는 팔짱을 끼더니 어려운 표정을 지었다.

"여기저기 비교해서 보고, 쬐만치라도 위화감이 있으면 조심한다, 그거 아니가."

그런 것인가?

"하모."

다음은 익숙해지는 것과 경험과 감이라고 한다. 그래, 분명히 감은 중요하다.

납득이 되는 대답에 당신은 탐색을 그에게 맡기고, 이번에는 후열을 보았다.

당신의 파티는 그리 짧지 않은 시간, 함께 행동하고 있었다.

그러나 대열을 바꾼 것은 이번이 처음이다. 잘 된다면 좋겠는데―.

“어머나, 그렇게 어려운가요?”

“그래, 법전을 해독하는 것보다 어렵지.”

안대로 감싸지 않았다면 눈을 동그랗게 떴을 여주교에게, 미르미돈 승려가 심각하게 고개를 끄덕였다.

“마구(위즈볼)의 운세를 읽는 건 말이다. 이겼다고 생각해서 눈을 떼면 진다.”

“저 애가 감을 단련한다고 하면서, 내기에 손을 대지 않으면 좋을 텐데…….”

실례되는 말을 하지 마라, **육촌**.

“어머나, 들렸나요?”

당신이 그렇게 말하자, 그녀가 천연덕스레 대답하고 볼에 손을 대며 키득키득 웃었다.

“그래요그래. 누나 쪽은 걱정 없으니까. 뒤는 맡기고 앞에 신경을 쓰세요.”

에이잇, **육촌** 녀석.

당신이 그렇게 짧게 매도하자, 후열에 나란히 선 여주교까지도 웃음을 참으며 가녀린 어깨를 떨지 않는가?

정말이지. 당신이 도움을 청하여 미르미돈 승려를 보자, 그는 더듬이를 대각선으로 돌리며 턱을 울렸다.

"나는 아무래도 좋다."

—이럴 수가.

당신은 어이쿠야 고개를 옆으로 저으며, 앞으로 시선을 다시 돌렸다.

잡담을 하는 것처럼 보여도, 제각각이 각자의 일을 하고 있다.

경계를 게을리하지 않고, 그렇다고 불필요하게 긴장하지도 않는다.

괜찮다. 하고 있을 것이다. 당신은 그렇게 자신에게 들려주고, 신중하게 계속 걸었다.

"대장."

이윽고, 하프 엘프 척후가 날카로운 목소리를 냈다.

"——방이래이."

당신의 눈앞에는, 중후한 문이 우뚝 서 있었다.

자, 고대하던 싸움의 시간이다.

§

힘차게 문을 걷어차고 뛰어 들어간 곳은 예상과 달리 길게 이어지는 회랑 같은 것이었다.

방과 다르게, 당신들을 기다리는 괴물은 존재하지 않는다.

안심한 반면, 맥이 빠지는 마음으로 당신들은 무기에 댄 손을 느슨하게 풀었다.

"후우……. 참말로, 긴장해서 손해 봤다."

"그렇네에. 긴장을 할 거면 보물 상자에 양보해야지."

"하모하모!"

살며시 숨을 뱉은 하프 엘프 척후와 여전사가, 당신 옆에서 잡담을 나누었다.

긴장이 풀린 것 같은 대화지만, 긴장을 푸는 것은 중요한 일이다. 당신도 탓하지 않는다.

"전진인가? 돌아가서 다른 곳을 찾을까?"

어느 쪽이든 좋다고 미르미돈 승려가 물어보지만, 당신은 물론 전진이라며 고개를 끄덕였다.

아직 계단에서 그렇게 떨어진 거리— 귀환을 걱정할 정도는 아니니까.

당신은 동료들과 함께, 미궁의 안쪽 깊숙한 곳을 향해 한 걸음씩 발길을 나아갔다.

"……역시, 처음 오는 곳이면 긴장한답니다."

여주교가 양피지에 첨필을 움직이면서 작은 소리로 중얼거렸다.

대화가 끊어져 버리니, 이제 들리는 것은 그녀가 지도를 그리는 소리와 자신들의 발소리뿐이다.

여기저기에 시선을 보내면서 걷는 척후의 선도를 받으며, 당신들은 암흑 속을 나아갔다.

그런데 다소 통로를 나아간 참에, 벽면에서 문을 발견하고 당신은 한 손을 들어 대열을 멈추었다.

회랑은 아직 이어지는 모양이지만, 방일지도 모른다.

"조사해볼까요? 아직 아무것도 못 찾았으니까요……."

당신은 종누이의 말에 고개를 끄덕이고, 살며시 문의 표면에 손을 대봤다.

여전히 변화가 없는 철문. 싸늘한 감각이 장갑을 넘어서 전해진다.

그러나 그 너머에서 기다리고 있는 존재를 생각하면, 당신도 정신을 바짝 조이고 덤벼야 한다.

당신은 갑옷과 방어구를 확인하고, 만도를 뽑아 고정못과 칼날을 점검하여 전투에 대비하기 시작했다.

동시에 동료들에게도 무구의 점검을 재촉하고, 더욱이 당신 자신의 눈으로 점검을 한다.

"응, 고마워."

여전사는 익숙하여, 머리칼을 쓸어 올리며 등과 겨드랑이의 갑옷 고정구를 보여준다.

반쯤 놀리는 거지만, 목숨이 걸려 있는 것이니 태도는 진지하다.

당신은 문제없다며 고개를 끄덕이고, 이어서 하프 엘프 척후의 어깨를 두드렸다.

"그, 그래. 괜찮대이…… 아무렇지도 않다, 대장."

그는 흠칫 놀란 기색으로 몸을 떨었지만, 금방 평정한 기색으로 몇 번이나 고개를 끄덕였다.

당신은 웃었다. 전위로서 싸워야 하는 건 변함이 없지만, 그렇게 긴장할 필요는 없다.

공격은 자신과 그녀가 있으니까, 철저하게 보조에 전념해주면 도움이 되는 것이다.

실제로 미르미돈 승려에게도 그런 역할을 기대했으니까, 다를 건 하나도 없다.

"알고 있대이. ……그래, 대장도 오늘은 운이 나쁘다 안 하나. 조심해야 된대이."

재수는 좋았던 것이다. 당신은 그의 잡담에 대꾸하고, 후열로 눈길을 주었다.

거기서는 종누이와 여주교가 빙글빙글 돌면서 서로의 장비를 확인하고 있었다.

그 옆에서는 미르미돈 승려가 칼집에서 뽑은 곡도를 확인하고, 이쪽을 향해 고개를 끄덕였다.

그가 문제없다고 한다면 괜찮으리라. 이걸로 준비는 마쳤다.

좋아.

당신은 고개를 끄덕이고, 기합을 넣으며, 평소처럼 있는 힘껏 한쪽 다리를 들어 올려 문을 걷어찼다.

—으윽!

둔탁한 소리가 미궁에 울리며, 당신은 미궁에서 처음으로 느끼는 통증에 무심코 발끝을 감싸며 웅크렸다.

"어머머, 아파 보이네에."

여전사가 키득 웃는 것도 무리가 아니다.

당신의 발차기를 받아내고서도, 문은 전혀 꿈쩍도 하지 않은 것이다!

"괘, 괜찮아……?"

당황한 기색의 종누이가 당신을 들여다보지만, 미르미돈 승려가 아이고야 하며 고개를 좌우로 저었다.

"기적 같은 것도 필요 없겠군. 금방 나을 거다. 신경 쓰지 마라."

아무래도 좋지는 않지만, 당신은 웅크린 채 한 손을 흔들어 척후에게 지시를 보냈다.

이것은 본직이 조사를 해보는 편이 좋겠다.

"알았대이!"

"……저, 정말로 아파 보이네……."

여주교가 쓴웃음을 섞으며 「문질러줄까요?」 하고 물어보지만, 당신은 꾹 참고서 고개를 저었다.

칼로 싸우며 다치는 것과 비교하면 대단치도 않다. 않을 것이다.

그렇게 당신은 어떻게든 일어섰다.

미궁의 무시무시한 함정을 헤쳐 나가, 반드시 이 문을 걷어차 부숴줘야 하리라.

"응……. 함정은 읎다. 평소처럼 자물쇠가 걸린 문이래이."

이럴 수가.

"잠깐 기다리바라. 해볼 테니까."

하프 엘프 척후는, 평소 보물 상자를 조사하는 것에 쓰는 도구를 꺼내 열쇠 구멍에 넣었다.

일곱 가지 도구 따위로 불리지만 그것은 비유고, 당신이 보기에 도구의 수는 일곱보다는 많았다.

철사 세공 같은 것, 가는 줄, 모두 척후이기에 궁리한 성과가 더해진 모양이다.

"함정 아니래."

당신 옆에서 웃음으로 어깨와 목소리를 떨면서, 여전사가 속삭이는 것처럼 당신의 추태에 야유를 보냈다.

음. 입술을 삐죽거린 당신은 「이 앞에 슬라임이 있을 지도 모른다」라고 대꾸했다.

그녀는 「느낌 안 좋아아」 하고 표정을 찌푸린 다음, 추가 공격이라는 것처럼 눈을 가늘게 뜨고 한 마디.

"오늘은 정말로 운이 나쁘네?"

당신은 토라져서 팔짱을 끼었다. 그러나 사실 그대로 소모는 하지 않은 것이다. 재수가 좋다.

잠시 동안, 찰칵찰칵 금속이 스치는 소리만 울렸다.

딱히 여기에 한정된 이야기가 아니라, 방에는 자물쇠가 걸려 있는 법이다.

처음 무렵에는 일일이 자물쇠를 따던 모험가들도, 반복하는 사이에 귀찮아지게 된다.

문에 함정이 없다는 걸 깨닫자, 어느샌가 걷어차 부수는 것이 일상이 되어 있었다.

부수지 못한 것은 당신의 미숙일까? 문의 경첩 탓일까? 후자가 틀림없다. 정말이지.

"저기……."

그 기다리는 시간에 뭔가 할 수 없을까 하여, 여주교가 지도를 펼치고 미르미돈 승려에게 내밀었다.

그는 갑각에 싸인 손가락 끝으로 양피지를 받더니 점검하고, 더듬이를 흔들며 「신경 쓰지 않는다」라고 말했다.

"리더, 어떻지?"

손톱 끝에 끼워서 내민 지도를 당신도 받아서, 쭈욱 눈으로 훑었다.

이렇게 발길을 멈춘 사이에 습격 받을 가능성을 생각하면, 주위에 신경을 쓸 필요는 있다.

그렇기에 꼼꼼하다고 할 수는 없지만, 당신이 보기에도 문제는 없는 것 같았다.

"……다행이에요."

당신들의 대답을 들은 여주교가 안도하여 미숙한 가슴팍에 손을 대고 숨을 내쉬었다.

돌려받은 지도를 정성스레 접어서 넣은 그녀는 소박한 기색으로 문득 고개를 갸우뚱거렸다.

"그건 그렇고 신기합니다만……."

무슨 일일까? 당신의 말에 그녀는 「대단한 것은 아닙니다만」 하고 말했다.

"어째서 문이 모두 닫혀 있는 걸까요? 저희들도 여러 번 문을 열고 닫았는데."

"이 미궁의 주인은, 근성이 나쁜 놈이니 말이다."

미르미돈 승려가 턱을 타각타각 울리면서, 심각한 기색으로 고개를 위아래로 움직였다.

"무슨 마법 같은 것으로, 반드시 잠기도록 해뒀을지도 모른다."

"《록(장금)》의 술법이군요."

곧장 종누이가 끼어들었다.

마도는 자기 영역이라고 생각하는 것이리라. 어조가 자신감에 넘치고, 풍만한 가슴도 내밀고 있었다.

인정하고 싶지는 않지만, 이 **육촌**은 당신이나 여주교보다도 술자로서의 역량은 위다.

어찌하여 인정하고 싶지 않은가 하면, 인정하면 분명히 신이 나서 우쭐거리기 때문인데…….

“간단한 술법이기는 하지만, 그만큼 술자의 기량이 반영돼요. 자동으로, 한다고 하면.”

상대가 상당한 고위 술자다, 라는 것일까?

당신이 흐으음 신음하는 사이에, 스르륵 옆의 여전사가 움직여 종누이에게 말을 걸었다.

“그러면, 반대로 자물쇠를 열어 버리는 주문은 없어?”

당연하게 종누이는「있어요」하고 자신 있게 가슴을 펴면서 응답했다.

“다만 이것 또한, 술자의 기량이 크게 반영되어 버리니까요…….”

“그러면 **누나야**가 더 성장하면, 자물쇠를 따는 척후는 필요 없다는 거네.”

생글생글 양손을 마주치는 여전사에게 하프 엘프 척후가「어이쿠야……」하고 신음했다.

당신은 표정을 찌푸리고, 괜찮다며 보증을 해주었다.

아무리 생각해도, **육촌**에게 탐색이나 함정을 맡길 수는 없는 것이다.

“우, 그건 무슨 뜻이죠?”

말 그대로의 의미지만, 당신은 시치미 떼는 표정으로 얼버무리고 부우우 부풀어 오르는 종누이를 웃어넘겼다.

어디, 이렇게 장난을 치는 사이에 이제 슬슬 자물쇠 열기가 끝났을까—?

“……됐다, 열었대이.”

이마의 땀을 닦고서 커다랗게 숨을 내쉬는 척후에게, 여주교가 재빨리 물주머니를 손에 들고서 종종걸음으로 다가갔다.

"여기요."

"고맙대이."

그녀가 내민 것을 척후가 받아서, 한 모금, 두 모금.

"정말이지. 뭐가 나올지 모른다는 것도 신경을 쓴다 안하나, 참말로."

함정이든 괴물이든, 그렇다. 당신은 가볍게 어깨를 으쓱거리고 파티 멤버를 둘러보았다.

방금 전에는 바람을 맞았지만, 이번에는 그렇게 안 되리라.

만약 두 번 연속으로 허탕이라면, 그 분노는 이 지하미궁의 주인에게 퍼부어줘야겠다.

"갈 수 있어."

"으랏차, 언제든지 좋다 안하나……!"

여전사가 편하게 말하고, 하프 엘프 척후가 부들부들 떨리는 손으로 단검을 역수로 쥐었다.

무사의 떨림 한둘 정도는 자신도 겪는 일이다. 그가 문제없다면 문제없으리라.

당신은 호흡을 가다듬고, 만도의 칼집을 밀어내 한 손으로 겨누며, 문을 향해 한쪽 발을 들어 올렸다.

—자아, 싸움이다!

걷어차서 부숴버린 문의 틈으로, 당신들은 눈사태처럼 방으로 뛰어들었다.

실내에 가득한 어둠 속, 꿈틀거리는 기척은 넷— 아니, 후열을 합쳐서 여섯.

"——! 지팡이! 안 돼요, 주문술사입니다!"

종누이의 날카로운 목소리. 당신은 눈에 힘을 주면서 어둠을 노려보고, 적의 정체를 파악한다.

그래, 분명히 안쪽에 숨어 있는 놈들은 외투를 두르고, 손에 지팡이를 들고 있다. 마술사이리라.

그러나 당신이 눈을 크게 뜬 이유는 오히려 그 전위를 맡은 남자들이었다.

어둠에 녹아드는 것처럼 어두운 색조의 복장을 두른 그들은 모두 기이한 가면을 쓰고 있었다.

매끄럽고 하얀 그것은 화장을 한 것 같고, 빨간 무늬와 커다란 눈이 그려져 있었다.

무엇을 희화화 한 것인지, 당신은 전혀 짐작도 안 되었다.

눈과 표정이 일절 움직이지 않는 것만 아니었다면, 그런 얼굴의 괴물로마저 생각된다.

"처음 상대하는 적이다, 긴장 풀지 마라!"

후열에서 미르미돈 승려가 날카로운 소리를 냈다. 하프 엘프 척후와 여전사의 대답이 울렸다.

당신은 소리를 내지 않았지만 방심하지 않고 칼을 양손으로 쥐며, 발을 미끄러뜨려 발치를 확인하며 간격을 쟀다.

그 발끝이 달카닥 뭔가를 차서 소리를 낸다. 굴러가는 뼈는 사람의 것일까? 아니면 괴물의 것일까?

이 지하미궁은 길을 헤매다가 힘이 다하는 것보다, 사투 끝에 살해당하는 자가 훨씬 많으리라.

한 걸음 잘못 디디면, 당신들도 마찬가지로 시체가 되는 것이다.

미궁에서는 방의 구석에 굴러다니는 척추뼈에 꽃이 피는 일도 없다.

"…………."

가면의 남자들 또한, 소리 없이 미끄러지는 움직임으로 방 안에 퍼졌다.

아마도, 후열의 술법이 지나기 쉽도록 하기 위해서일 것이다. 당신은 투구 안에서 재빨리 시선을 좌우로 흘렸다.

몸을 낮추고 손발을 이용해 기는 것 같았지만, 그 속도는 매끄럽고— 빠르다.

그리고, 남자들이 경쾌하게 칼 뽑는 소리를 내면서 차례차례 등에 진 직도(直刀)를 뽑아 들었다.

당신은 혀를 찼다. 그 움직임을 눈으로 보지 못했기 때문이다.

아마도 등에 찬 칼집을 어깨 너머로 던지는 것처럼 앞으로 돌려 허리춤에서 뽑았을 것이다.

—실력자.

당신은 전방의 적에게서 눈을 돌리지 않고, 종누이에게 술법의 지휘를 맡긴다고 소리쳤다.

"네!"

긴장하여 팽팽한 목소리로 응답한 것은 여주교였다.

짐작하건대 종누이 또한 대열의 틈에서 어디를 노려야 할지, 의식을 집중하고 있을 것이다.

오래 알고 지낸 당신은 뒷일을 종누이에게 맡기고, 호흡을 가다듬어 가면의 남자들과 마주보았다.

—둘.

당신을 향해서 다가오는 가면의 남자는 두 명. 여전사와 척후에게 하나씩.

위협적이라고 생각했나? 당신은 쓴웃음을 지으며 그렇게 생각했다. 폐가되긴 하지만, 고마운 일이다.

다시 말해서 그만큼 동료들에게 가는 부담이 줄어든다는 거다.

이마에서 흘러내리는 땀이 볼을 타고 흐른다. 이미 좌우의 동료를 살펴볼 여유는 없다.

시야가 쭉 좁아지고, 눈앞의 두 사람에게 초점을 맞추어 제한된다.

귀울림이 나는 것처럼 주위의 소리가 멀어지고, 남은 것은 당신과 적뿐이라는 단순명쾌한 인식이다.

당신은 칼을 꾹 끌어당겨 후방으로 낮추고, 오른발을 끌면서 좌반신을 앞으로 보냈다.

상대가 아래쪽에서 온다면, 최악이라도 왼쪽에서 받아내고 베어 올려 버릴 셈이었다.

거리가 좁혀진다. 상대의 무기는 보인다. 간격도 알 수 있다. 상대에게 당신의 칼은 보이지 않으리라.

한 명씩이라면, 먼저 온 자를 베어 버리고 다음으로 가면 된다. 그러나 그렇게 되진 않으리라.

둘이 동시에 덤벼든다면— 어찌해야 할까?

—별 거 없다.

처음 공격으로 한 명을 베고, 적의 칼날이 닿기 전에 칼날을 돌려 또 한 명. 찰나의 참격으로 선을 취한다.

피아의 간격, 그 미약한 차이가 당신에게는 활로가 된다. 그것을 노린다. 당신은 호흡을 가다듬는다.

슥, 슥, 당신은 발을 미끄러뜨려 앞으로 보냈다. 공격을 유도하는 움직임. 이쪽으로 다가오면 벤다.

가면으로 얼굴을 가린 남자들의 표정은 살필 수 없고, 당신의 도발에 동요하는 기색도 없었다.

그저 몸을 낮게 낮추고, 정세를 읽고 있다는 것만 몸놀림으로 알 수 있을 뿐이다.

정말이지, 까다롭기 짝이 없는 상대다. 그렇다면, 또 한 걸음—.

"—!"

그렇게 생각했을 때, 돌바닥이 터지는 것처럼 메마른 소리가 들리며 남자의 모습이 사라졌다.

당신은 반사적으로 칼을 휘둘렀지만, 그 칼날은 허공을 벤다. 손맛이 없다.

뒤늦게 다음 순간, 당신의 정면에 소리도 없이 쏟아진 것처럼 그림자가 나타났다.

도약!

당신이 그 사실을 깨달았을 때는, 이미 시야에 한 가득 붉은 무늬의 하얀 가면이 다가와 있었다.

—과연, 이것은 **범인가**?

다음 순간 모든 것이 선명한 붉은 색으로 물들고, 천지가 뒤집어졌다.

당신은, 목을 베어 버렸다!

§

"——!!"

비명 같은 외침을 지르며, 여전사가 당신의 이름을 부르는 것이 들렸다.

웅크리는 당신을 보고, 종누이 또한 말이 못 되는 비명을 질렀다.

당신은 그것에 뭔가 응답하려고 했지만, 쿨럭 피가 넘쳐서 말이 되지 않는다.

목을 누른 당신은 치솟는 피와 함께 힘이 빠져나간 것처럼 무릎부터 무너져 내리고 있었다.

어떻게든 일어서는 것을 시도한 당신이었지만, 자신의 피에 익사하듯 숨이 막힐 뿐이다.

동료들의 목소리, 싸움의 소리도, 지금은 어쩐지 멀다.

이 무슨 추태란 말인가!

당신은 흐릿해지는 사고 속에서 그런 생각을 하며, 그래도 전장을 살피려고 눈을 부릅떴다.

대각선이 된 시야에, 여전사가 미모를 창백하게 만들면서 이쪽으로 달려오고자 하는 게 비쳤다.

—저건, 좋지 않다.

"전위를 무너뜨리지 마라, 빠져 나온다!"

당신이 쿨럭쿨럭 소리를 흘리는 것보다 빨리, 후열에서 미르미돈 승려의 날카로운 질타가 대신 날아왔다.

"……윽!"

"뭐, 고!!"

꾸욱 입술을 깨무는 여전사의 눈앞. 거의 죽어가는 당신에게 다가오는 마무리 일격을, 단검이 튕겨냈다.

하프 엘프 척후다. 시노비의 공세를 막아내면서, 반사적으로 단검을 투척한 모양이다.

그렇지만 그도 여유는 없으리라. 역수로 뽑아낸 단검을 휘둘러 받아 흘리는 것이 고작인 모양.

본래 전투직이 아닌 것이다. 받아 흘리기(패링)를 할 수 있는 것만 봐도 합격이리라.

"진정하래이! 아직 대장은 살아 있다 안하나, 버티야 된다!!"

그는 이마에 땀을 맺으면서 필사적인 형상으로 소리를 지르고, 시선을 자신의 상대에게서 돌리지 않고 계속 방어했다.

"물러날 기가, 아니가?!"

"나는, 어느 쪽이든 상관없다!!"

몸이 훌쩍 떠오르는 것은 후열에서 날아온 미르미돈 승려가 몸을 들어 올렸기 때문이리라.

후열로 물러나는 당신이 본 것은, 질타를 받고서 자신을 되찾은 종누이가 짧은 지팡이를 쥐는 모습이었다.

"……윽! 지휘를 이어 받겠어요!"

그녀는 당신의 상처를 관찰하고, 즉사하는 종류의 치명상이 아니라는 것을 깨달았으리라.

시간이 없다. 그러나, 그렇기에 해야 할 일을 종누이는 확실하게 이해하고자 노력하고 있었다.

그렇기에 그 입술이 「미안해요」라고 움직이는 것을 보고, 당신은 살짝 고개를 끄덕였다.

"……지금은, 치료보다 상황 타개를 우선합니다!"

종누이의 판단은 재빠르고, 그리고 명료했다.

"저는 《댄스(무도)》부터 《파이어볼(화구)》! 당신은 《사일런스(침묵)》부터 맞춰요! 상대의 공세를 억누릅니다!"

"아, 네!"

"나는 어떡할까, 나설까? 상관없다!"

여주교가 진지한 표정으로 고개를 끄덕이는 것에 맞추어, 미르미돈 승려가 턱을 울리며 지시를 구했다.

이미 그는 한손에 곡도를 잡고 있으며, 말 그대로 어떻게든 움직일 수 있는 태세를 갖추고 있었다.

"부탁합니다!"

"그래!"

주저 없는 대화. 미르미돈 승려는 당신의 목덜미 상처에 천을 대고 꾸욱 누르더니, 앞으로 달렸다.

점점 붉게 물드는 천을 당신은 힘을 쥐어짜 누르고, 지혈을 시도하면서 눈을 움직였다.

창을 휘둘러 직도를 튕겨낸 여전사가 초조함이 베어 나오는 소리를 지른 참이었다.

"잠까안! 그거, 그를 내버려 둔다는 거야?!"

"망설일 틈이 없어요, 해야 합니다……!"

그러나 그것을 가로막은 것은 되도록 평정함을 유지하려고 하는 여주교의 목소리였다.

자신보다도 연하인 소녀에게 가로막히자, 여전사는 뭔가 말하려던 입을 열었다가, 닫고, 혀를 찼다.

"……알았어!"

"하는 수밖에 읎는 기라. 버틴다……!"

물론, 이런 대화도 느긋하게 손을 멈추고 대화를 한 것이 아니다.

상황이 굴러가는 가운데, 제각각이 각자의 역할을 열심히 하면서 소리를 높인 것이다.

당신이 보기에, 싸움의 명운을 가르는 것은 역시 단순히 전력의 차이이리라.

"윽, 이게…… 큭!"

미궁의 독기에 매료된 자의 말로인지, 아니면 그냥 이런 괴물인 것인지.

어느 쪽이든 범 무늬 가면을 쓴 시노비 놈들은, 상당한 솜씨다.

그에 비해서 당신이 쓰러진 지금, 파티의 전위를 맡고 있는 본직은 여전사 한 명밖에 없다.

종횡무진으로 창을 휘둘러 견제하면 체력은 소모되고, 그에 따라 집중력도 끊어져 간다.

그래도 여전사는 가쁜 숨을 쉬면서, 땀이 맺힌 이마에 머리칼을 붙이면서, 두 명의 적을 상대하고 있었다.

잠시 지나 발치가 위태로워지게 되면, 이 싸움도 끝장이다.

"우히이, 역시 위험하대이……!"

"소란 떨지 마라, 어쨌든지 버텨라!"

여전사가 무너지면, 하프 엘프 척후와 미르미돈 승려만으로 네 명의 적을 막을 수 있을 리 없다.

전위가 무너지고, 후열에 파고들어 종누이와 여주교에게도 무참한 최후가 기다릴 것이다.

그렇지 않아도 시간을 주면, 상대의 술자가 주문을 완성시켜서 쏠 것이 틀림없다.

그렇게 되면, 당신들에게 승산이 없다…….

"《무시카(음색)…… 콘킬리오(접속)…… 테르프시코레(무도)》!!"

—그렇지만, 명확한 의미에서 **싸움이 시작된** 것은 이 직후다.

그 경계는 종누이가 낭랑하게 읊어 올린 진정으로 힘 있는 말이었다.

"……?!"

"……?!?!"

아주 미약한, 딱 한 수 앞선 종누이의 술법에 걸리자 말 그대로 시노비 놈들이 발을 굴렀다.

노래하는 것 같은 주문의 선율에 맞추어, 시노비 놈들의 다리가 춤추는 것처럼 떨리고 손이 허공을 가른다.

그 틈을, 여주교의 보이지 않는 눈동자는 놓치지 않을 것이 틀림없다.

"《그대들에게, 묵비의 빛이 있으라》……!!"

천칭검을 휘두르며, 천상의 신들에게 직접 탄원한다. 신성한 기도가 정적의 장막을 끌어내린다.

질서를 존중하는 지고신이 내린 침묵은 후열에서 주문을 짜고 있던 마술사 놈들을 감쌌다.

이제 지팡이를 아무리 휘둘러도, 그 입에서 자아낸 말에는 일절 힘이 깃들지 않는다.

여주교는 앳된 기색이 남은 얼굴에 어쩐지 차가운 미소를 희미하게 지으며 입술을 풀었다.

"이걸로, 술법은……!"

"잡았다아!"

"……?!"

그때 울린 여전사의 날카로운 목소리. 부웅 휘두른 창의 자루가 시노비의 다리를 때리고 후렸다.

공중에 떠오른 배를 향해서, 커다랗게 원을 그린 창이 상단에서 때려 근육을 뭉개버렸다.

공처럼 방의 바닥에 부딪힌 시노비는 커다랗게 튕겨서 고양이처럼 착지했다.

"끈질겨……!"

큰 피해로 이어졌을 것이다. 살아 있다면 죽일 수 있을 것이다.

그러나— 표정을 알 수 없으니 판별이 되지 않는다.

사람인지 짐승인지 알 수 없는 움직임으로 여전사를 둘러싼 시노비의 수는, 역시 둘.

그렇기에 상황을 결정한 것은, 역시 단순히 전력의 차이였다.

《댄스》의 술법을 계속 유지하고 있던 종누이가 짧은 지팡이를 빙글 돌리며 적진으로 내밀었다.

적의 공세는 막아냈다. 다음은 공세가 있을 뿐. 그것은 단순명쾌한 진실이다.

"《카리븐클루스(화석)》!"

그 선명한 말로, 세계의 법칙이 순식간에 바뀐다.

대기를 끓이는 냄새와 함께 종누이의 지팡이에 열량이 모이고 불꽃이 생겼다.

술법의 시작점을 간파하기 쉽다지만, 조준을 정하는 것에 이토록 적합한 도구도 없으리라.

"맞출게요! ―《크레스쿤토(성장)》!!"

이어서 여주교가 천칭검을 들었다. 지고신의 위광을 드러내는 그 제구에 마도의 불꽃이 밝혀졌다.

세계의 법칙을 바꿔 쓰는 진언(트루워드)이 법을 담당하는 신의 곁에서 승인된 것이다.

두 소녀는 그대로 낭랑하게, 세계를 구축하는 힘 있는 말을 노래했다.

""《야크타(투사)》!!""

세 번째 진언과 함께, 두 소녀가 휘두른 끝에서 《파이어볼》이 투사되었다.

그것은 휘리리 소리를 내면서 전위 틈을 빠져 날아가, 적진의 한가운데에서 작렬했다.

굉음, 작열, 피부를 태우는 바람이 휘몰아치고, 당신은 초점이 번지는 시야를 무심코 살짝 감았다.

"어이쿠……! 누님아들, 화려하구만……."

방을 가득 채우는, 뭉게뭉게 탄내가 나는 검은 연기에서 하프 엘프 척후가 굴러나오며 거리를 벌렸다.

"그러면 안 돼. 아직 확실하게 처치했는지, 확인을 해야지……!"

콜록 가볍게 기침을 한 여전사가 방심하지 않고 창끝으로 연기를 휩쓸었다.

밀폐된 방에 바람이 불지도 않겠지만, 뭉쳐 있던 검은 연기는 잠시 지나 사라졌다.

이어서 코에 닿는 것은 고기와 뼈를 태우는 기이한 냄새다.

연기 너머에서 소리도 없이 나타난 것은— 시체.

너덜너덜하게 타 들어간 외투를 두르고 지팡이를 손에 든, 시체.

그것뿐이다.

"…………이것은."

미르미돈 승려가 턱을 울리고, 더듬이를 흔들었다. 하프 엘프 척후가 방심하지 않고 사방을 둘러보았다.

여주교는 손에 든 천칭검을 겨누고, 종누이는 땀으로 미끄러지는 건지 짧은 지팡이를 쉴새 없이 고쳐 쥐었다.

5초 기다리고, 10초 기다리고— 역시, 아무 일도 일어나지 않는다.

이윽고 기적이 내렸던 정적도 사라지고, 살이 잔불에 파직파직 타 들어가는 가운데.

"……정마알!!"

여전사가 내리친 물미가 바닥을 파헤치는 소리가, 적이 도망친 공백에 괜히 커다랗게 울려 퍼졌다.

§

“그는……?”

여전사가 빠른 걸음으로 달려오면서, 약간 떨리는 목소리로 당신을 불렀다.

싸움을 마치자마자, 숨이 끊어질 지경인 당신 곁으로 동료들이 황급히 모여들어주었다.

당신은 어떻게 입을 움직였지만 말은 소리가 되지 않고, 대신 여주교의 가녀린 손이 목덜미로 뻗었다.

그녀는 미르미돈 승려와 당신이 난잡하게 대어 놓은 천을 정돈하고, 정성스레 다시 댄 다음 작게 고개를 끄덕였다.

“피는 멎었어요. 깊은 상처이기는 하지만……. 일단은, 이걸로.”

“그래. 다행이다아…….”

표정이 굳어져 있던 종누이가, 호오, 숨을 내쉬고 이마의 땀을 살며시 닦았다.

휘릭휘릭 표정이 잘 바뀌는 종누이지만, 그러나 이렇게 당황하는 모습을 보는 것은 드물었다.

당신이 두런두런 귀환을 우선한다는 뜻을 전하자, 그녀는 「알고 있어요」 하더니 볼을 풀었다.

“위로 돌아가요. 주문은 온존하고―.”

“……어째서 치료 안 해?”

생긋. 싸늘하리만치 맑은 미소를 지으며, 여전사가 가슴팍에 양손을 마주 대고 있었다.

분위기가 굳어진다. 종누이가 꿀꺽 침을 삼키는 것이, 당신의 눈에도 명백하게 보였다.

"저기, 그건…… 그러니까……."

"아까도 그랬었지? 어째서?"

여전사의 그 추궁에 겁을 먹었는지, 종누이는 무슨 말을 해도 될지를 모르는 기색이었다.

당신의 목덜미에 손을 대고 있는 여주교도 우왕좌왕 보이지 않는 시선을 흔들면서 끼어들지 못한다.

—그래서, 도움의 손길은 완전히 다른 곳에서.

"……어쩔 수 읎다. 그때도, 앞으로도, 무슨 일이 일어날지 모른다카이."

"흐응."

하프 엘프 척후의 말에도 여전사의 미소는 무너지지 않는다.

"그래서?"

그러나 척후는 평소처럼 표표로운 태도를 무너뜨리지 않았다.

"전투 중을 따지면, 수로 밀리고 있는 건 이쪽이었다 안하나."

팔짱을 끼고서 진지한 어조였지만, 그것마저도 어쩐지 과장되고 광대 같은 움직임이었다.

"대장이 탈락해서 하나 빠졌다. 치료 때문에 둘 빠졌다. 그라믄 밀릴 거 아니가. ……그래서, 여기는 지하 3층이래이."

"……."

"여기서 대장을 고치는데 기적 다 써봐라. 다음에 뭔가 위험한 게 오면 끝장 아니가."

"아……."

사악. 당신의 눈에는 여전사의 가녀린 얼굴에서 핏기가 가신 것처럼 보였다.

그것은 후회나 겁을 먹었다기보다, 자신의 흥분을 깨닫고서 망연해졌다, 그런 식으로도 보였다.

지하 3층— 그렇다, 여기는 지하 3층이다. 익숙하게 걸어 다니는 1층도, 상황을 파악한 2층도 아니다.

아직 무시무시하고 강대한 괴물이 어느 정도 배회하고 있을지 알 수가 없는 것이다.

"……응. 그렇, 네. ……그렇지……."

끄덕 어린 아이처럼 여전사는 고개를 위아래로 움직였다. 그것을 보고, 종누이도 자신을 되찾은 모양이다.

종누이는 절레절레 머리칼을 흔들며 머리를 좌우로 흔들더니, 금방 꾸벅 고개를 숙였다.

"저기, 미안해요. 내가 제대로 설명을 해뒀으면 좋았을 텐데. 그러니까……."

"아니, 신경 쓰지 마……. 그런 상황이 아니었으니까. ……미안해?"

"아뇨, 그런……."

그렇게 말하고, 두 사람은 당황한 기색으로 얼굴을 마주보며 입을 다물어 버렸다.

생각해 보면 파티를 결성한지 그럭저럭 됐지만, 이런 상황이 된 것은 처음이었다.

의견이 갈라지고, 충돌하는 것에 둘 다 익숙지 않은 것이리라.

서로서로 어색하게 사과하는 수밖에 없는 그 상황을 터거덕, 턱을 울리는 소리가 가로막았다.

"파티를 해산하는 것도 사과하고 화해하는 것도…… 나는 어느 쪽이든 상관없다만."

미르미돈 승려였다.

그는 당신의 바로 옆에 선 채, 팔짱을 끼고 사뭇 귀찮다는 태도로 더듬이를 흔들었다.

"일단은, 이 반송장을 사원에 던져놓고 고친 다음에 하지 않겠나?"

"네, 정말로."

여주교가 생긋 웃었다.

"리더도 내버려두면 싫겠죠?"

—정말 그렇다. 라는 말은 소리가 되지 않았지만, 당신 또한 희미하게 웃어 보였다.

이끌려서 다들 작게 웃음소리를 흘린 것을 계기로, 팽팽한 분위기가 느슨해졌다.

당신으로서도 안심이다. 당신의 추태가 원인이 되어 파티가 와해되는 일 따위가 생기면, 죽어도 못 죽는다.

재빨리 모두가 철수 준비를 시작하고 무구를 정돈하는 사이, 「잠깐 기다리라」 하고 하프 엘프 척후가 움직였다.

그는 주섬주섬 쓰러진 마술사 놈들의 불탄 시체를 뒤지더니, 품에서 주머니 같은 것을 꺼냈다.

"오, 꽤 모아 놨다 아이가. 금화가 짤랑짤랑한기라. 짭짤하대이."

"다친 보람이 있었네. ……저언부 치료비로 나갈 것 같지만."

여전사가 당신을 흘겨보더니, 아까 그 분위기를 만회하려는 듯 잡담을 했다.

당신은 어깨를 으쓱거리고, 칼을 지팡이 삼아 어떻게든 일어섰다. 곧장, 당황하여 모두가 옆에서 지탱해 주었다.

“괜찮아? 아프면 누나한테 말해야 해요……?”

육촌 녀석. 이라고 대꾸하는 것도 귀찮은 것이 솔직한 심정이었다.

피를 너무 흘린 것이리라. 고통이라기보다도 권태감. 몸이 납처럼 무겁고, 수마가 당신을 덮쳤다.

“으랏차. 대장, 정신 단디 차리라. 위까지 얼른 돌아간대이. 아무것도 안 나오면 좋을 긴데.”

“탐색의 속도가 느려질 만 하네요……. 저게 시작, 이라는 걸까요?”

“지하 4층으로 가는 계단도 발견되지 않았다고 하니까요. 조바심 내지 말고 나아가요!”

“돌아가는 길도 그렇다. 지하 1층에서 또 슬라임이 공격해올지도 모른다.”

“좀 그런 말은 금지이……. 그거 귀문이란 말야.”

동료들의 대화를 들으면서, 당신은 미궁의 주인의 머리칼을 걸고서, 언젠가 응보를 내리리라 중얼거렸다.

“어차피 대머리의 대머리 가발일 기다, 분명히.”

그 말을 들었으리라. 하프 엘프 척후가 투덜거리는 걸 보니, 파티의 분위기는 이미 온화했다.

“아, 네가 안 된다면…… 내가, 문을 차보고 싶어!”

파티 유일의 전업 전위가 된 여전사가 마치 어린 아이처럼 들떠서 당신을 돌아보았다.

당신이 쓴웃음을 섞어 고개를 위아래로 움직이자, 그녀는「아핫」 하고 밝게 꽃이 피는 것처럼 웃음을 흘렸다.

이 태도가 의도된 건지, 이미 본래의 태도로 돌아온 건지는 역시 알 수가 없었다.

그러나— 종누이와 만들었던 험악한 분위기는, 이제 없다. 당신은 몰래 내심, 가슴을 쓸어 내렸다.

그런 당신의 기척을 짐작한 것일까? 여전사는 고양이처럼 눈웃음을 지으며 종누이를 팔꿈치로 톡 건드렸다.

“그러고 보니, 그가 이 파티에서 처음으로 사원행이네?”

“아, 그렇네요! 응, 어쩐지 그럴 것 같다는 생각은 들었어요. 생각보다, 그러니까, 알죠?”

여전사가 싱글싱글 웃고, 육촌은 신이 나서 동의하고, 에잇.

당신이 됐으니까 얼른 지상에 데리고 가달라고, 불만스럽게 입술을 삐죽거렸다.

그리고 잠시 지나, 뚝 실이 끊어지는 것처럼 의식이 암전됐다.

§

—다음으로 당신이 본 것은, 시야에 가득 펼쳐지는 밤하늘이었다.

상당히 오래 들어가 있었던 것 같지만, 실질적으로는 한나절 정도였으리라.

미궁 안은 공간이 일그러져 있다고 하는데, 시간의 감각도 애매해지는 모양이다.

서늘한 밤공기가 볼을 쓰다듬자, 당신은 묵직하게 떨어져 있던 눈꺼풀을 들어 올렸다.

상쾌한 밤바람과 신선한 대기는 잃어가던 정신을 확실하게 해주었다.

이미 미궁의 입구를 벗어나, 도시의 문을 지나는 무렵이었던가 보다.

그건 그렇고 살아서 다시, 이런 밤하늘을 볼 수 있을 줄은 몰랐다.

당신은 신에게 감사를 해도 되고, 안 해도 상관없다.

"아, 정신 들었어? 후훗, 슬라임이랑 만나지만 않으면, 간단하지."

여전사가 당신을 보고, 키득키득 목 안쪽에서 웃음소리를 냈다. 종누이가 그걸 듣고 고개를 끄덕였다.

"다들 어떻게 살아서 돌아왔으니까요. 응, 좋은 탐색이었죠?"

이게 「모두 무사히」였다면 당신이라도 화를 냈을지도 모른다.

그러나 이완된 육체로는 솔직히 서 있는 것도 어려울 정도였다.

이번만큼은 **육촌**의 말도 간과하는 수밖에 없으리라.

그런 당신의 모습을 깨달은 여주교가 「얼른 사원으로 가요」 하며 종누이의 소매를 끌었다.

"위태로운 상태인 건, 변함이 없으니까요……."

"그렇네에. 이제 아무 말도 못하는 것 같으니까."

좋다. 하고 고개를 끄덕인 것은 미르미돈 승려였다. 당신의 옆구리에 그의 갑각질 몸이 끼어들었다.

"이쪽은 내가 지탱하마. 반대쪽은 누군가 해다오."

"내 할기다, 맡기래이!"

스르륵 하프 엘프 척후가 끼어들어서 쑤욱, 당신의 몸을 일으켰다.

동료들이 들쳐 메는 것처럼 해서, 당신은 사원으로 이어지는 길을 서두르며 성채도시에서 운반됐다.

오가는 통행인의 눈이 당신을 본다. 개중에는 모험가의 시선도 있었다.

모험가들은 처음에, 피투성이 동료를 나르며 달리는 당신들을 침통한 것을 보는 것처럼 본다.

그러나 금방 당신이 숨이 붙어 있는 것을 깨닫고, 어쩐지 안도한 것처럼 눈웃음을 지으며 길을 터주었다.

여기는 성채도시다. 미궁에 도전하는 자에게 언제나 《죽음》이 곁에 달라붙어 떨어지지 않는다.

그렇기에 그들은 친구도 동료도 아무것도 아니라도, 당신과 같은 모험가이리라.

사원까지는 결코 짧은 거리가 아니다.

그러나 동료들에게 둘러싸여 있으니, 딱히 고통이라고 생각되지 않는 것이 신기한 심정이었다.

죽음 앞에 선 당신을 동료들이 지탱해준다.

교대하고 번갈아 가면서, 차례차례 얼굴을 보이고, 말을 걸어준다.

만약 쓰러진 것이 당신이 아니라도 다들 그렇게 했으리라. 틀림없이.

명멸하는 의식 속에서, 그것이 당신에게는 참을 수 없이 기쁜 일이었다.

잠시 지나 쿠당 소리가 나고, 당신은 사원의 문이 열린 것을 깨달았다.

동료들이 시끌벅적 당신을 사원의 제단까지 옮기고, 당신의 치료를 부탁하는 게 멀리서 들린다.

그리고 당신이 마지막으로 기억하는 것은, 드러누운 당신을 차가운 눈으로 내려다보는 수도녀의 짤막한 한 마디.

"──뭐야, 아직 살아 있잖아요."

§

"어디보자, 활의 명인 전설 기억하고 있니?"

스승이 그렇게 말했을 때, 당신은 검을 막 배우기 시작한 참이라 아직 어렸을 적이었다고 생각한다.

그러나 기억 속에 있는 스승의 모습은 그대로, 암자에 앉은 당신의 모습은 지금의 당신이었다.

색을 밝히고 여자 놀음만 다니던 스승이었지만, 이렇게 이야기를 해주는 일도 있었다.

그녀는 도복을 입은 가슴팍에 손을 넣으며, 방긋이 이를 보이며 웃었다.

"화살을 쏘지 않고도 새를 쏘는 불사(不射)의 사법을 익혔다는 그는, 마지막에는 활을 잊고 말았다."

당신은 기억하고 있다며 고개를 끄덕였다. 과거의 당신이 어떻게 대답했는지는 모르겠지만, 지금의 당신은 기억하고 있었다.

스승이 「좋아」 하고 응하는 것과, 암자를 빠져나가는 바람이 솨라라라 수풀을 흔드는 소리가 겹친다.

바깥은 여름이다. 파란 하늘은 뜨겁고, 하얀 구름은 눈부시다. 방바닥과, 향로, 약, 그리고 스승과 자신의 땀냄새.

"그러면 묻지."

스승은 무덥다는 기색으로 가슴팍을 느슨히 풀어 쇄골을 드러내고, 하얀 목에 걸친 머리칼을 떨쳐내더니, 유유히 무릎을 세웠다.

"그 명인, 과연 정말로 명인일까? 아니면 그냥 사기꾼일까?"

—어찌 생각하지?

질문을 들은 당신은 잠시 지나, 명인일 거라고 대답했다.

진정으로 명인이라면, 이미 활이 필요 없는 것도 마땅한 도리. 잊었어도 지장은 없으리라고.

스승은 그 대답에 씨익 웃음을 짙게 지었다. 유쾌함인지 조롱인지 알 수 없는 평소와 같은 웃음.

"그렇군. 너는 그렇게 생각하는 게다. 이미 명인, 달인은 무구에 얽매일 필요가 없다고."

말하면서 스승은 팔을 뻗어, 느슨히 푼 옷깃을 감추지도 않고 세워둔 만도를 집었다.

스릉. 칼자루에서 매끄럽게 뽑혀 나온 것은 하얀 칼날이다.

암자의 어슴푸레함 속에서 험악한 빛을 감추려고도 하지 않는 그것은, 명품일 거라 생각했다.

"이름 없는 칼이야."

당신의 시선을 깨달았으리라. 스승은 가볍게 칼날을 어깨에 지면서 수줍은 듯 웃었다.

"그러나, 우리들은 무구를 존중한다. 그야 그렇겠지? 가리지 않

© lack

아도 강하다, 그렇다면—."

이번에는 소리도 없이, 허공을 가른 만도가 당신의 눈앞에서 멈췄다.

피아의 거리— 간격이 있었는데도, 공간이 줄어든 것처럼 칼날은 당신의 목덜미에 있었다.

"—가리면, 더욱 강하지."

그것은, 송곳니를 드러내는 범의 웃음이었다.

스승은 이대로 표정 하나 바꾸지 않고 당신을 물어 죽일 수도, 목을 그르릉 거리며 몸을 웅크릴 수도 있는 것이다.

과거의 당신이 어떻게 대답했었는지는, 이미 분명치 않았다.

지금의 당신은, 그러나, 그렇다고 해도, 입을 움직였다. 스승은 「응」 하고 말을 재촉했다.

그렇다고 해도 좋은 무구를 가진 명인과 초보자라면, 명인이 강하다. 그것은 명백하다.

다시 말해서 따져야 할 것은, 당사자의 기량이 아닐까?

당신의 대답에, 스승은 「그렇군」 하고 칼날을 칼집에 넣었다.

그렇게 보인 순간, 훌쩍 당신의 무릎 위에 그 만도를 던졌다.

당신이 황급히 받아내자, 스승이 「자」 하고 말하듯 양팔을 펼치더니 고개를 천천히 기울였다.

"그렇지만 승부는 그때의 운. 고철을 든 명인과, 명품을 든 초보자라면, 알 수가 없지."

—지금이라면, 죽일 수 있을지도 모른다.

햇살에 타지 않은 새하얀 목과 가슴팍을 드러내면서, 스승은 천진한 어린 소녀처럼 유혹하고, 웃었다.

살이 얇고, 가죽이 비추며 뼈가 드러나 있다. 과거의 당신이 가진 용력이라도, 꺾어버릴 수 있을 것 같은 모습.

희미하게 달리는 파란 선을 끊으면, 파악 눈이 떠질 것처럼 빨간 피에 물들지 않을까?

맴맴 멀리서, 더위에 저항하는 것처럼 매미가 울고 있었다.

그러나 당신이 이마에 번지는 땀을 느낄 무렵에는 그것도 끊어졌다. 힘이 다했는지, 새한테 먹혔는지.

당신은 침을 삼켰다. 목이 울리는 소리가 괜히 커다랗게 울렸다.

진정으로 범과 대치하면 이러한 마음가짐이 될까?

자신을 다음 순간에 물어 죽일 수 있는 상대라는 것보다도, 그것을 벨 수 있을 지도 모른다고.

그렇게 생각하는— 생각해 버리는 마음이야말로, 뭐라 말할 수 없이 두려웠다.

이윽고 당신은 땀에 미끄러지는 손으로 만도를 잡더니, 살며시 자주 쓰는 팔 쪽의 바닥에 두었다. 예법이었다.

승부는, 그때의 운이다. 알 수 없는 것이기에, 그저 도전한다고 이길 수 있는 것이 아니리라.

"흐응, 그렇게 나왔구나."

스승은 흥미를 잃은 것처럼, 흥미가 늘어난 것처럼 받아들일 수 있는 중얼거림을 흘리고 옷깃을 가다듬었다.

"너는 방금, 기량이라고 했어. 운이라고도 했지. 무구는 상관없다고."

—그것은 대답이면서, 대답이 아니야아.

그렇게 말하며 스승은 맨발을 뻗어서, 암자 구석에 둔 그릇을 버릇없이 발가락으로 잡아 끌어당겼다.

그릇 위에서 약봉투를 치우고, 술이 든 호리병과 이가 빠진 술잔을 집어서 그녀는 넘실거리도록 술을 따랐다.

"그러면, 또 하나 물어보자."

응. 입을 맞추듯 술잔의 술을 맛있는 기색으로 들이켜고, 꿀꺽 목을 울리며 스승이 말했다.

입술 끄트머리에 묻은 방울을 낼름 붉은 혀로 핥더니, 혈색이 늘어난 볼을 느슨히 풀었다.

"너는 명인이야."

쓰윽 움직인 손가락 끝이 당신을 가리키고, 이어서 허공을 가리켰다.

"상대도 명인이다."

그러나. 스승은 또 한 모금, 두 모금 술을 마시고, 걸쭉하게 녹아내린 눈동자로 당신을 보았다.

"상대는 명품을 가졌고, 네 손에 있는 건 고철이야."

—자, 어쩔 거지?

당신은 대답할 수 없었다.

과거에도 그랬고, 지금도 그랬다.

설령 그러한 상황이라고 해도, 당신은 싸움에 나설 것이다.

그렇지만, 그것은— 대답이면서, 대답이 아니다.

할 말이 궁해진 당신을 보고, 스승은 까르르 기분 좋게 목을 울리며 웃었다.

"뭐 그렇겠지. 하는 말과 행동이 모두 정답이라니, 아무도 못하는 일이니까."

스승이 그렇게 말하고서 호오, 뜨거운 숨결을 토하더니 문득 사지를 이완시켰다.

긴장을 풀고 또 다시 옷깃을 풀더니, 펄럭펄럭 움직여 바람을 넣는다.

그 동작은 지독히도 망측했으며, 방금 전 같은 압박감이 전혀 없었다.

햇살 속에 드러누워 털 고르기를 하는 고양이 같았다. 당신은 얼굴을 붉히며 눈을 깔았다.

"그 검은 너한테 주마."

훌쩍 일어난 스승은 빈 술병을 툭 차서 넘어뜨리고 유유히 걸었다.

또 놀러 가는 것이리라. 당신 옆을 지나갈 때도, 발소리가 전혀 나지 않았다.

"답을 맞춰 보는 건 또 언젠가 하자. 알 수 있을지도 모르고, 알 수 없을 지도 모르지."

드르륵 문을 옆으로 미끄러뜨리는 소리가 나고, 드르륵 그것이 이어지며 탁 하고 닫혔다.

당신은 천천히 고개를 들고, 옆에 둔 만도를 천천히 뽑았다.

험악하게 번득인다. 그러나 그것은 칼날이 본래 타고난 그것이며, 괜히 보고 겁먹을 정도는 아니다.

칼날은 소리 없이 칼집에서 뽑히고, 소리도 없이 칼집 안에 들어갔다. 그냥 만도에 지나지 않는다.

실내에는 축축한, 스승의 약이 뒤섞인 땀 냄새만 미약하게 남아 있었다.

그 형태를 무너뜨리기 싫어서, 당신은 숨을 죽이고 가만히 손에 쥔 만도에 눈길을 주었다.

문에 바른 종이를 통과하여, 살아남은 매미가 다시 새된 소리로 울어제끼고 있었다.

지독히도, 덥다.

§

"어머. 눈을 떴나요?"

—아니, 도저히 그렇다고 못한다.

암흑 속에서 속삭이는 쌀쌀맞은 목소리에, 당신이 혼자 투덜거렸다.

개안인(開眼人)이란 것은, 당신에게는 아직 멀었다.

제다이(制點理) — 절제하고 가라앉혀 다스림 — 의 영역에는 도저히 못 다다른다.

"좀 더 속물적인 이야기를 하고 있는 건데요."

흥. 깔보는 것처럼 코웃음을 치는 작은 소리를 듣고서, 당신은 단념하고 천천히 눈을 떴다.

시야를 인식하는 것보다도 빠르게 인식한 것은, 드러누워 있는 돌침대, 아니 제단의 차가움.

그리고 촛불의 빛이 비추어 번진, 그 어스름한 광경에 당신은 숨을 삼켰다.

"……뭔가요?"

기도의 영창, 속삭임이 메아리치는 가람 안에서, 신에게 한 마음으로 염원하는 소녀를 보게 되면 그렇게도 된다.

하물며 그녀가 유리처럼 엷고 하얗고 투명한 피부에, 얇은 천을 한 장만 걸치고 있다면 더욱이 그렇다.

언제나 사원에서 만나는, 그 수도녀다— 라는 것을 깨달을 때까지 한순간이 필요했다.

평균적인 크기의 유방이 마치 조각상처럼 균형 잡힌 아름다운 능선을 그리고 있었다.

백자 인형처럼 단정하고 가녀린 얼굴은 불꽃이 비추어서 살짝 분홍색에 물든 것처럼 보였다.

당신이 간신히 시선을 돌린 것은 그녀의 눈이 경멸하는 것처럼 가늘어지는 걸 짐작했기 때문이다.

"……요금을 받는 수가 있어요."

돈을 내면 봐도 된다는 걸까? 그런 괘씸한 생각을 당신은 머리 바깥으로 쫓아냈다.

당신이 부끄러움에 고개를 숙이자 — 당신도 나체라는 걸 깨달았다 — 그녀는「정말이지」하고 중얼거렸다.

"상관없어요. 화난 게 아니니까요. 다른 모험가와 비교하면 상당히 나은 반응입니다."

스르륵 천이 스치는 소리가 들린 곳을 보자, 그녀가 그 피부에 수도복을 입고 있었다.

당신은 주위를 살피고, 자신의 옷이 개어져 있는 것을 발견하고는 서둘러 입었다.

등을 마주 대고서 제단에 앉은 채, 당신들 두 사람은 묵묵히 옷을

© lack

입고 허리띠를 단단히 조였다.

“그건 그렇고, 용케 돌아왔네요.”

머리칼을 쓸어 올리고 옷깃에 펴지는 것에 맞추어, 살랑 그녀의 내음이 떠돌았다.

향을 피우고 있어서 그럴까? 가루 향의 냄새가 때로는 칭찬의 말이 된다는 걸 당신은 처음으로 알았다.

“《리저렉션(소생)》의 기적도 절대적인 건 아니니까요.”

—《리저렉션》.

그래, 그래서로군. 당신은 자신이 겪은 의식의 정체를 깨달았다.

처녀 동침을 통한 생명력의 부활. 죽음의 문턱에서 영혼을 불러온다는, 그야말로 신의 기적.

죽은 자의 부활하고는 비슷하면서 다른 것이지만, 막상 자신의 몸에 일어나자 감탄하는 수밖에 없다.

그렇다, 죽은 자는 되살아나지 않는다. 죽음에서 도망치는 것은 아무도 못 한다.

당신은 그 사실에 새삼 직면하고, 그렇지만 딱히 두렵지 않은 자신을 깨달았다.

손이 떨리지 않는다. 신기하게도, 당신은 빤히 그 손바닥을 내려다보고 있었다.

“생명만 이야기하는 게 아니에요. 영혼을 말하고 있는 겁니다.”

퍼뜩, 당신을 고개를 들었다. 그렇게 멀지 않은 곳에, 수도녀의 예리한 눈동자가 있었다.

찌르는 것처럼 곧은 시선은 당신을 꿰뚫어 보는 것 같았다.

어째서인지 그 시선이 스승의 그것과 겹쳤다. 전혀 닮지도 않았을 텐데.

"아무리 육체가 치유됐다고 해도, 영혼에 귀환의 의지가 없으면, 잃어버리는(로스트) 법이니까요."

그것은 역시, 당신의 사색을 꿰뚫어본 것 같은 한 마디였다.

몇 번이고 죽음을 경험하고 싶다고 생각하는 자는 없으리라. 그 이상으로 살고 싶다는 생각을 않는 자도 많다.

—나는 어느 쪽일까?

살고 싶다고 바란 것은 아니다. 그저 죽지 않고, 그저 살아 있다. 그렇게 생각이 되었다.

"다들, 타고 남은 재 같으니까요. 이 도시의 모험가들 대부분은."

쓰윽. 수도녀의 눈동자가 움직였다. 아니, 고개를 돌리고 시선만 당신을 흘겨보고 있었다.

"—아무래도, 당신은 다른 모양이지만요."

어떤 걸까? 당신은 반복해서 그렇게 묻고, 생각했다.

도시에 모여드는 모험가들과, 당신. 같은 모험가인데 뭐가 다를까?

도시를 찾아왔을 때는 다르다고 생각했었다. 지금은 어떨까?

같지 않을까— 결국, 살 것인가, 죽을 것인가, 그것뿐이 아닐까?

당신이 그런 생각에 잠겨 있는 것을 보더니, 수도녀는 기가 막힌 듯 웃었다.

"생각에 잠길 틈이 있으면, 그보다도 먼저 할 일이 있을 텐데요."

신에게 감사하라고 하는 것일까? 그러자 「바보군요」 하고 수도녀가 코웃음을 쳤다.

“기부를 받으면 동침하는 것이 내 책무. 신께서 응답해주시는 것은, 신의 의무가 아니니까요.”

신은 손익으로 움직이지 않는다. 사람은 왜소하여, 생각대로 되지 않으면 금방 신을 매도하겠지만.

스르륵 제단에서 내려온 수도녀는 몸가짐을 가다듬고, 발소리를 내면서 문을 향해 걸었다.

“모든 것에 감사하세요.”

당신은 조금 생각하고, 고개를 끄덕이고, 제일 먼저 그녀에게 의식을 집행해준 것에 대한 감사를 했다.

수도녀는 당신의 말에 멈춰서더니, 방을 나서기 전에 딱 한 번 돌아보았다.

“좋아요.”

고개를 끄덕이는 눈동자에는, 눈 내린 다음날의 아침 해와도 비슷한 미소가 아주 살짝 번져 있었다.

당신의 자의식 과잉이 아니라면—의 이야기지만.

§

—동트기 전, 일까?

휑하니 안타까울 정도로 조용해진 사원은 흐릿한 보라색 안개가 낀 것 같았다.

그 안개 속에 번지는 것처럼 점점이 들어온 빛은 나란히 늘어놓은 촛대의 촛불일까?

당신은 그 정적을 부수지 않도록, 모르는 사이 숨을 삼키고 발소리를 내지 않도록 예배당 안으로 발을 들였다.

긴 의자 사이를 나아가자, 군데군데 사람의 기척이 있다는 것을 당신은 깨달았다.

그것은 동료의 치료를 기다리며 쉬는 모험가, 혹은 동료의 진혼을 기도하는 자들이리라.

그런 띄엄띄엄한 사람들 너머— 제단 앞에서, 당신이 찾는 존재를 발견했다.

무릎을 짊고서, 홀로 조용히 기도를 바치는 여주교. 당신의 동료인 소녀다.

그 모습을 성녀, 따위로 불러 버리는 것은 다소 낯간지럽기도 했다.

특히 방금 전 일을 생각하면 더욱 그렇다. 하물며, 그녀가 여기까지 걸어온 노력을 생각하면…….

그러나 여명의 서광이 비추는 그녀의 모습은, 그렇게 부르기에 걸맞은 생각이 들었다.

"아……."

몇 걸음 나아가자, 여주교의 입에서 기도가 아닌 말이 조용히 흘렀다.

그녀는 사르륵 천 스치는 소리를 내면서 일어서더니, 천천히 당신 쪽을 돌아보았다.

당신을 발견했으리라. 그 입가에는 부드러운 미소가 맺혔다.

"……다행이어요. 정신이 드셨군요. 이제 몸은……?"

보이지 않는 눈동자로 들여다보는 그녀에게, 당신은 천천히 고개를 세로로 끄덕였다.

신의 기적을 받았으니 문제없으리라. 기도를 방해해서 미안할 정도였다.

당신이 그렇게 말하자, 여주교가 안도한 기색이었다.

그러고 보니, 그녀는 이미 장비를 벗고 머리도 풀어 내리고 있었다.

다른 동료들의 모습도 없다— 물론, 다들 잠들지 않고 기다리고 있으리라 멋대로 기대한 것은 아니다.

그도 그럴 것이 모두 탐색으로 피폐해진 것이다. 여관으로 철수했을 것이고, 그래도 괜찮다고 생각했다.

당신이 그 추측을 그대로 말하자, 그녀가 「네」 하고 고개를 끄덕였다.

"한 번, 여관에서 따스한 물을 빌리고, 저만 돌아왔어요. 다들 지치셨으니까요……."

아무래도 다 함께 모여 기다리는 것은 방해가 될 거고— 라는 말에, 그렇군 하고 고개를 끄덕였다.

어쩐지 희미하게 달콤한, 비누 냄새가 날 법하다.

"네. 당신의 누님이 『어쨌든지 목욕을 하면 마음도 차분해지니까요!』라고 해서요."

여전사와 여주교 두 사람을 이끌고서, 여관에 도착하자마자 제안했다고 한다.

뭐 목욕이라고 해도 물로 몸을 닦아내는 것이 고작이고, 설마 욕탕에 간 것도 아니리라.

정말이지, 그 종누이다운 행동이다. 당신으로서도, 오히려 평소와 같다는 점이 마음이 편했다.

“정말로, 힘들었답니다? 당신이 정신을 잃고서, 모두 당황해서…….”

키득. 여주교가 소리를 내며 웃었다.

사원에 도착했을 무렵에는 여전사가 흐트러지고, 그것을 척후가 황급히 달래고, 미르미돈 승려가 기부를 했다.

그녀가 흐트러졌다는 것은, 당신으로서는 그다지 상상하기 어려운 일이었다.

“네, 정말로……. 누님은, 겉보기에는, 태연해 보이기는 했습니다만.”

분명히 반대의 모습일 거라고 생각하고 있었어요.

여주교가 그렇게 말하지만, 당신이 보기에 종누이는 그런 점에서 간이 큰 편이다.

실제 자기 눈으로 본 그 수도녀는 참으로 기가 막혔겠지만. 당신은 또 웃었다.

생각해 보면, 지하미궁에서 그 전투를 헤쳐 나올 수 있었던 것은 행운이었다.

—특히 당신이 쓰러진 다음, 모두에게 일촉즉발의 분위기가 떠돌았던 것은 솔직히 뜻밖이기도 했다.

그런 기척이 불식됐다면, 이보다 더 기쁜 일도 없다.

당신은 그런 내심을 품은 채, 딱히 여주교도 쉬고 있었어도 상관없었다고 말했다.

“아, 네. 그게, 『어느 쪽이든 좋다』라고 하셨습니다만, 하지만 저는, 그게…….”

그녀는 당신의 말에, 부끄러운 것처럼 고개를 숙이고 살짝 눈을 깔았다.

잠시 침묵. 그것은 목 안쪽에 솟아오르는 씁쓸한 물을 삼키는 것처럼, 조용히 흘린 말.

"……도움이, 못 됐으니까요."

당신은 아무 말도 하지 않았다. 고개를 숙이고, 어깨를 떨고 있는 그녀에게 무엇을 말하면 좋단 말인가?

그저 「그렇군」이라고 말을 걸고, 당신은 긴 의자에 앉았다.

잠시 지나, 그녀도 살며시 당신 옆에 앉았다. 희미한 오열을, 당신은 듣지 않은 것으로 했다.

"……저기, 리더."

뭐지? 당신은 멍하니 제단에 모시고 있는, 교역신의 성인을 보면서 물었다.

"저는, 도움이…… 되고, 있나요?"

당신은 깊숙하게 숨을 내쉬었다. 여주교가 흠칫 어깨를 떨었다.

—무엇을 고민하고 있나 했더니, 뭐야, 그런 건가?

"그, 그런 거라뇨. ……너무해요. 저는, 신경 쓰고 있는 일인데…… 윽."

아아, 그래. 당신은 어색하게 고개를 끄덕이고 머리를 긁적였다.

아니, 물론, 그녀가 그런 부분을 불안하게 생각하는 것은 잘 이해하고 있었다.

유용함을 증명하지 않으면, 또 주점에 남겨질지도 모른다. 라고 생각하는 것도 무리가 아니었다.

그러나— 뭐 실제로 따져보자면.

그녀가 없으면, 매번 탐색부터가 어려운 것이었다. 특히 지난번에는 그랬다.

정확히 안내를 해주기 때문에, 당신이 쓰러져도 돌아가는 길을 무사히 온 것이다.

첫째로, 일단 당신들은 지하 3층에 도전하는 모험가 파티였다.

초전은 실패했지만, 여기까지 역량이 높아진 주교가 도움이 안 될 리가 없다.

그러한 것을, 당신은 찬찬히 곱씹는 것처럼 참을성 있게, 여주교에게 말했다.

"……그런, 걸까요?"

그렇고말고. 당신은 고개를 끄덕였다. 애당초, 그걸 말하자면 당신 쪽이 어지간히 도움이 안 된다.

앞으로 나서서 막대를 휘두르고, 여유가 있으면 술법을 던지는 정도. 이번에 이르러서는 이 꼴이다.

당신이 목을 통통 두드리며 풀이 죽은 모습을 보이자, 그녀는「그렇지 않아요!」하고 소리를 높였다.

"언제나 선두에서 싸우고, 결단을 해주시는데! 주점에서도, 저를—."

—것 보라니까.

"……네?"

그렇지 않아요, 다. 당신이 깔깔 웃었다. 그렇지 않은 것이다. 당신도, 그녀도.

"아……."

속임수에 걸려든 걸 깨달은 그녀는 볼을 부풀리고서「아이참」하고 중얼거렸다.

그렇고말고. 그렇지는 않은 것이다. 그녀가 너무 신경 쓰는 것뿐이지.

그러나— 그렇게까지 자신에게 자신감이 없는 것도, 다소 뿌리 깊은 문제가 있는 모양이다.

그저 주점에 남겨지고, 감정사 취급을 받은 일만 원인이라고 생각할 수 없다.

물론, 그 근본에 자리 잡은 것은 그 고블린 퇴치의 경험이 있다고 해도…….

"……저는. ……저는, 그게……."

당신이 그렇게 물어보자, 그녀는 한 마디, 두 마디, 중얼거리는 것처럼 대답해 주었다.

"—영웅이 되어라, 고 교육을 받았답니다."

그렇게 거창한 핏줄은 아닙니다만, 하고 여주교가 쓴웃음을 지었다.

그녀의 집은 오랜 옛날 백금 등급의 영웅에서 이어지는 핏줄이라고 한다.

방계라고는 해도 용사의 후예라면, 그에 따른 강자가 되지 않으면 안 되리라.

여주교는 말수 적게 논했지만…… 교육을 받았다기보다는 조정을 받았다, 라고 해야 하리라.

열다섯 살 성인을 앞두고서 주교로 인정받을 정도의 능력을, 그녀는 이미 얻었던 것이다.

그것은 재능이나 자질에만 머무르는 것이 아니다. 노력을 요구 받고, 응답해왔기 때문이다.

"그렇지만, 마술과 기적, 양쪽을 다룰 수 있었을 뿐이랍니다. 기적뿐이라면, 다른 아이 쪽이……."

그렇게 말하고 그녀가 중얼거리는 이름은, 예전의 동료일까? 아니면 고향의 친구일까?

그래서 결심하고, 그녀는 모험가가 되었다. 그러나, 되고서…….

"하지만, 결국 안 된답니다. 저는 요령이 안 좋아서, 걸림돌이 되어 버려서……."

구출되고서. 동료들의 보살핌을 받으며 여행을 하고. 그리고 또 남겨졌다.

"역시, 그렇게, 잘 되지는 않는답니다. 생각보다도 살아가는 건, 어려워서……."

그렇게 말하고, 여주교는 덧없이 미소를 지었다.

그녀도 그녀 나름대로 고민하고 노력하여, 나아가고자 발버둥 친 것은 의심할 여지도 없다.

당신은 그녀의 눈을 덮은 천에 번지는 것에서 시선을 돌리고, 예배당의 천장을 보았다.

사원에 모인 모험가의 기부금으로 세운 것인지, 눈의 착각인지, 쓸데없이 드높고 끝이 없었다.

—그러나, 뭐, 그렇게, 나쁜 것도 아니리라.

당신은 신중하게 말을 고르면서, 그렇게 중얼거렸다.

오히려 당신이 보기에는 여주교가 부럽다고 생각되는 점마저 있는 것이다.

"네……?"

멍하니, 믿을 수 없다는 목소리를 그녀가 흘렸다. 그러나 생각해 보도록 하자.

자신이 살아가는 의미를 아는 자가, 과연 이 세상에 몇 명이나 있을까—?

자신이 무엇을 위해 태어나, 무엇을 이루어야 하는가, 알고 있다고 할 수 있는 사람은 많지 않다.

당신은 검사로서, 검의 경지를 목표로 계속 걷고 있었다.

이 지하미궁의 가장 안쪽에 숨어 있는 『죽음』과 싸우는 것도, 그 여로의 한 걸음에 지나지 않는다.

그러나 그것이 자신의 목숨을 올바르게 쓰는 길인가 물어보면, 대답할 수가 없다.

길은 하염없이 멀고, 멀어서 아스라이 저 너머까지 이어지며, 끝이 없을 지도 모른다.

그러나…… 그러나, 여주교에게는 그것이 있는 것이다.

영웅이 되어라. 영웅으로서, 세상에 평화를 불러 오라는.

그것은, 처음에는 누가 준 것일지도 모른다. 그렇지만 지금은 자신의 의지로 목표 삼은 것이다.

"아……."

그 길이 험난하고, 쉽지 않은 것이긴 하겠지만…….

자신의 길이 있는 것은 부러운 일이라고, 당신은 그런 식으로 말을 맺고서 입을 다물었다.

"……. 그런 식으로, 생각한 적은…… 없었어요."

그러면, 그렇게 생각하도록 하면 되는 것이다.
당신은 생각지 못하게 한 말을 부끄러워하는 것처럼, 괜히 엄격하게 말했다.
아직 길을 걷고 있는 중이다. 미숙한 것은 당연하다. 그것은 그녀뿐이 아니라, 당신도 마찬가지.
그렇다면, 무엇을 그렇게 신경 쓰고 번잡하게 생각할 일이 있을까?
그저 묵묵히 계속 걸으면, 그것만으로 충분한 것이니까.
모든 것에 감사하라고, 그 수도녀는 말했다. 모든 것은 운명이라고.
좋은 일도 나쁜 일도— 그걸 알고서 걷고 있다면 괜찮은 것 아닌가?
"—아직, 길을 걷는 중……."
조용히 중얼거린 그녀에게, 그렇고말고, 당신은 거듭해 고개를 끄덕였다.
지하미궁만 따져 봐도, 아직 지하 3층이다. 갈 길이 멀다.
그렇기에 괜히 더, 주문과 기적 양쪽을 다루는 그녀는 파티의 요체인 것이다.
그녀가 중심에 있는 덕분에, 어떠한 포진도 짤 수 있고 여차할 때의 수단도 늘어난다.
그녀가 있는 덕분에, 당신들이 고를 수 있는 길이 넓어지는 것이다.
첫째로, 길을 나아가는데 지도 담당이 없으면 길을 헤매기만 할 것이 아닌가?
당신이 마무리를 짓는 것처럼 말을 잇자, 그녀는 「우웅」 하고 토라진 것처럼 입술을 삐죽거렸다.
"……조금 치사해요. 제가, 칭찬을 받고 싶은 어린애 같지 않나요."

당신은 핫핫핫하, 괜히 웃었다.

뭐 그게, 뭐냐. 이렇게 말하지 않으면, 자신을 가지는 것도 어려우리라.

그리고 무엇보다 당신은 이번에 이거다. 목을 두드리는 시늉을 했다. 추태를 만회할 필요도 있을 것이다.

당신이 그렇게 말하는 것을, 여주교가 가만히 노려보는 것처럼 보았다.

눈가리개를 한 그 너머에서, 눈동자가 게슴츠레한 기색일 것이 눈에 선했다.

"그러면, 저기…… 어흠."

잠시 지나, 여주교가 귀엽게 헛기침을 하고서 슥 무릎을 모아 앉으며 당신을 마주 보았다.

"……저도, 당신과, 여러분을 만나서, 다행이라고 생각한답니다."

음…….

기습처럼 던진 올곧은 말에 당신이 신음하자, 그녀는 더욱이 간격을 좁혔다.

"그러니까, 다치지 않는다— 는 무리라도, 죽지 말아주시어요?"

절대로 용서 못해요.

그렇게 말을 해버리면, 당신은 한 번 더 으음, 하고 신음하는 수밖에 없다.

여주교는 키득키득 웃으면서 「답례랍니다」라고 말하더니, 세련된 동작으로 일어섰다.

"그러면, 저는 다른 분들께 당신이 눈을 떴다고 전하러 가겠어요."

너무 오래 이야기를 해도, 아직 몸에 안 좋을 테니까요. 쉬고 있으시어요…….

그 어조는 아직 완전히 가벼워지진 않았지만 어느 정도 무게를 덜어낸 것 같았다.

그것은 당신의 착각일지도 모르지만, 그렇다면 좋겠다고, 당신은 진심으로 바랐다.

"긴 낮과, 쾌적한 밤을. 편히 쉬세요."

너에게도 그 두 배의 낮과 밤을. ―편히 쉬어.

§

"정말이지 참. 죽어 버린 줄 알았잖아."

이튿날, 여주교와 함께 얼른 여관으로 철수한 당신에게, 입을 열자마자 한 말이 이것이었다.

평복인 여전사는 뺨에 손을 대고서, 보란 듯이 질색하는 표정을 지으며 한숨을 쉬었다.

당신으로서는 반론을 할 도리가 없었으니, 쓴웃음을 짓는 수밖에 없다.

다시 말해서 당신의 미숙함이 부른 결과인 것이다.

―어쨌거나, 배가 고프군.

물리적으로 피가 부족한 것이다. 뭐든지 좋으니 마구마구 먹고 싶은 기분이었다.

당신은 그렇게 제안하고, 동료들을 이끌어 『황금의 기사 정』으로 나서기로 했다.

다행히 반론도 없고, 그리고 다행히도 당신들의 정위치인 원탁은 아직 공석이었다.

평소처럼 탁자에 앉아, 평소처럼 토끼 수인 여급을 불러서 주문을 했다.

"어머, 이른바 훈장이라는 거네요?"

기다란 귀를 살랑살랑 흔들며, 눈치 빠르게 이쪽 상태를 깨달은 그녀가 그렇게 속삭였다.

당신은 쓴웃음을 짓고, 목덜미에 감은 붕대를 더듬었다. 상처 자국은 확실히, 남는다면 자랑거리가 되겠지만.

어쨌거나 어느 정도 평소보다도 양으로 사치를 부린 주문을 한 참에, 종누이가 톡 손뼉을 쳤다.

"살아서 다행이에요. 정말로. 그러니까—."

생긋 웃으면서, **육촌**이 여전사에게 말했다.

"내기는 제가 이겼네요!"

"내기를 한 건가요?!"

무심코 덜컹 일어선 것은 여주교였다. 당신도 눈을 까뒤집었다. 당연하다.

"그래. 어제 말야. 여관에 돌아온 다음에, 다 같이 이야기를 했어."

"……**지는 쪽**이 없으면, 내기가 안 되니까."

터거덕 턱을 울리고, 미르미돈 승려가 얄궂은 기색으로 말했다.

그는 옷 안을 주섬주섬 뒤지더니, 붙잡은 금화 몇 닢을 좌라락 탁상에 펼쳐놓았다.

다음으로 여전사가 재미없다는 기색으로 금화가 든 주머니를 탁자에 던졌다.

돈이 부딪치는 소리를 듣고서 씨익 웃은 척후가 두 사람의 어깨를 찰싹 두드렸다.

"그래 됐다. 오늘은 두 사람이 사는기라!"

"네에. 아~아. 손해 봤어."

그렇게 말하는 것치고, 어조가 즐겁게 보이는 것은— 과연, 당신의 자의식 과잉일까?

어쩐지 모르게, 누가 내기니 뭐니 하는 얘기를 꺼냈는지 짐작이 간 당신은 묵묵히 어깨를 으쓱거렸다.

이른바 운세 기원이다. 당신이 죽었다 치면, 내기에 이기는 쪽이 이런 분위기가 되진 않으리라.

……안 될, 것이다. 아마도.

그리고 지난번 탐색행에서 소동을 생각하면…… 의외로 여전사도, 신경 쓰고 있던 것일까?

당신은 전혀 눈치 못 챈 시늉을 하며, 종누이에게 내깃돈 징수를 적당히 하도록 말했다.

"물론이죠! 언제나 앞에서 지켜주고 있는 걸요. 무리하게 주문하지는 않아요."

누구에게 하는 말이냐고 자랑하는 종누이에게, 여전사는 난처한 듯 울 것 같은 미소를 보였다.

—아마도, 괜찮으리라.

사람의 마음이 어찌 움직이는가는 간단히 읽어낼 수 있는 것이 아니고, 용서하고 안 하고도 마찬가지다.

여전사는 마음에 부채를 안긴 하겠지만, 뭐 서로가 죽을 때까지는 보고 살아야 하는 사이다.

당신은 잊지 않는다. 동료들도 잊지 않는다. 여전사도, 분명 잊지 않으리라.

그래서 단순히 용서하고 그걸로 끝이라는 것보다는— 괴롭지만, 서로에게 훨씬 좋을 것이라 생각한다.

그런 당신의 사색도, 이윽고 나온 아침 식사가 분단해 버렸다.

마침 좋다면 좋은 일이다.

당신은 따뜻하게 김을 피우고 있는 보리죽을 와구와구 먹으며, 치즈와 말린 고기를 포도주로 흘려 넣었다.

“그래서는 위장이 받아들이지 못한다.”

타가닥 턱을 울리는 미르미돈 승려를 시끄럽다며 내치고, 당신은 공복을 채우는 것에 전념했다.

그런 당신의 굶주린 모습에, 다른 동료들도 쓴웃음을 짓지만 알 바가 아니다.

미궁 안을 포함하여 하루 이틀은 아무것도 먹지 못한 것이다. 지금이라면 가죽을 벗기지 않고 용도 먹을 수 있으리라.

“정말이지…….”

하고 육촌이 이쪽의 입을 닦으려고 하는 것을 무시하며, 당신은 말을 꺼냈다.

—뭐 오늘은 휴식을 한다 치고.

그렇게 말하고 한 박자 기다린다. 목이 막힌 건 아니지만, 황급히 포도주를 한 모금. 꿀꺽 삼킨다.

다들 좋다면. 당신은 신중하게 말을 골랐다. 그렇다, 다들 좋다면.

—내일이나 모레쯤, 또 그 호면(虎面)의 시노비 놈들에게 도전할까 생각한다만.

"…………."

"…………."

우뚝. 동료들이 식사하던 손길을 멈추고, 원탁 위에서 시선을 뒤섞었다.

흠. 아무래도 한 번 죽을 뻔했으니, 당황해서 도망칠 거라고 생각하기라도 한 것일까?

"아니대이."

당신의 야유하는 놀림에, 웃으며 고개를 옆으로 저은 것은 하프 엘프 척후였다.

"잠시 수행을 하거나, 장비를 갖추거나, 그짝으로 갈 기라 생각한기라."

하프 엘프 척후의 말에, 당신은 웃었다. 뭐 궁리를 하긴 했다. 잘 될지는 모르겠지만.

"승산이 있는 거라면, 나는 상관없다만."

이미 대강 식사를 마쳤는지, 과일을 와득 깨물고 미르미돈 승려가 말했다.

쫓아내는 것처럼 손으로 굴려 감귤을 치우고 깨문 것은 사과다. 껍질에 씨앗도 신경 쓰지 않는 모양이다.

"질 것 같으면 돌아오면 되는 거다. 어느 쪽이든 좋다."

"그렇네요. ……누나로서는 무리를 하는 게 아닌지, 걱정이 되기는 하지만요."

응~. 그녀는 마치 동생이 난처한 말을 꺼낸 것 같은 태도로, 입가에 손가락을 댔다.

그리고 잠시 지나「있지」하고 상체를 원탁에 기대며, 양손을 깍지 끼고 턱을 올리더니 당신을 보았다.

"누나가 주문 가르쳐줄까?"

조금 생각한 다음, 당신은 고개를 옆으로 저었다. 검으로 졌는데 즉시 술법으로 도망치는 건 분하지 않은가?

그래서 다시 한 번, 막대기 휘두르며 도전할 생각이다.

만약 또 진다면 그때는 **육촌**에게 고개를 숙이며 깔끔하게 술법이라도 배우도록 하지.

"후흐흥. 그러면 누나는 동생이 다치지 않도록 뒤에서 지켜봐 줄게요!"

말은 잘한다. 뭔가 트러블이 있으면 솔선해서 자기를 떠미는 건 언제나 **육촌**이었는데.

당신은 종누이와 얼굴을 마주보고, 그대로 소리를 내어 웃었다. 아무 문제도 없었다.

안대 너머의 시선을 당신에게 보내고 있던 여주교도, 고개를 끄덕였다.

"저는, 이미 함께 가기로 정했으니까요."

여주교는, 마치 장난의 공범자라도 된 것 같은 표정이었다.

그도 그럴 것이 어젯밤에 의사소통을 마쳤다. 그것은 진실로, 두 사람 사이의 비밀이지만.

그녀는 세상을 구한다. 당신은 자신의 검을 시험한다. 목적은 다르지만, 길은 하나였다.

"……."

그래서 문제는, 마지막 한 명.

뭐라 말하기 어려운 애매한 표정을 지은 채, 하릴없이 접시를 숟가락으로 휘젓고 있던 여전사다.

그녀는 당신이 대답을 기다리는 걸 깨닫더니 잠시 지나서 「글쎄」 하고 말을 흘렸다.

"……응."

그리고 그렇게, 어색하게 고개를 끄덕이고 당신에게 동의를 표했다.

—그것뿐인가?

"그야 뭐."

여전사는, 웃음을 만들었다.

"여기서 내가 반대하면, 나만 악당이잖아?"

그것은 결코 대답이 아니었지만, 그녀는 그 이상 말할 생각이 없는 모양이다.

흠. 당신으로서도 딱히 무리해서 대답하게 만들 생각도 없었으니, 이야기는 그걸로 끝이었다.

잠시 지나서 식사하는 사이에 누군가가 농담을 말하고, 웃고, 여전사도 그 안에 끼어들었다.

다만, 여주교는 홀로 가만히 당신과 그녀 쪽으로, 그 보이지 않는 시선을 보내고 있었지만…….

§

휘잉. 당신의 만도가 바람을 가르며 소리를 남겼다.

파란 하늘 아래, 칼날의 궤적이 하얀 선을 허공에 새긴다— 라는 일도 없이, 당신은 검의 궤적을 열심히 눈으로 좇았다.

상대가 같은 행동에 나서도록 하려면, 이쪽도 같은 행동을 해야 하리라.

왜냐하면 상대의 그것은, 아마도 그때의 상대가 내린 최적의 답이었을 테니까.

따라서 당신은 파고들어, 똑바로 돌진하여 검을 옆으로 휘둘렀다.

주점에서 여관으로 돌아왔다. 뒷마당 쪽으로 돌아가, 마구간 앞이다.

결국, 다른 누구에게도 폐를 끼치지 않고 단련할 수 있을 법한 장소를 당신은 몰랐다.

—훈련장 같은 것이라도 있다면 좋겠지만.

유감이지만 도시 변두리에는 그저 넓디넓은 들판이 있을 뿐이고, 다음은 미궁이 입을 쩍 벌리고 있을 뿐이다.

거기서 단련을 하기에는, 아무래도 《죽음》에 너무 가까운 기분이 들어서 싫었던 것이다.

이제 막 회복한 참에 단련을 하다니— 라는 지적도 있겠지만, 막 회복한 참이기 때문이다.

그도 그럴 것이 요 며칠 안에 또 다시 그 시노비 놈들과 대치한다.

하루 이틀 몸져누운 정도로 육체가 둔해지냐고 하면, 대답은 긍정이다.

근육이 굳어지고, 가죽이 딱딱해지고, 힘줄이 상하고, 뼈가 삐걱거린다. 아주 약간이지만, 확실하게.

그것이 설령 머리카락 한 가닥 정도의 차이라고 해도, 하나라도 부족하면 사람은 죽고, 하나라도 부족하면 적은 죽일 수 없다.

그 하나를 바라고 모험가는 기량을 갈고 닦아, 역량을 올리는 것이다. 마음, 기술, 몸이 둔해지는 것은 용납할 수 없다.

물론, 당신도 그것을 완전히 이해하고 있는 것은 아니었다.

이해하기 위해서 검의 길을 한 걸음 한 걸음 걷고 있는 거니까, 이건 이미 당연하다.

다른 사람들도 각각의 단련이든 정신통일이든, 준비를 위해 주점에서 한 번 해산했다.

설령 놀러 다니고 있든, 내기에 매달리든, 다음 싸움을 위해서라면 불평은 없다.

—아니, **육촌**이 게으름을 피우면 아주 야단을 쳐야지.

당신은 그런 농담을 생각하고 입가를 풀면서, 금방 이럼 안 되지 하며 잡념을 떨쳐냈다.

길지는 않다고 해도, 그리 짧지도 않은 시간, 생사를 함께 해온 동료들이다.

적어도 쓸모없이 시간을 낭비하는 일은 없을 거라고, 당신은 믿고 있었다.

그렇다면 당신도, 아마도 당신이 신뢰해줄 거라는 마음에는 응답해야 하리라.

—그런데.

그렇게, 또 다시 만도를 들고서 연구를 하고 있었다.

목덜미에 강렬한 일검이라고 하면, 지난번에 검을 섞은 그 초심자 사냥꾼 놈들이 떠오른다.

그것은 틀림없이 강검이었으며, 이번 속검 — 주먹인가? — 하고는 방향이 다르지만 참고는 된다.

반사적이라고는 해도, 용케도 그것을 막아냈다.

—운이 좋았다.

새삼 그렇게, 차근차근 곱씹었다.

한 번 패한 금강석의 기사 파티의 모습을 보지 않았다면, 당신도 그들의 전철을 밟았으리라.

그렇다, 이번처럼.

당신은 목덜미를 감싼 붕대를 저도 모르게 무의식중에 더듬고 있었다.

지난번에는 운 좋게 막아냈고, 이번에는 운 좋게 《리저렉션》이 늦지 않았다. 운 좋게, 당신은 죽음을 면했다.

다음에도 또 《우연》인가? 혹은 《숙명》인가. 모든 것은 주사위 눈 나름인 것일까?

당신은 조금 생각하고, 도움이 안 되는 생각이란 결론을 내리고, 그것을 얼른 내던져 버렸다.

고민하고 있을 틈이 있다면, 모조리 베어 버리는 편이 빠르다.

—몇 번인가 해보고서, 알아낸 것이 하나.

역시 앞으로 벤 다음에 즉시 몸을 뒤로 보내는 것은, 현실적이지 않다고 생각했다.

흔히 이상하게 지식을 찔끔 익힌 자들이, 검은 힘으로 휘둘러 베어내는 것뿐이라고 한다.

혹은, 속도와 날카로움으로 베는 편이 그보다도 훨씬 좋다고 한다.

그럴 리가 없다.

당신이 사방세계 모든 무술을 아는 건 아니지만, 힘도 속도도 불가분이기 때문이다.

그것을 만들어내는 것은 어느 쪽이든 근육이고, 뼈이며, 신경이다.

누가 뭐래도, 육체라는 것은 사실 스프링과 지레와 톱니바퀴로 움직이는 기계 같은 것이다.

한계를 넘어선다고 하지만서도, 물리적으로 가능한 범위에서 가능한 움직임밖에 못한다.

따라서— 그것에, 검술의 술리라는 것이 있다.

효율적으로, 적절하게, 그리고 정확하게 칼날을 휘둘러 목숨을 빼앗기 위한 육체 조작법.

자신에게 최적화된 움직임을 찾아내, 그것을 언제나 할 수 있도록 연습해 익힌다.

그러고서 누구에게든, 혹은 재능이 있는 자에게 전달되도록 평이한 말로 기록한다.

그런 입문서를 스스로 구축하는 것이 병법가, 무예가라는 길이겠지만…….

—이건, 무리다.

스승이 사사해준 술리와 자신의 체감을 비추어보아, 당신은 그렇게 결론을 내렸다.

곡예 같은 움직임을 한다면 모를까, 아무런 연구도 없이 앞으로 베고 뒤로 물러나는 것은 어려울 것이다.

그렇게 얼른 결론을 내려버리는 것이 미숙함의 증거일지도 모르지만, 뭐 어차피 하루 이틀이다.

오의를 자아내는 것보다, 하루 이틀에 실행할 수 있는 것을 생각하는 편이 지금은 유익했다.

당신은 호흡을 가다듬으며 시야에 애매모호한 윤곽을 그리고, 그 시노비를 몽상했다.

일단 하나, 피아에 당신이 압도적으로 유리한 점이 하나 있다.

다시 말하자면, 미궁에서 당신은 적이 무엇이든 상관없다라는 점이다.

미궁의 방에 들어간 이상, 무엇이 나오든 그에 따른 대처를 하도록 마음가짐을 가져야 한다.

그에 비해 그 시노비 놈들은 방에 들어온 당신이 전에 만난 모험가인지 판단할 방도가 없다.

필연적으로 이쪽이 같은 행동을 하면, 그쪽도 마찬가지 수를 펼칠 것이다.

그렇다면…… 승기는 그것이다.

당신은 왼손을 가볍게 휘둘러 풀고는, 그 자리에 차분하게 버티고 섰다.

어깨 폭으로 발을 벌리고, 상하로 몸을 흔들며 호흡을 쭉 뽑아내 다시 온몸에 돌린다.

그런데——.

"저기, 리더……!"

문득 그렇게 튀어 오르는 목소리가 울려서, 당신은 단련에 주력하고 있던 의식을 느슨히 풀었다.

돌아보자, 가벼운 발소리를 내면서 마구간 옆까지 다가오는 동료의 모습이 보이다.

"견학하러, 왔답니다……!"

실례합니다. 희미하게 볼을 상기시키고, 사명감과 의욕이 가득한 소리를 내는 여주교.

"…………."

그런 그녀에게 소매를 단단히 붙들려서, 도망치지도 못하고 어쩔 줄 모른 채 서 있는 여전사.

눈길을 돌리고 볼을 난처한 기색으로 긁적이는 모습은, 부모의 손에 이끌리는 토라진 어린애 같았다.

당신은 쓴웃음을 짓고 철컥, 소리를 내며 만도를 칼집에 넣었다.

분명히 종누이와 주문 공부를 하고 있을 거라고 생각했는데, 설마 여전사와 함께 찾아올 줄이야.

"네. 사원에 실례했더니, 덜컥 마주쳐 버려서요. 데리고 왔어요!"

정말로「데리고」온 것이리라고, 여전사의 난처한 표정을 보면 상상이 되어서 볼이 풀어진다.

—견학이라고 해도, 딱히 재미도 없을 텐데.

"아뇨, 전혀요."

절레절레. 여주교는 고개를 옆으로 저으며 금발을 출렁거렸다.

그녀는 보이지 않는 눈동자를 이쪽으로 향하며, 어째선지 생글생글 기분 좋은 기색이었다.

"저도, 어떤 때는 무기를 휘둘러야 할지도 몰라요. 배워둬서, 손해는 없을 거예요!"

그렇죠! 동의를 요구 받은 여전사가 「그렇네에」 하고 애매한 대답을 했다.

—으음?

당신이 의도를 캐는 것처럼 여주교를 보자, 그녀는 그럼요 그럼요 몇 번이나 힘차게 고개를 끄덕였다.

아아, 그렇군. 알았다. 배려를 해주는 거군.

그것이 종누이가 훈도한 결과인지, 그녀 자신이 성장한 증거인지, 혹은 그녀의 본색인지는 판단이 안 된다.

그렇지만 배려를 해주는 거라면 낭비하는 것도 좀 켕긴다.

당신은 조금 생각하고, 마구간 주위를 둘러보며 어차피 다른 사람에게 폐는 되지 않으리라고 결론을 내렸다.

—한 수 겨루기를 부탁할 수 있겠나?

"……괜찮아?"

당신의 그 권유에 대해, 여전사는 어떤 의미로 응답한 것일까?

가는 목소리를 흘린 다음, 그녀는 그 윤기가 나는 검은 머리칼을, 하얀 목을 자랑하는 것처럼 쓸어 올렸다.

팔에 가려져 있던 얼굴이 나타나자, 그곳에는 송곳니를 드러낸 것처럼 사나운, 웃음.

"전처럼, 이겨버릴지도 모르는데?"

음. 당신은 입술을 삐죽거렸다. 그건 무승부, 아니 오히려 내가 이긴 것 아닌가?

설령 비겼다고 해도, 길이가 더 긴 무기를 상대로 비겼다면 검의 승리다.

당신이 그렇게 말하자, 여전사는「헤에」하고 고양이처럼 눈을 가늘게 떴다.

“그러면, 시험해 볼까?”

그녀는 마치 놀이를 시작하는 어조로 말하고, 힐끔 주위를 둘러보았다.

그리고 마구간의 지푸라기를 옮기기 위한 쇠스랑을 발끝으로 차올려, 익숙한 기색으로 쥐었다.

당신 또한 그것을 본받아, 마구간의 빈 방에서 방을 구분하는 긴 막대를 떼어내 손에 쥐었다.

그렇지만 아무래도 소검까지 합쳐서 크고 작은 세 자루를 차고 있어서는, 몸의 움직임이 무거워진다.

허리에 찬 만도를 풀자, 기척을 느낀 여주교가 슥, 양손을 내밀었다.

그 기특함에 쓴웃음을 지으면서, 당신은 그녀에게 만도를 맡겼다.

마침 잘 됐다. 심판은 공손히 만도를 들고 있는 그녀에게 부탁하도록 하지.

“지고신의 이름에 걸고.”

빈약한 가슴에 손을 대고서, 여주교는 성실함 그 자체의 말을 자아냈다.

승부하는 일의 심판이라면, 그녀들 지고신의 신관 정도로 적임자가 없으리라.

그런 당신의 모습을 보고서, 여전사가 벙긋이 입술로 호를 그렸다.

"평소랑 무기가 다르니까, 라고 변명하는 건 싫거든?"

—서로 말이지.

당신은 호흡을 가다듬고, 스윽 양발을 느슨하게 어깨 넓이로 벌려 허리를 낮추고, 칼집처럼 왼손에 봉을 쥐었다.

여전사가 어느샌가 창을 겨누는 식으로, 빙글 한 번 돌리고 쇠스랑의 끝을 겨누었다.

그리고, 여주교가 조용히, 힘차게 말했다.

"—시작!"

선공을 취한 것은 여전사였다.

그녀는 강철(사바톤) 신발을 신고 있다고 생각하기 어려운 가벼운 움직임으로, 통 땅을 차고서 뛰어들었다.

발치의 풀이 흩어질 무렵에는 이미 쇠스랑 끝이 당신의 시야에 가득 펼쳐지고 있었다.

당신이 삭 몸을 뒤트는 것처럼 왼발을 뒤로 보내고, 쇠스랑과 스치는 것처럼 반신으로 이것을 처리한다.

이어서 앞으로 내민 오른발로 버티며, 꾸우욱 쥐어 짜낸 몸통의 움직임으로 목검을 뽑아서 때렸다.

아래에서 위로. 일어서는 것처럼 막대가 호선을 그리며 허공을 휩쓸었다.

그때에는 이미 여전사가 그 유연한 몸을 되돌리고, 쇠스랑과 함께 간격 밖에 있었다.

"아, 하……!"

참 즐거운 기색의 웃음소리. 당신은 목검을 정면으로 되돌리고, 땀에 미끄러지는 손바닥으로 고쳐 쥐었다.

피하고, 벤다. 이래서는 늦는다. 그러면 어떻게 할까?

"자아, 멍하니 있으면……!"

사색의 틈을 주지 않는 것처럼, 여전사가 또 다시 땅을 박찼다.

당신의 시야, 시선, 그 초점이 똑바로 쇠스랑의 끝을 향해 좁아지는 것 같았다.

반사적으로, 혹은 엉겁결에, 당신은 그 다가오는 살의에 목검을 겹쳤다.

둔탁한 소리가 나고 나무와 금속이 격돌. 밀려 올라갈 것 같은 **도신**에 왼손을 댄다.

콱. 쇠스랑과 목검이 맞물려서, 당신은 저도 모르게 그 몸에 힘을 주어 굳혔다.

코끝에 서늘하게 느껴지는 금속의 차가움에, 무심코 당신의 이마에서 땀이 흐르는 걸 알 수 있었다.

설령 받아내지 못해도 직전에 멈춰주겠지만, 도저히 그렇지 않을 것 같은 날카로운 움직임이다.

그 창끝을 넘어서, 놀랄 정도로 가까이에 그녀의 얼굴이 있었다.

표정은 냉혹하다. 시선은 날카롭다. 그렇지만— 아주 약간, 눈동자가 흔들린다.

"또 죽어버릴 거야?"

깜빡인 다음 순간 — 그야말로! — 에는 이미 그 모습이 당신의 시야에서 사라졌다.

헤어질 때 입맞춤을 남긴 여자가 몸을 돌리는 것처럼 재빠르게, 그녀는 간격을 벗어났다.

쇠스랑이 돌아가서 해방된 목검을 당신은 차분하게 다시 겨누었다.

두 번 반복하고, 두 번 다 시작 지점으로 돌아온 것처럼, 당신과 그녀는 대치하고 있었다.

—지금 그건 악수구나.

문득 뇌리에, 스승이 깔깔 웃으며 할 법한 말이 떠올랐다.

1대 1이라면 모를까, 다수를 상대하면 수세에 몰리자마자 죽음으로 이어진다.

움직임이 경직됐을 때 옆에서 공격해오면, 그걸로 **끝장**일 테니까.

지난번의 초심자 사냥꾼과 싸운 것은 참으로 운이 좋았던 것이다.

이미 당신의 시야, 인식에서는 주위의 양상이 하얗게 덧칠된 것처럼 사라졌다.

당신과 그녀와 검과 창, 그뿐이다.

아마도 조마조마한 기색으로 의식을 집중하고 있을 여주교의 존재도 사고 밖이다.

눈앞의 장해를 어떻게 뛰어넘고, 어떻게 다음으로 나아갈까? 모두 그것에 주력한다.

피하고서는 늦는다. 지켜서는 패한다. 공방을 일체로 만들지 않으면, 이길 수가—.

"여엉, 차……!!"

세 번, 네 번, 그리고 다섯 번.

여전사는 날카롭게 파고들어, 찌르기를 반복하고 민첩하게 본래의 간격까지 돌아간다.

그것은 무도를 추는 것 같아서, 옆에서 보면 분명 아름다울 것이 틀림없다.

그러나 당신은 굳이, 그 반복의 간격을 파악하려고 하지 않았다.

그녀의 움직임에 눈이 익숙해져서 대처해봤자, **의미가 없기** 때문이다.

그래서— 여섯 번째 돌진이 다가왔던 그때.

당신은 반사적으로, 생각나는 대로, 궁리한 것을 행동으로 옮겼다.

그 순간, 파악 나무를 때리는 메마른 소리와 함께 쇠스랑의 끝 부분이 허공으로 날아갔다.

그리고 여전사를 겨누는— 당신의 막대, 당신의 검.

그 너머에서는, 이마에 땀을 맺으면서 볼을 상기시킨 여전사가 눈을 동그랗게 뜨고 있었다.

"여기까지…… 하면, 되는 걸까요?"

여주교가 당신들 두 사람에게 확인하는 것처럼 입회가 끝난 것을 고했다.

애매모호한 시야로는 확신이 있어도 단언할 수 없었으리라.

"아~아, 부숴버렸네."

나쁜 짓 했어. 그 물음을 긍정하는 것처럼, 여전사는 악동을 야유하는 것 같은 어조로 말했다.

당신은 무기를 집어넣고 막대를 본래 있던 마방에 돌려놓고는, 잘라내 버린 쇠스랑을 주웠다.

단면을 확인했다. 반사적으로 생각한 것치고는, 나쁘지 않은 상태 같았다.

"리더의 승리, 로군요."

—아니.

당신은 고개를 옆으로 저었다.

아무리 당신이라도, 정면으로 간격 밖에서 목을 노리고 찌르는 의도를 깨닫지 못할 정도는 아니었다.

그것을 여섯 번이나 반복하면 더욱 그렇다.

궁리를 한 것도, 그 덕분이나 다름없었다.

당신은 무승부라고 중얼거리고, 여전사에게 감사의 뜻을 새삼 전했다.

"흐흥."

그녀는 괜히 자신만만한 목소리를 내더니, 빙글 부러진 막대를 한 번 돌려서 어깨에 올렸다.

검은 머리칼을 쓸어 올리며 어깨 너머로 돌아보는 입가에서, 낼름 빨간 혀가 보였다.

"긴 자루를 써서 검술가랑 비겼으니까, 이쪽이 진 거야."

미안해. 소리 없는 입술의 움직임에, 당신은 묵묵히 어깨를 으쓱거렸다.

삼치창의 사과와 변상은, 당신이 해야 할 테니까.

§

"어머나, 화해했어?"

어슴푸레한 미궁 안에서, **육촌**의 목소리는 부자연스럽기 짝이 없을 정도로 밝게 튀고, 어둠에 사라졌다.

당신의 《리저렉션》과 휴일을 거치고, 그 다음날의 일이다.

불과 며칠만에 뭐가 변하는 것도 없고, 미궁은 여전한 모습으로 당신들을 집어 삼키고 있었다.

제집 마당처럼 안다고 할 정도가 된 지하 1층. 암흑영역을 피해서, 밧줄 사다리를 타고 아래로.

방을 피하면 전투도 없다. 그러한 지하 2층도 금방 지나가고, 여기는 지하 3층이었다.

잠시 입을 다물어봤지만, 옆에 가는 여전사는 여전히 감정을 읽을 수 없는 미소를 짓기만 한다.

그렇다면야. 당신 또한 어둠 속에 가늘게 뻗은 윤곽선을 따라가는 것에 주력했다.

따라서 대답하는 목소리는 뒤쪽— 종누이 옆에서였다.

"네, 잘 됐어요!"

역시 밝고 명랑한 그 목소리는, 틀림없이 여주교의 그것이었다.

"전사인 분들의 방식은 잘 모르겠습니다만, 이렇게, 칼과, 창을 섞어서, 말이죠."

몸짓 손짓을 섞고 있으리라. 천이 스치는 소리가 섞이고, 천칭검이 흔들리는 청량한 소리가 들렸다.

어렴풋하게밖에 안 보였을 텐데, 이거 꽤나, 움직임이 날카롭고 재빠르다.

—아니, 이미 그녀의 무력은 한 번 보았던가?

당신이 그렇게 어깨를 으쓱거리는 걸 보고, 하프 엘프 척후가 싱글싱글 웃음을 지었다.

"우쨌나, 대장. 별로 긴장 안 하는 모양이래이."

뭐 그렇지.

지금 당신이 있는 것은 지하미궁의 3층— 그 씁쓸한 패전의 방으로 가고 있는 와중이다.

미궁의 입구를 지날 때, 당신의 모습을 본 여성 근위 기사가 뭐라 말하고 싶은 기색이었던 것을 기억하고 있었다.

어제 오늘인데, 라는 것이란 걸까?

—낙마했을 때 금방 다시 타지 않으면, 말이 무서워진다고 하니까.

당신은 여주교에게 들리지 않도록, 슬그머니 목소리를 낮추어 응답했다.

물론 감이 좋은 아가씨니까, 이런 작은 소리라도 귀에 닿을 지도 모른다.

그러나, 그렇다고 해서 다 들린다고 하지는 않으리라.

"뭐, 실패도 경험이다."

그런 당신의 마음을 아는지 모르는지, 미르미돈 승려가 터거덕, 턱을 울렸다.

"살아 있으면 다음이 있다. 네가 죽어도, 남은 우리들이 잘 해보마."

이기고 지고는 어느 쪽이든 상관없다, 라는 것일까?

그렇게 생각하면, 참으로 마음이 편하기도 하다. 아직 그 경지에 이르지는 못했지만.

당신은 마음이 가벼워진 발을 앞으로 보내며, 미궁 안을 나아갔다.

—지난번에 왔을 때는, 역시 조급했던 것이리라.

이렇게 주의 깊게, 새삼 사방에 시선을 보내자 역시 지하 3층은 뭔가 다르다.

다른 — 이라고 해도 아직 2계층 분량이지만 — 층과 비교하면, 이 층은 기이했다.

그도 그럴 것이 무질서하게 통로가 뻗어 있는 것이 아니라, 정리 정돈 된 십자로로 구성되어 있는 것이다.

“이것도, 미궁의 주인의 썩은 근성인기다.”

하프 엘프 척후가 표정을 찌푸리며, 신음하는 것처럼 내뱉었다.

“지금 어디에 있는지, 자칫 긴장을 풀면 알 수가 없게 된다 아이가.”

오른쪽으로 꺾고, 왼쪽으로 꺾고, 다시 오른쪽으로 돌아서…….

몇 겹으로 이어지는 십자로는, 발길을 나아갈 때마다 현기증을 유도하는 감각에 빠진다.

동서남북 어느 쪽을 보고 있었는지, 자칫하면 알 수 없게 될 것 같았다.

“……어쩐지 기분 안 좋아지기 시작했어어.”

여전사가 괜히 소리를 내고, 펄럭펄럭 옷깃을 흔드는 기척이 전해진다.

당신이 그것을 무시하고 시선을 앞으로 보내고 있자, 종누이가 짐을 뒤지는 소리가 났다.

"사탕, 먹을래요?"

"받을까?"

이렇게, 여성들끼리 소란스런 대화.

육촌의 긴장감이 없는 태도는 한 바퀴 빙 돌아서 본받아야 하리라.

당신은 웃음을 죽이고 어깨의 힘을 빼더니, 여주교에게 지도를 부탁한다고 말을 걸었다.

"네."

고개를 끄덕이는 모습은 활기차지만, 「괜찮을 거라고 생각해요」라는 말은, 힘이 약하다.

길을 잃을 때는 잃는다. 그렇다면 《포인트》의 주문 하나를 남겨둬야 하리라.

그걸로 위치를 알 수 있으면 돌아갈 수 있을 것이다. ―살아 있다면.

그런 생각을 하는 당신 앞에는 이미 그 중후한 방의 문이 우뚝 서 있었다.

"일단 말해두는데."

미르미돈 승려의 무기질적인 목소리.

"같은 녀석이 있다고 장담 못한다."

물론이다. 당신은 고개를 끄덕였다. 무엇이 있든 간에, 이쪽이 하는 일은 변하지 않으리라.

"돌입과 약탈(핵 앤 슬래시)이로군요."

여주교의 말에, 당신은 그렇다고 짧게 대답했다. 우리 주교도 나쁜 물이 들어 버렸군.

"나, 나쁜 물은 안 들었어요……!"

그녀가 필사적으로 주장하는 것을 당신은 껄껄 웃으며 흘렸다. 긴장의 걱정은 없으리라.

종누이는 그런 당신의 모습을 보고, 괜히 — 그녀로서는 자연스럽겠지만 — 한숨을 쉬었다.

“심술보가 나빠진 것 같아서, 누나는 걱정이에요.”

실례잖아. 딱히 우호적인 상대를 괴롭히면서 기뻐한 기억은 없고, 이 성격은 타고난 거다.

당신은 그렇게 반론하면서, 살며시 방의 문에 손을 대었다.

“대신 걷어차줄까?”

여전사가 속삭이는 것에 어깨를 으쓱거리고, 심호흡을 한 번.

—그렇고말고. 누가 대신해주면 의미가 없다.

누가 뭐래도 당신은 검객으로서 세상에 나서고자 하는 것이다.

그런 이상은 패배를 그대로 둘 수 없다.

한 번 졌던 검에 자신을 가지는 것 따위, 아무도 못 한다.

—그래서는 자신의 검을 세상에 내놓는 것 따위 못한다.

그렇다면 검객으로서 살고 그것으로 먹고 사는 한, 싸움에서 도망칠 수는 없으리라.

이 반복은 죽을 때까지 이어진다— 이것은 스승에게 들은, 고대의 검호가 한 말이지만.

그것을 당신은 어쩐지 모르게 깨우친, 것 같았다.

물론, 기분 탓이리라.

이런 것으로 깨우침을 얻는다면, 세상의 검호들은 수행을 쌓지 않을 것이다.

아마도, 그들은 희미하게 한순간 엿보았던 번득임을 어떻게든 재현하고자 시도했을 것이 틀림없다.

그렇게 짜올린 검을, 어찌 자신을 잃고서 휘두를 수 있을까?

당신은 한 번 깊숙하게 숨을 들이쉬고, 그리고 내뱉었다.

그리고 손바닥에 침을 뱉어 만도의 자루를 적시고, 상어가죽을 손에 잘 길들였다.

—다음은, 에라 모르겠다.

주사위를 던지는 것 말고 도리가 없으리라.

당신은 똑바로 발을 들어 올려 힘차게, 지난번에는 가로막힌 문을 걷어차 쓰러뜨렸다.

쿠당하고 문이 쓰러지는 소리에 이어서, 당신들 모험가는 눈사태처럼 방으로 뛰어들었다.

떠오르는 윤곽선을 따라가보니 그 안에, 힐끔 흔들리는 바람의 움직임이 보인다.

기척이라고 불러도 되는 것인지 가늠하기 어려운 그것은, 어둠 속에서 뭉클뭉클 형태를 이루었다.

부풀어오른 살기 — 그런 것이 있다면 — 를 당신은 피부로 느꼈다.

그 수는, 넷.

어둠 속에서 덤벼드는 범의 눈을, 당신은 분명히 포착했다.

베어야 하는 자가, 분명히 그 방 안에서 살의를 갈고 닦고 있었다.

§

“시노비……!!”

여전사일까? 비명인지 살의인지 알 수 없는 목소리를, 당신은 멀찍이 들었다.

적을 눈으로 보았을 때 이미 당신은 몸을 앞으로 던졌기 때문이다. 호면의 시노비 놈들에게, 틈을 주지 않는다.

당신은 열화 같은 기합을 내면서, 똑바로 돌진하여 만도를 일자로 휩쓸었다.

휘잉 바람을 가르는 소리가 경쾌하게 울렸다. 손맛은 없다. 소리보다도 빠르게, 시노비의 그림자가 튕긴다.

시야가 급속하게 둔해진다. 물이나 녹은 납속에 있는 것처럼, 세상이 무겁게 흐려진다.

누군가가 소리를 지르고, 따끔따끔 목덜미의 털이 곤두섰다. 그러나, 상관할 바 아니다.

당신은 그런 애매모호한 것을 차례차례 내치고, 그저 몸을 움직이는데 전념했다.

그 순간— 철커덕, 백광이 미궁의 어둠에 번뜩인 것 같았다.

“——!”

찰나의 간파다.

호면에 경악의 색이 떠오른 것은, 기분 탓일까?

당신은 왼손에 꾸욱 힘을 주고, 뻔뻔스레 웃었다.

그렇다, 왼손이다. 당신의 왼손은 지금, 소검을 단단히 쥐고 있었다.

오른쪽의 만도를 한손으로 때린 기세로 몸을 비틀고, 왼쪽 역수로 소검을 뽑은 것이다.

그 칼날이 시노비가 뻗은 치명타(크리티컬 히트)에 맞물려, 콱 받아내고 있었다.

—어디 보자, 스승님께 물어보면 뭐라고 하려나?

당신은 이마에 땀이 맺히는 것을 느끼면서 오히려 경쾌하게, 유쾌한 마음으로 사고를 회전시켰다.

언젠가의 싸움에서 반사적으로 했던 것을 이번에는 의도적으로 조합한 것, 이기는 한데…….

그가 배워 익힌 본래의 술리라면, 오른쪽 검으로 받아내고 왼쪽 소검으로 공격하는 것이리라.

이것을 왼쪽 소검으로 받아내고, 오른쪽 검으로 공격한다— 이것은, 다른 유파의 방식이다.

그러나, 살기 위해서다. 상관할 바 아니다. 그렇게 생각하자, 스승이 까르르 웃는 것 같았다.

왼손 하나로는 미덥지 못해서, 당신은 얼른 오른쪽 만도로 몸통을 휩쓰는 것처럼 베어냈다.

다소 무리가 있는 자세였기 때문이리라. 칼끝이 딱딱한 것을 스치고, 그렇지만 살은 베지 못했다.

파악. 돌바닥 위를 튕기듯 뛰어서 물러난 시노비의 가슴팍에 사슬 갑옷이 보인다.

그러나 상관없다. 당신은 반복해서 중얼거리고, 양손의 이도를 다시 겨누었다.

—둘은 이쪽에서 맡지.

그렇게 응답하는 말에 여전사가 키득 웃고, 척후가 「하모!」 하고 활기를 짜내 힘차게 외쳤다.

당신 또한 동료들에게 응답하여 한 번 외치고서, 시노비 놈들에게 똑바로 돌진했다.

"――!"

"!!"

그러나 적도 만만찮다. 첫 수가 막힌 것을 보더니, 재주넘기로 거리를 벌리고 연격이 당신을 공격한다.

당신은 시선을 재빨리 움직였다. 오른쪽에서 전광처럼 날아 차기, 왼쪽에서는 독사처럼 관수.

생각하고 판단한 것이 아니었다. 당신은 몸을 앞으로 보내며, 칼을 든 손으로 돌바닥을 짚으며 굴렀다.

머리 위에 어마어마한 충격이 있었다― 그렇게 생각했다. 실제로 인식한 것은 모든 것이 끝난 다음이다.

무릎을 짚으며 일어서서 몸을 트는 당신의 시야에, 좌우 교대한 시노비의 모습.

그러나 그 장갑이 일그러지고, 정강이 보호대에 금이 가 있었다. 당신이 교차하는 두 사람 아래를 빠져 나온 것이다.

―그렇군.

그 순간, 당신은 적의 기량을 간파하고 있었다.

그렇군, 분명히 능숙하다. 일격 일격이 치사이리라. 그러나…….

―승기는 있다.

"!!"

소리 없는 기합을 내며, 시노비가 맹수 같은 움직임으로 당신에게 덤벼들었다.

그러나 움직임은 완전히 따로 논다. 아마도 동시가 아니라, 당신이 한쪽을 상대하는 틈을 노린 것이다.

당신은 용처럼 몸을 뒤틀며 붙잡으려는 상대, 그 품으로 이도를 끌고서 스스로 미끄러져 들어갔다.

그리고 빙글 손바닥 안에서 칼날을 돌리며 피아가 파고드는 기세를 실어, 그 가슴팍을 칼등으로 때렸다.

"——?!"

속이 울렁거릴 것 같은 불결한 손맛에, 과실을 있는 힘껏 바위에 던진 것 같은 소리가 방에 울렸다.

호면 틈에서 거무죽죽한 피가 뿜어져 나오고, 시노비는 공처럼 튕겨 벽에 부딪혔다.

아무리 사슬 갑옷을 입고 있어도, 때리는 충격까지는 죽일 수 없으리라.

그러나 감개에 빠질 틈은 없다. 당신은 입 안에서 진언을 읊으며, 의식을 갈고 닦으며 몸을 틀었다.

그 찰나, 시노비의 손에서 백섬이 뻗었다. 당신은 눈길도 주지 않고, 역수로 쥔 소검을 그것에 겹쳤다.

—사지타(화살)…… 케르타(필중)…… 라디우스(사출)!

새되고 맑은 소리와 함께, 금속이 부딪힐 때 특유의 불똥이 어둠에 흩어졌다.

"——?!"

무슨 일이 일어났는가? 과연 이해한 자가 당신 말고 있을까?

섬광은 그대로 거꾸로 돌아가 반전하여, 던진 쪽인 시노비를 꿰뚫었다.

범용한 광경이 아니다— 물론, 세상의 섭리를 뒤트는《매직 미사일》의 비술이 일으킨 것이다.

투척한 칼날을, 당신은 필중의 화살촉으로 바꾸어 되돌린 것이다.

피보라를 뿜으며 커다랗게 몸을 젖히는 호면의 시노비였지만, 그러나 아직 치명상에는 이르지 않았다.

그것을 말하자면 방금 당신이 때린 자도, 쿨럭쿨럭 핏덩이를 토해내면서도 일어서고 있었다.

—그러나, 호기!

"여엉차!!"

당신의 지시에 여전사가 귀여운 소리를 지르며, 긴 자루의 창으로 상대의 다리를 휘감아 넘어뜨렸다.

힐끔 시선을 보내자, 안도한 것처럼 숨을 내쉬고 당신에게 한쪽 눈을 감은 것은 기분 탓일까?

"뭐, 고오오?!"

한편, 하프 엘프 척후 또한 아직 건재하다. 적도 포함해서였지만.

우햐아아, 으히히히, 그런 얼빠진 비명을 지르면서도, 받아 흘리기에 전념.

호면이 질러내는 주먹을, 발을, 간신히 단검으로 받아내 튕기고 있었다.

—그렇다면, 초점은 그곳이다!

"네! 세 수, 맞춰 주세요!"

"갑니다……!!"

지금이라고 당신이 외친 소리가 닿자마자, 후위에 있던 아가씨 두 명이 각자의 지팡이를 들고 소리를 높였다.

"카리브클루스(화석)!"

"크레스쿤토(성장)!"

야크타(투사) 하고 합창처럼 겹친 그 선율은, 마력을 띠고서 세상의 섭리를 개편했다.

종누이와 여주교의 지팡이에서 날아간 것은 황황하게 타오르는 《파이어볼》의 술법이었다.

그것은 펄쩍 뛰어 물러난 척후와 교대하여 시노비에게 착탄하더니, 부풀어 오르는 것처럼 터져나갔다.

열풍이 따끔따끔 당신들의 피부를 태우고, 불똥이 흩어지면서 불꽃의 바람이 적진을 휩쓸었다.

"――?!"

"?!"

주황색의 화염에 휩싸인 시노비 놈들이, 이번에야말로 소리도 없이 몸부림치며 바닥을 굴렀다.

그것은 그야말로 사람의 모양을 한 횃불 그 자체였으며, 이미 죽음에서 벗어나는 것 따위 불가능하리라.

잠시 지나 방에 한 가득 살과 머리칼이 타는 냄새가 피어오를 무렵에는, 모든 것이 끝나 있었다.

푸쉬시 연기가 휘몰아치는 가운데서 움직이는 자는 당신들 여섯 명 말고는 아무도 없어졌다.

"……내가 나설 차례는 없었군."

미르미돈 승려가 맥 빠진 소리를 흘리며 턱을 터거덕 울리자마자, 단숨에 분위기가 이완된다.

—이번에야말로, 해치운 것일까?

"……응, 아마도. 그렇지 않을까?"

긴장이 완전히 풀리지 않는 태도의 여전사가 신중한 손놀림으로 창끝을 탄화된 시체에 찌르며 중얼거렸다.

당신의 기억은 애매하지만 지난번 싸움에서 적을 놓친 일은 그녀 안에서도 꼬리를 끌고 있었으리라.

한 차례 네 주검을 모두 찌를 때까지, 아무래도 확신을 가지지 못한 모양이다.

당신은 생사의 확인을 여전사에게 맡기고, 새삼 빙글 실내, 그리고 동료들을 둘러보았다.

모두 남김없이 지쳐 빠진 기색이고, 땀범벅이고, 어깨를 들썩이며 숨 쉬는 것 같았다.

그것은 종누이와 여주교, 그리고 방금 투덜거린 미르미돈 승려도 변함이 없는 모양이다.

끝나 버리면 맥이 빠지는, 싸움이 거의 찰나의 일이었음에도 불구하고.

아마도 당신의 목이 베였을 때도, 마찬가지로 순식간의 싸움에 지나지 않았을 게 틀림없다.

목덜미에 서늘하게 흐르는 차가움에 무심코 손을 대자, 주르륵 끈적한 땀이 손가락에 닿았다.

여전사와 대련으로 익힌, 급소를 노리는 일격에 대한 궁리가 없었다면 과연 막을 수 있었을까?

그녀에 대한 감사의 말을 하고자 한 당신은, 목이 타고 혀가 입에 달라붙어 있는 것을 깨달았다.

그때가 되어서, 당신은 자신의 호흡이 지독히도 가쁘고 빠르다는 것을 인식했다. 양손의 칼이 이상하게 무겁다.

당신은 새삼스레 뿜어져 나오는 땀과 어깨를 무겁게 짓누르는 피로감에, 붕붕 고개를 옆으로 흔들었다.

그것은 그야말로 《죽음》의 무게이며, 설령 허세라고 해도 굴복하고 싶지 않았다.

그래서 당신은, 타 들어가고 뒤틀린 시노비 놈들의 주검을 내려다보며 당당하게 외쳤다.

—맹호암살권, 격파했노라.

§

"해냈구나."

그렇게 말하며 장갑을 낀 손을 드는 여전사와 당신은 가볍게 주먹을 부딪쳤다.

그녀에게는 아무리 감사해도 모자라지만, 그것은 파티 모두에 대해서도 할 수 있는 말이었다.

따지고 보면 이것은 당신의 막무가내였으니까, 어울려준 것은 모두의 호의인 것이다.

"딱히 나는 어느 쪽이든 상관없었다."

터거덕, 턱을 울리며 미르미돈 승려가 의욕 없이 중얼거렸다.

"리더가 승산이 있다고 보고, 이겼다. 불만은 없어."

그렇게 말해주니 고맙다. 당신의 말에 그는 더듬이를 좌우로 흔들었다.

"나는 도움이 안 됐으니까."

"어머, 돌아가는 길에서 또 힘든 괴물이랑 만날지도 모르잖아요?"

생글생글 **육촌** 또한, 농담 같지 않은 말을 한다.

수상쩍은 당신의 시선을 깨닫는 기색도 없이, 그녀는 풍만한 가슴팍에 손을 대면서 자신만만하다.

"그건 그렇고, 누나도 역시 《파이어볼》이었다고 생각지 않아요?"

부정은 안 하지만, 순순히 인정하면 한도 없이 콧대가 높아질 것 같아서 주저된다.

애당초 전투의 조력에 관해서는 처음에 감사의 말을 하지 않았던가?

당신이 그렇게 말하자 그녀가 부우, 토라진 것처럼 볼을 부풀리고 토라지기까지 한다.

뭐 어차피 지상에 돌아갈 때까지는 기분도 나아지리라. 종누이는 그런 성질이다.

"하지만, 공부한 보람이 있었어요."

끄덕끄덕 여주교가 동의하며 말했다. 도움이 됐답니다, 중얼거리는 게 들렸다.

"그 주문서, 이국의 것이라고 듣기는 했습니다만…… 비전이었던 걸까요?"

"오의 같은 것도 적혀 있었으니까요. 시간과 공간을 다루니 어쩌니, 하는 것도."

또 다시 종누이는 무시무시한 말을 한다.

당신은 한숨을 쉬고서 양손의 무기를 휘둘러 피를 떨치고, 칼날을 닦아 칼집에 넣었다.

물론, 임전태세는 풀지 않는다. 그도 그럴 것이 지금도 싸우고 있는 자가 한 명 있는 것이다.

다리를 움직인 곳에, 시노비 놈들의 품이나 놈들이 숨기고 있던 보물 상자를 뒤지는 척후가 있었다.

방금 전의 싸움에서는 전위를 맡은 데다가, 지금 이 때가 바로 그의 싸움인 것이다.

그렇게 생각하면 신중하게 손끝을 움직이는 그를 방해하는 것도 그렇다 싶어서, 당신은 묵묵히 그 옆에 섰다.

"딱히 말 걸어도 밸 상관없다, 대장."

그 정도로 실수는 안 한다. 하프 엘프 척후는 그렇게 말하며 쓴웃음이라도 지은 것 같다.

시선을 움직인다. 손을 멈추지도 않고서 말이다. 당신은 조금 생각하고, 역시 후위로 돌아갈 것인지 물었다.

"그거 말이가. 뭐 꽤 신경을 쓰는 건 사실이긴 하다."

실제로, 싸움이 끝나고 그의 양손이 부상을 입고 있으면 그 다음에 수입을 얻는데 지장이 생긴다.

척후를 넣지 않는 파티는 전사가 함정의 발동을 고려하고서 보물 상자를 연다고 하는데, 무모한 일이다.

모험가는 위험을 범하는 법이지만, 그것과 별개로 위험에 둔감하다는 걸 의미하지는 않는다.

지금까지는 척후의 소모를 생각해서, 그를 뒤로 물리고 대신 미르미돈 승려가 싸우고 있었다.

그러나 치유의 기적을 받은 승려가 싸우고, 기적을 탄원하지 못할 정도로 소모를 해서는 본말전도다.

승려를 앞으로 둘지, 척후를 앞에 둘지는— 확실히, 판단이 어려운 부분이었다.

"뭐, 좀 더 해본다 안하나. 조금이라도 쉬믄, 손끝에는 문제 읎다."

그렇군. 당신은 고개를 끄덕였다. 그가 그렇게 말한다면, 그런 것이리라.

지친 것을 감추고 사명을 다하려는 자도 있지만, 그에 관해서는 그렇지도 않으리라.

확실하게 일을 하기 위한 노력을 해준다면, 당신이 뭐라고 말할 셈은 없었다.

생각해 보면, 이번에는 모두가 당신의 억지에 어울려준 것이다.

그렇다면 당신도 모두에게 어울려줘야 할 것이고, 그렇게 하고 싶다고 생각했으니까.

"……으오?"

당신이 그렇게 생각하며 사방을 경계하자, 문득 하프 엘프 척후가 소리를 냈다.

함정인가? 파티의 멤버가 제각각 태세를 갖추고 대비한다.

그렇지만 하프 엘프 척후는「아니다 아니다」하면서, 손끝으로 기묘한 무기를 집어 올렸다.

“이기 뭐고 생각한 기라. 대단한 건 아닌데.”

그것은 나비를 본뜬 것 같은 단검, 혹은 단도였다.

칼날을 날개로 삼은 나비라고 해야 할까? 네 장의 칼날을 십자로 조합한, 언뜻 손잡이가 없어 보이는 단도다.

방금 전의《파이어볼》탓이리라. 고열에 노출된 그것은 파랗게 그을려 둔탁한 색을 뿜고 있었다.

칼을 맞대는 것보다는 투척에 적합할 것 같은데, 당신은 이것을 어떻게 던져야 할지 짐작도 되지 않았다.

“도적의 단도하고도 비슷헌디, 뭔지 잘 모를 무기래이.”

하프 엘프 척후는 두 장의 칼날을 손잡이 삼아 쥐어 보는 등, 고심하면서 검분하고 있었다.

그도 그럴 것이 그 칼날 끝에 손가락을 슥 움직이기만 해도, 슬쩍 손가락 피부에 상처가 날 정도로 날카롭다.

이러한 시노비 놈들이 어째서 가지고 있었는지는 분명치 않지만, 훌륭한 명품이었다.

용케도 참, 당신도 반사적으로 쳐냈다 싶다.

“감정을 해볼까요?”

흥미진진한 기색으로 조용조용 걸어온 여주교가 살며시 그 무기를 들여다보았다.

그녀의 눈에 어느 정도나 보이는지는 알 수 없지만, 느끼는 바가 있는 것이리라.

“아니다. 뭐 위에 돌아간 다음에 하믄 될기다.”

하프 엘프 척후가 말하고서, 일단 임시로 그 무기를 허리띠에 끼웠다.

좌르륵 소리가 울리는 가죽 주머니도 손으로 만지작거리는 걸 보니, 수입도 제법 되는 모양이다.

여전사가 키득 웃고서, 미르미돈 승려의 옆구리를 팔꿈치로 가볍게 찔렀다.

“유감이네. 함정 같은 거였으면 할 일이 있었을지도 모르는데.”

“어느 쪽이든 상관없다.”

척후가 「어이쿠야」 하고 익살을 부리며 신음하자, 종누이가 키득키득 웃었다.

당신은 새삼 숨을 들이쉬어, 미궁의 차가운 공기를 폐에 들이고 내뱉었다.

그것에는 농밀한 《죽음》의 맛이 섞여 있다. 그러나, 그것은 쓰러진 시노비 놈들의 것이다.

당신과 당신의 파티는 그것에 도전하여, 싸우고, 이기고, 모두 여기에 모여 있었다.

—불평할 것이 없다.

§

지상에 올라오자, 습한 바람이 살랑 당신의 얼굴을 더듬고 지나갔다.

하늘은 밝지만, 동시에 어둡다. 낮이지만— 먹구름이 휘몰아친다. 비가 내릴 조짐이리라.

“미궁 안에 있으면, 지금이 어느 정도의 시간인지 알 수가 없어.”

여전사가 볼에 손을 대고서, 한숨을 쉬는 것처럼 투덜거렸다.

미궁에 가득한 독기 탓인지 싸움의 긴장 탓인지, 체감 시간은 의지가 되지 않는 것이다.

안에 들어가서 어느 정도 시간을 보냈는지, 당신도 판별이 안 됐다.

그러나 나온 참에 비가 내리지 않는 것은 다행이라고 당신은 중얼거렸다.

그도 그럴 것이 미궁 안에서는 비가 내리지 않는다. 그렇기에 비옷의 준비 따위는 아무도 안 했으니까.

“……비가 내려도 우리하고는 상관없지만 말이지.”

그런 목소리는 미궁의 입구에서 아이고, 하며 하늘을 올려다보고 있는 그 근위 여기사였다.

파수를 서고 있는 그녀하고도 완전히 낯익은 사이가 되었다.

들어 보면 어쩌다가 당신들과 겹치는 일이 많을 뿐이지, 분명하게 교대 근무를 하고 있다고 한다.

그래도 근무 시간이 움직이지는 않는 모양이라, 비가 내리면 비를 맞으며 서 있을 필요가 있다.

모험가는 밤낮을 가리지 않고 오며, 그렇지 않아도 언제 괴물이 밖으로 나올지 알 수 없다.

정말 수고한다며 당신이 위무하자, 근위기사는 하하하 쑥스러운 기색으로 손을 흔들었다.

“이번에도 전원 생환, 이라. 느낌이 좋은데. 최심부에 적극적으로 도전하는 파티도 그렇게 많지 않은데."

그런 건가?

"당신들이랑, 그 금강석 나리 정도? 돌아오지 않은 사람들은 조금 더 있지만."

그런 것이군. 당신은 고개를 끄덕이고, 조금만 더 이야기를 거듭한 뒤에 그녀와 헤어졌다.

도시 변두리에서 성채도시로 가는 길을, 당신은 동료들과 함께 서두르는 걸음으로 걸었다.

모험에서 생환했는데, 비를 맞아 감기에 걸려 쓰러진다면 웃음거리도 못 되리라.

"아, 내립니다."

여주교가 문득 하늘을 올려다보며 중얼거린 것은, 마침 성문을 통과한 직후였다.

뒤늦게 빗방울의 첫 한 방울이 돌바닥을 때리고, 그 다음에는 쒸쏴아, 하고 굉음이다.

묵으로 칠한 것 같은 호우를 맞으면서, 종누이가 「햐아아아」 비명을 질렀다.

"어, 얼른 어딘가에 들어가요……!"

외투를 뒤집어서 머리 위에 뒤집어쓰는 눈물겨운 노력을 하면서, 열심히 호소한다.

그도 그럴 것이 파티 안에서 갑옷을 입지 않은 것은 종누이와 여주교 둘뿐이다.

젖은 의복이 찰싹 달라붙어서, 피부가 살며시 비쳐 보이는 것 같기도 하다.

"그렇네요. 감기에 걸려 버릴 테니까요……."

덤으로 여주교 쪽은 신경 쓰지 않는 건지 깨닫지 못한 건지, 심각한 기색이 없다.

그에 비해 검은 머리를 비에 드러내면서, 갑옷을 입은 여전사는 「그럴려나아」 하고 여유로운 표정.

"차가워서 기분 좋으니까, 나는 이대로도 괜찮은데?"

당신이 관두라며 손을 흔들었다. 어디 보자, 여기서 보면—.

"황금의 기사 정이 가깝다 안하나. 얼른 들어가 버리는기다!"

그거다.

"좋다."

미르미돈 승려가 턱을 터거덕 울리고, 방침이 정해진 당신들은 쏘아낸 화살처럼 거리를 달렸다.

잠시 지나 검디검은 비 너머로, 흐릿하게 따스한 주황색을 한 불빛이 보였다.

물보라에 번진 그것은 틀림없이 주점의 간판을 비추는 등불이다.

당신들은 망설임 없이 스윙도어를 밀어서 열고, 뚝뚝 물을 흘리면서 주점에 발을 들였다.

"돌아 오셨네요~!"

어서 오세요가 아닌 걸 보면, 당신들도 완전히 단골이 되었다는 것일까?

토끼 수인 여급이 뿅뿅 달려와서, 생글생글 당신들을 맞이해 주었다.

당신은 일단 — 「수건 빌려주세요!」라고 종누이가 외치고서 — 맥

주와 따뜻한 식사를 부탁했다.

"나는 포도주가 좋아아. 따끈한 걸로. 후추가 아니라, 설탕을 살짝."

그것도다. 추가하고서, 「네에!」 여급이 물러가는 것을 배웅하며, 평소의 자리로.

"우리 여성진은 주문이 많다 않나, 대장."

"에."

하프 엘프 척후가 투덜거리자, 진심으로 당황하여 소리를 내는 여주교. 당신은 웃었다. 당신들은 웃었다.

이거라면 지하 3층을 얼른 답파하는 것도 꿈이 아닐지 모른다.

과연 이 미궁이 몇 층까지 이어지는 건지 상상도 안 되는 이상, 꿈같은 이야기겠지만.

그래도 목표는, 지하미궁의 가장 안쪽에 숨어 있는 무언가를 쓰러뜨리는 것이다.

뜻을 높게 가지고, 그러나 발치를 단단히 확인한다…….

"여기요!"

경쾌하게 달려오는 여급에게 수건을 받아 몸을 닦으면서, 당신은 그렇게 생각했다.

예를 들어 무구도 비 맞은 채로 내버려 두면 녹이 슬어버리고, 금속이 아니라도 상하는 법이다.

막상 싸울 단계에서 뽑아든 만도가 벌겋게 녹슬어 있으면, 꼴사나운 데다가 베여 죽는 걸 면할 수 없다.

"머리칼도 손질을 해둬야 하니까~."

"여관의 방에 돌아가면 향유 같은 것도 바를까요?"

"아, 와, 죄, 죄송해요……."

여전사와 종누이가 둘이서 여주교를 보살피는 걸 보면, 여자 셋이 모이면 그릇이 깨진다고 하는 말이 떠오른다.

이 파티에서 가장 머리가 길기 때문인지, 여주교의 머리칼을 닦아 물기를 털어내는 것에 둘 다 열심이었다.

그런 부분에서 남자들은 편해서 좋다고 당신은 웃으며 중얼거렸다.

"그렇대이."

고개를 끄덕이는 하프 엘프 척후에 비해, 미르미돈 승려는 그러나 어렵다는 기색으로 턱을 터거덕 울렸다.

"그렇다만, 비가 내리면 말이다. 둥지흙이 무너지니까……."

……그렇군. 제각각 종족마다 고민도 이것저것이란 것인가…….

당신은 원탁에 앉기 직전, 조금 떨어진 장소에 있는 모험가들의 모습이 마음에 걸려 움직임을 멈추었다.

빛나는 장비를 두른 미장부의 모습은 잘못 볼 리 없었다.

무슨 일인가 하여, 당신은 가난뱅이 귀족의 삼남이라는 남자에게 스스럼없이 말을 걸었다.

"아아, 아니. 지하 4층에 이른 참이라서. 지도를 확인하고 있었다."

심각한 기색을 한 금강석의 기사가 당신의 얼굴을 보고 약간 표정을 풀었다.

그의 파티는 붉은 머리의 사제에 개 수인의 전사를 비롯하여, 아무래도 모두 무사히 모여 있는 모양이다.

당신은 선수를 뺏긴 것에 다소 아쉬움을 느끼면서도, 순순히 그 사실을 기뻐했다.

그쪽도 무사해서 다행이라고 당신이 말하자 「무사하기는 무사하다만」 하고 금강석의 기사가 중얼거렸다.

그 옆에서 그림자 같은 은발의 소녀가 힐끔 여전사를 보더니 가볍게 손을 들었다.

그걸 깨달은 여전사가 볼을 부드럽게 풀고서, 훌쩍 손을 들어 그것에 응답했다.

"……건강해 보여서 다행이네. 분명히 죽은 줄 알았는데."

"너무하네에, 잘 살아 있잖아?"

지난번에 들은 그녀의 내력을 생각하면, 고아원의 소꿉친구였다거나 그런 것일까?

그렇지만 뭐, 이야기해주지도 않은 것에 깊이 파고들어도 어쩔 수가 없으리라.

파티의 동료들은 어떠냐. 리더는 듬직하냐. 슬라임은 이제 괜찮냐.

당신은 그런 두 사람의 대화를 의식에서 잘라내고, 금강석의 기사를 보았다.

—그러나 미궁 탐색의 선두를 가고 있는 파티치고는 패기가 없는 것 같았다.

"그것을 따라잡고 있는 귀공들이 말하면, 비꼬는 말처럼도 들리는군."

물론, 그렇게 말하며 웃는 걸 보니 금강석의 기사도 그렇게 생각지는 않으리라.

당신은 지쳐서 그렇게 들리는 거라고 하며 웃고, 어깨를 으쓱거렸다.

정말이지, 지하 4층으로 가는 계단이 좀처럼 발견되지 않는다고 들었는데, 선수를 빼앗겨 버렸다.

그렇다면 다음은 지하 5층이다. 이번에는 이쪽이 선두에 나서서—.

"아니, 사실은 말이지. 지하 4층의 탐색도 끝났다."

금강석의 기사가 말하고, 그다지 심각하지도 않은 어조를 의식적으로 유지한 채, 이렇게 말했다.

"그러나— 지하 5층으로 내려가기 위한 계단이, 존재하지 않아."

——뭐라고?

당신은 무심코 그렇게 되물었다.

계속 내리는 빗소리는 강하고, 이제는 벌써 주점의 창을 두드릴 정도의 기세가 되어 있었다.

당연한 것처럼, 바깥은 밤처럼, 어둡다.

쩍 벌어진 용의 아가리만큼 험악한 것은 없다. 아는 것과 보는 것은 천지차이다.

"오오, 아오……?!"

하프 엘프 척후가 범의 입— 용의 입에서 펄쩍 뛰어 물러나지만, 당신은 그처럼 민첩하지 못하다.

당신이 엎드려인지 피해라인지 외치는 것과 용의 목이 불룩 꿈틀거리며 부푸는 것이 거의 동시.

다음 순간에는 굉음과 함께 열풍이 미궁의 방을 지나쳐, 당신들의 육체를 태웠다.

그것은 비유지만, 비유가 아니다.

고열의 숨결은 결코 불꽃이 아니다. 그렇지만 닿은 당신의 피부를 점점 태워서 문드러지게 하는 것이다.

"카, 히이……익, 아, 휴……윽?!"

등 뒤에서 종누이가 목을 누르며, 마치 누가 목을 조르는 것처럼 가녀린 한숨과 함께 무너져 내렸다.

하악, 하악. 숨결을 들어 보니 목숨이 위태롭다. 힐끔 눈길을 돌리자 안색이 파랗다 못해 하얗다.

당신은 등 뒤로 가고자 하는 발을 간신히 질타하여, 전선에 머물렀다.

여기서 전선이 붕괴되면, 당신이 달려가 봐야 기다리는 것은 확실한 죽음뿐이리라.

그것을 본 미르미돈 승려가 그 자신도 지독히 완만한 움직임이 되면서 더듬이를 흔들었다.

"독이다, 숨을 멈춰라!!"

—이건 안 된다!

당신은 한쪽 무릎을 짚으면서도, 어떻게든 이 자리에서 전위의 책임을 다하고자 몸을 일으켰다.

아니, 일으키고자 시도했지만, 그러나 맹렬한 독 기운(가스)이 순식간에 당신의 몸에서 힘을 빼앗아간다.

온몸이 타오르는 것처럼 아픈 것도 그렇지만, 한 번 들이쉴 때마다 목과 폐부가 타 들어가는 것처럼 아프다.

한쪽에서는 육지에서 물에 빠진 것처럼, 창에 매달린 여전사가 휴우우휴우우 필사적으로 숨을 고르고 있었다.

이미 서로를 배려할 여력(히트 포인트)이 부족하며, 이어지는 손톱 손톱 송곳니 꼬리는 치명적이리라.

단련된 육체를 가진 당신들마저 이 꼴이다. 후열이 직격을 받으면 한 방 거리도 안 된다.

따라서 당신은 계속 서 있어야 한다. 종누이 쪽에 닿는 독기를, 아주 약간이나마 막아내기 위해서라도.

—이거야 원, 정말이지.

넓이가 분명치 않은 미궁 안에서 산 같은 체구, 갑갑해 보이도록 접힌 날개.

이끼가 낀 것처럼 보이는 어두운 녹색의 비늘은, 어느 정도의 세월을 쌓아온 것일까?

범백의 모험가 따위는 티끌처럼 유린할 수 있을, 손톱과 송곳니와 꼬리에 대해서는 말할 것도 없으리라.

그리고 무엇보다도, 움푹 패인 눈구멍 안쪽에서 황황하게 타오르는 깊고 응어리진 붉은 눈동자.

차폐물이 없는 윤곽선만 있는 미궁에서, 설마 이러한 괴물— 녹색(그린) 용(드래곤)을 상대하게 될 줄은!

과거의 용사, 백금 등급으로 헤아리는 자는 오로지 홀로 이것과 맞섰다고 하는데…….

일단 그 기골부터 용기 있는 자라 불리기에 걸맞다고 생각했다.

앞으로 한 차례를, 저쪽에 주게 되면 죽는다.

그 순수한 사실—《죽음》 앞에서, 당신은 신기하게도 태평하게 그런 사색에 잠길 여유가 있었다.

“잡, 았대애애이!!”

—다시 말해서 한 차례도 주지 않고 살해해 버리면 되는 것이다.

그 순간 당신의 등 뒤에서부터 머리 위를, 바람을 품은 외투가 커다랗게 부풀며 뛰어넘었다.

방금 전의 독기에 노출되는 부위를 최소한으로 억누른 하프 엘프 척후가 민첩하게 용에게 돌진한 것이다.

그 손에서 팔랑거리는 나비를 본뜬 기이한 형상의 단검이, 휘리리 칼날을 울리면서 날아갔다.

"이야아앗!!"

—일섬.

용에게는 미궁을 은광이 꿰뚫은 것처럼 보였으리라. 실제로 그 붉은 눈동자에는 칼날이 박혀 있었다.

시끄러운 포효를 지르며 몸부림치고, 용은 그 기다란 목을 휘두르며 미궁의 하늘을 우러러 보았다.

칼날의 뿌리 부분에서 선혈을 뿌리는 모습을 보니, 용이라 해도 피가 나온다면 죽일 수 있다는 것이다.

"갑니다!"

그렇지만 여주교가 힘차게 목소리를 짜낸 것은, 그것에 용기를 얻었기 때문이 아니다.

"《웬토스(바람)…… 크레스쿤토(성장)…… 오리엔스(발생)》!!"

그녀는 미약하게 얻은 한 호흡으로 진언을 맺더니, 허리에 매달아 둔 뿔피리를 입술에 대고서 숨결을 불어넣었다.

곧장 맹렬한 돌풍이 질주하고, 미궁에 가득했던 어두운 녹색의 독기를 단숨에 밀어냈다.

—《블래스트 윈드(돌풍)》의 술법인가!

여주교의 탁월한 의지는 이때 혼란에 빠진 녹색 용의 그것을 능가하여 현실을 개변해냈다.

종누이와 함께 주문의 공부를 계속하는 그녀는 요즘 들어 눈에 띄게 실력이 늘고 있었다.

그렇지만 종누이는 맹렬한 독기에 노출된 영향으로 일어서지 못하고, 방의 바닥에 엎드려 있었다.

여주교는 그 가녀린 가슴에 드디어 공기를 들이더니, 재빠른 움직임으로 종누이 쪽으로 달려갔다.

"그쪽은, 맡기겠어요……!"

"좋아, 알았다! ―《돌고 돌아 바람이 되는 나의 신, 우리들의 여로에 부디 행운이 있기를》!"

턱을 울리며 응답한 미르미돈 승려의 《블레스(축복)》가, 당신과 여전사에게 내린다.

교역신은 여행의 신이자 바람의 신, 청정한 바람 속에서 그 축도의 선풍이 칼날을 감싸 소용돌이친다.

그 뒷바람을 등에 받으며, 당신과 여전사는 어깨를 나란히 달리고 녹색 용에게 똑바로 돌진했다.

"여어엉차!"

하나, 둘. 교차하는 칼날은, 몸을 젖히는 바람에 드러난 용의 목줄기를 향한다.

용을 잡기 위해 노려야 할 약점이 목의 비늘이라고, 스승이 말을 했었는데…….

그것이 진실인지 아닌지는 분명치 않지만, 진공의 칼날을 두른 만도는 스르륵 근육에 파고들었다.

곧장 뿜어져 나온 용혈은 그야말로 녹아내린 바위처럼 뜨겁고, 검붉다.

옆구리를 찌른 여전사도 이것은 버티지 못하고, 꺄아아꺄아 소리를 지르며 뛰어서 피했다.

긴박감이 없는 목소리는 평소와 같다. 그렇지만 곁눈질로 본 그녀의 얼굴에는 긴장과 공포가 번져 있었다.

"멀쩡해……!"

당신의 시선을 깨달은 여전사가 작게 한 번 외쳤다. 그에 맞추어, 당신도 칼날을 다시 겨누었다.

"이거, 라도…… 먹으—세요!!"

그때 가녀린 기침과 함께 울린 것은 여주교의 어깨를 빌린 종누이의 외침.

자랑스런 머리칼이 푸석푸석하고, 찢어진 의복에서 보이는 하얀 살결은 붉게 문드러졌으며, 눈에는 눈물.

그렇지만 그녀는 똑바로 양손을 내밀고, 주술의 목소리를 드높이 노래했다.

"《토니톨스(뇌전)…… 오리엔스(발생)…… 야크타(투사)》!!"

《라이트닝(번개)》의 하얀 빛 덩어리가 미궁의 어둠을 칠해버린다.

기하학적으로 불규칙하게 굴절을 그리며 달려간 전격은, 소리를 넘은 속도로 용을 때렸다.

"크, 으으…… 으, 으……읏!"

과잉된 마력이 넘친 나머지 종누이의 손끝을 태우지만, 그래도 그녀는 물러서지 않는다.

아무리 용이라 해도, 이 일격을 받으면—.

"잠깐, 거짓말이지……?!"

그런 당신의 희망적 관측을 여전사의 외침이 부정했다.

번갯불의 잔향이 띄엄띄엄 번진 세계에서, 당신은 아직도 꿈틀거리는 거체를 보았다.

한쪽 눈, 목, 배에서 피를 흘리며, 타 들어간 비늘에서 연기를 피우면서, 용은 당신들을 노려보았다.

그 시선에 담긴 살의는 말할 것도 없고, 살려서 돌려보낼 생각이 터럭만큼도 없는 것 같았다.

—그러나.

그것은 이쪽도 마찬가지.

당신은 용이 턱을 연 순간, 스르륵 몸을 앞으로 던졌다.

사지타(화살)…… 인프라마라에(점화)…… 라디우스(사출). 읊조리는 진언은 셋.

그리고 손가락 끝에 붙은 도깨비불을, 당신은 용의 목 안쪽으로 휙 던졌다.

"———."

꿀꺽 소리가 들릴 법한, 숨막히는 찰나의 공백이 지난 뒤—.

배가 불룩불룩 안쪽에서 부풀어오르면서, 용은 상처에서 불꽃을 뿜어내며 폭발하여 흩어졌다.

§

"후이……. 이야, 설마하니 이런 곳에서 드래곤을 만날 기란 생각은 못했다 안하나."

용의 고기 조각과 함께 날아가 벽에 박힌 단도를 뽑으면서, 하프엘프 척후가 소리를 흘렸다.

나비 단도를 얻은 이후, 그는 전위직으로 싸우는 것이 상당히 틀이 잡히고 있었다.

당신으로서도 안심이지만, 그래도 익숙지 않은 싸움은 긴장이 되는지 목소리에 피로의 색이 짙었다.

이 다음에 보물 상자 개봉이 기다리고 있는 걸 생각하면, 대열이 고민스럽긴 한데—.

"바보 같은 말 마라. 미궁(던전)에는 용(드래곤)이 사는 법이다. 예로부터."

한편, 이렇게 후방에 미르미돈 승려가 대기해주는 안심을 버리기도 어렵다.

모험에 최적의 답 따위 존재하지 않는다고, 당신은 절절하게 통감하는 와중이었다.

"그라지만, 용의 탐색(퀘스트)이라고 안 있나. 어슬렁거리면서 근처를 돌아다니면 못 버틴대이."

"작금, 야외를 걸어 다니면 야생의 용이 수풀에서 튀쳐나오는 시대가 아닌가?"

"고마운 일이 아니라카이."

그런 쓸데없는 대화를 계속하는 두 사람은 그렇다 치고, 당신은 옆에 있는 여전사의 어깨를 두드렸다.

"응?"

돌아보는 그녀는 웃음을 짓고 있지만, 얼굴은 파랗게 질려 핏기가 없다.

당신도 남말은 못하겠지만, 긴 자루를 쓰는 만큼 더 지쳤을 것이다.

하물며 상대가 드래곤이었던 것이다. 무리도 아니다.

"아직 더 할 수 있어."

당신의 지적에 그녀는 토라진 기색으로 입술을 삐죽거렸다.

"하지만, 쪼금 깜짝 놀랐을까? 오늘은 이제, 용은 만나기 싫을 것 같애."

정말이지 동감이다. 이쯤에서 탐색을 끊어야 할 때이리라.

당신이 그렇게 판단을 하고, 여전사에게 숨이 정돈될 때까지 경계를 부탁하기로 했다.

"네에, 주변 보고 있을 게요오."

의외로 순순히 응답하며 벽에 풀썩 주저앉은 그녀에게 고개를 끄덕이고, 당신은 다음으로 갔다.

하프 엘프 척후는 미르미돈 승려에게 맡기면 된다 치고, 가장 마음에 걸리는 것은—.

"……누나는, 괜찮거든요?"

이 **육촌** 녀석.

역시 방의 구석에 주저앉아, 여주교의 보살핌을 받고 있는 그녀에게 당신은 표정을 찌푸렸다.

초과 영창(오버 캐스트)을 시도한 손끝이 불타서, 안타깝게도 붕대를 감고 있었다.

"다행히, 기적을 탄원할 정도의 목숨에 연관된 상처는 아닙니다만……."

배려를 하듯 여주교가 중얼거리고, 치료 도구를 가방에 넣으면서 이마의 땀을 닦았다.

"위에 돌아가서, 치료를 안 하면 흉이 남을 지도 몰라요."

"우~응, 그건 좀 싫어요."

그 말을 들은 당사자가 태평한 — 당사자에게는 심각한 — 기색이니까 난처하다.

당신은 어쨌든지 오늘은 철수한다는 뜻을 전하고, 돌아가는 길에 무리를 하지 않도록 종누이에게 말해뒀다.

“그거야 물론. ……하지만 《라이트닝》이 통하지 않은 건, 조금 쇼크예요.”

뭐 하는 수 없으리라. 당신도 생각하면서 응답했다. 하급이라지만 상대는 용인 것이다.

바람신의 《블레스》가 없었다면, 당신과 여전사의 칼날이 통했을지도 수상하다.

당신의 《파이어 볼트(불 화살)》가 공적을 올린 것도, 운이 좋았다는 것이 가장 클 것이다.

《숙명》과 《우연》의 주사위는 절대적인 기량 차이만으로 승패를 정하지 않는 것이다.

“누나들도, 조금 더 주문 공부를 해야겠어요.”

그렇게 말하지만, 노력이 무의미하다고 웃는 자에게 미궁의 답파 따위 꿈속에서도 꿈만 같은 일이다.

단단히 기합을 넣는 종누이의 기색에 쓴웃음을 지으면서, 여주교를 너무 끌고 다니지 말라고 못을 박았다.

“아뇨, 그건! 대단히 도움이 되는 일들뿐이라, 오히려 제가 부탁을 드리고 있어서…….”

당신의 말에 여주교가 당황하여 허둥지둥 고개를 좌우로 흔들고, 어쩐지 즐거운 기색으로 입가를 풀었다.

“둘이서 함께 주문서를 펼치고 있으면, 흥미로운 발견들밖에 없어서, 참 즐겁답니다.”

"그런 거예요!"

종누이다.

"오랜 문헌 안에서 이것저것 발견하는 것을 참 잘해서, 놀라 버렸어요."

그러고 보니, 어렸을 적부터 공부를 했다— 라고 했던가.

"하지만, 아직 멀었어요."

역시 경험을 살리고 있는 것이 아닐까 당신이 지적하자, 여주교는 볼을 물들이며 고개를 숙였다.

"지난번에 발견한 마계의 핵(데몬 코어)에서 힘을 끌어내는 술법도, 아직 형태를 잡지 못해서……."

—응?

뭔가 수상쩍은 말이 튀어 나왔는데, 뭐 여주교가 함께라면 괜찮겠지. 아마도.

어쨌거나 돌아가는 길에서 무리를 하지 않도록 반복해서 전달하고, 당신은, 어디보자, 숨을 내쉬었다.

척후의 상태가 괜찮다면, 이제 슬슬 보물 상자의 조사를 부탁하자.

방의 괴물을 타도했다지만, 너무 길게 한 군데 머물고 싶은 생각은 안 들었다.

"그렇지. 금방 몰려올 게야."

당신이 다가오는 것을 보고 짐작했으리라. 미르미돈 승려가 터거덕 턱을 울리며 경계를 재촉했다.

탐색을 진행하는 가운데, 당신도 미궁이나 방의 구석에 웅크리고 있는 것처럼 응어리진 그림자의 존재는 깨닫고 있었다.

갑옷을 입은 남자, 로브를 입은 마술사 같은 남자, 그리고 승려로 보이는 소녀의 모습…….

쥐 수인(스케이븐)이나 오우거(식인귀) 같은 것이라면 그나마 좋겠는데…….

"초심자 사냥꾼이나, 혹은……."

—썩은 시체(로팅 콥스)인가.

"참 싫다니까아. ……귀찮은걸."

《죽음》의 미궁에 매료된 자들이든, 《죽음》 그 자체이든. 여전사는 숨을 내쉬었다.

당신은 가볍게 어깨를 으쓱거리고, 슬라임 같은 것이 아니니 그나마 낫지 않느냐고 말해줬다.

여전사는 생글생글하는 표정을 짓고, 말없이 창의 물미를 내질렀다.

그것을 훌쩍 피하듯 발을 내딛고, 하프 엘프 척후에게 말을 걸었다.

"그래, 대장. 이제 됐대이. 어여 보물 상자(체스트) 조사하고, 철수하자 안 하나."

그는 가벼운 움직임으로 일어서서, 물주머니를 들이켜고 입가를 닦았다.

일곱 가지 도구를 재주 좋게 다루어 열쇠 구멍을 더듬고, 함정을 조사하는 손놀림은 말할 것도 없이 훌륭하다.

그래도 그 동안 근처에 서서 주변을 경계하는 것은 파티의 전사로서 역할이리라.

가장 위험한 역할을 담당하는 것은 하프 엘프 척후니까, 동료를 두고 도망칠 생각은 당신에게는 없었다.

—지하 4층의 탐색은 순조로웠다.

그저, 계단이 발견되지 않는다는 사실이 가로막고 있을 뿐이다.

당신은 무심코, 한숨을 쉬고…… 그 틈을 놓치지 않은 여전사의 두 번째 공격에 무심코 비명을 질렀다.

실제로 지하 4층은, 참으로 단순한 구조였다.

그저 그냥 하염없이, 몇 개의 방이 이어져 만들어진 회랑이 있을 뿐.

미지의 영역이었던 지하 1층, 함정이 늘어선 지하 3층과 비교해서, 맥이 빠질 정도로 싱겁다.

나타나는 괴물은 분명히 상층보다도 강대함이 늘어난 것 같다.

방금 그 녹색 용이야 드문 예지만, 거대한 거미에, 오우거, 늑대인간 따위가 활보하고 있는 것이다.

도저히, 여유작작이라고 할 수는 없으리라— 그렇지만, 그저 그뿐이다.

주의 깊게 조사하고, 걷고, 싸우고, 살아남아 버리면, 그 앞에 아무것도 없다.

미궁에서 으르렁거리듯 솟아 나오는 끝도 없는 재화가 있을 뿐.

여기서부터는, 그것 말고는 아무것도 없다.

그 사실이 어지간한 괴물보다도 강하고, 격렬하게 당신들— 아니, 당신의 앞길을 가로막고 있었다.

"……열렸대이."

덜컹 소리를 내고 상자의 뚜껑이 떨어지더니, 안에 들어 있던 금화의 산이 빛을 뿜어낸다.

그것을 곁눈질하며, 당신은 무심코 거듭하여 깊고 깊은 한숨을 쉬었다.

§

지상으로 돌아와, 도시 변두리에서 성채도시로 돌아온 당신들은 눈이 휘둥그래질 정도의 소란에 휩싸였다.

오가는 모험가들은 위세가 좋고, 밤도 깊은데 상점에는 불빛이 황황하게 밝으며, 금은이 날아다닌다.

미궁에서 포효하듯 솟아오르는 끝도 없는 재보가, 이 성채도시를 불야성으로 바꾸는 것이다.

"응~ 기왕이니, 오늘 밤에는 최상급(로얄 스위트)에 묵는 게 안 좋겠나?"

그런 혼잡함을 술술 빠져나가면서, 하프 엘프 척후가 태평하게 웃었다.

딱히 절제하기로 정한 것은 아니지만, 어쩐지 모르게 여태까지 마구간 생활을 하고 있는 당신이다.

여성진은 간이침대의 큰 방을 잡고 있지만, 위쪽 방에도 이제는 손이 닿는다.

파티의 공유 재산을 빼고 나면 개개인의 지갑에 분배하고 있으니까, 다음은 마음대로 하면 된다.

당신으로서는 딱히 상관없지 않느냐고, 약간 건성으로 대답했다.

"저는…… 지금 이대로도, 괜찮습니다만."

보기 드물게, 약간 사양하는 느낌이지만 여주교가 이견을 냈다.

파티 한가운데에서 걷는 그녀가 이렇게 자신의 의견을 확실하게 말하는 것은 기쁜 일이다.

그 마음은 종누이도 마찬가지인지, 생글생글 웃으며 찰싹 양손을 마주쳤다.

"후후후, 함께 밤중까지 이야기하는 거, 즐거우니까요!"

육촌은 지쳤으니까 얼른 안 자면 내일 못 일어난다.

당신이 그렇게 야유하자 그녀는「그렇지 않아요!」하며 펄펄 화를 내지만, 뭐 좋다.

―좋지 않지만, 좋다.

오늘도 상당히 많은 방을 돌았다. 내일 하루 정도는 휴식을 해도 상관없겠지.

다행히 돈이라면 있다. 역량에 대해서도, 어떻게 녹색 용과 싸울 수 있을 정도로는 성장했다.

조바심 낼 필요는, 어디에도 없다.

"후응……."

당신이 그렇게 말하자, 여전사가 뭔가 말을 품은 한숨을 흘리고 힐끔 시선을 흘겨본다.

"나는, 딱히 내일도 열심히 할 수 있는데에?"

"뭐 쉬고 싶을 때는 쉬어도 상관없겠지."

당신이 뭐라고 말하기 전에, 미르미돈 승려가 턱으로 끼어들었다.

그는 여전히 표정을 알 수 없는 얼굴로 더듬이를 흔들며, 당신 쪽을 겹눈으로 가만히 보고 있었다.

이 미르미돈이 보는 세계에서, 당신은 어떤 식으로 비치고 있을까? 문득, 신경 쓰였다.

"나는 어느 쪽이든 상관없다."

자연스럽게, 그렇지만 묵직하게 한 말에, 당신은 살짝 숨을 삼켰다.

그리고 공중에서 말을 찾아, 잠시 지나서 — 아마도 불과 한순간일 것이다 — 입을 열었다.

—그러면, 휴식이다.

당신이 그렇게 선언하자 미르미돈 승려는 턱을 터거덕 울리고, 여전사는 「네에」 하며 가벼운 목소리.

"휴식……."

어쩐지 울적한 기색으로 여주교가 중얼거렸다.

"……어떻게 해야 할까요."

"공부를 해도 좋고, 장을 보러 가는 것도 좋겠네요!"

그것에 종누이가 기분 좋게 따르더니, 여성 두 사람의 즐거운 대화가 꺄꺄 울렸다.

당신은 그런 그녀들의 목소리를 등으로 들으며 묵묵히 발을 앞으로 보내—.

"오우, 대장. 오늘은 주점 안 들를기가?"

하프 엘프 척후의 말에, 어느샌가 황금의 기사 정 앞을 지나가는 참인 것을 깨달았다.

멈춰 서서 간판을 올려다보았다. 안에서는 시끌벅적하게 모험가들이 소란을 피우는 소리가 들렸다.

꿈을 품고서 이제 막 성채도시에 온 젊은이일까? 혹은 오늘도 미궁에서 싸움에 승리했을까?

개중에는 동료를 잃고서 애도의 술을 마시는 자도 있으리라.

제한 없이 흘러 넘지는 재보를 바라며, 이 도시에 와서, 미궁에 도전하여, 싸우고, 죽이고, 살아남고…….

——이윽고 《죽음》에 잡아먹힌다.

지하 4층이 그 《죽음》의 끝자락일까?

당신은 알 수 없었다.

알 수 없었지만, 어째선지 술을 마실 생각이 안 들었다.

다른 모험가를 만나고 싶다는 생각도 안 들었다. 하물며, 그 금강석의 기사들도.

오늘은 주점엔 안 가고 쉬리라 당신은 말하고, 모두 즐길 수 있도록 파티의 지갑을 척후에게 넘겼다.

가끔은 리더가 없는 편이 좋은 때도 있겠지. 당신은 동료에게 말하고, 여관으로 갔다.

"아……."

그런 당신에게 여주교가 뭔가 말하고자 했지만, 그러나 그 이상의 말은 없었다.

당신은 발을 멈추었지만, 그렇다면 중요한 안건이 아닐 거라 생각하여 그대로 걸었다.

혼자서 거리를 걸으면, 역시 눈에 띄는 것은 늘어나고 있는 모험가의 모습이다.

이 사람 저 사람. 미궁이 토해내는 무진장의 재보를 노리고 찾아온다.

그들은 도달하는 곳이 지하 4층의 방이라고 해도 신경 쓰지 않으리라.

하늘을 보니, 도시의 불빛으로 뽀얀 밤하늘에 희미하게 번지는 한 줄기 연기가 보였다.

용이 산다는 산의 불이다. 그러나, 그것도 이 도시의 모험가들과는 상관없는 일이리라.

당신은 문득, 아무나 붙잡고서 그 미궁은 지하 4층에서 막혀 있다고 호소하고 싶어졌다.

그 의미를 아는지 물어보고, 매도하고, 소리쳐대고 싶어졌다.

그런 짓을 해도, 분명히 다들 기겁하는 눈으로 보기만 하고 끝이겠지만.

잠시 지나, 당신은 언제나 묵고 있는 여관에 도착했다.

평소처럼 마구간을 빌려서, 지푸라기 안에 웅크리듯 앉았다.

오늘의 탐색은— 대단히 지쳤다.

녹색 용이 나온 탓일까? 아니, 그 괴물과 마주친 것은 예상 밖이지만, 예상했었다.

탐색 자체는 별다른 문제도 없이 끝났다. 그러나, 이상하게 몸이 무겁다.

주저앉은 몸에 힘이 안 들어가고, 손도 발도 마치 땅바닥에 꿰인 것처럼 움직이지 않는다.

뭐 그런 날도 있으리라. 대단한 일이 아니다. 내일은 쉬자. 그러면 되지 않을까?

무엇 하나 변화가 없는 것이다.

또 미궁에 들어가, 괴물과 싸우고, 살아남고, 재보를 얻어, 귀환한다.

생각하건대, 그 단순한 반복만 해도 좋지 않을까? 그 이상 앞길이 없다면.

당신은 푸스스 연기를 피우며 타고 남은 재와 같은 마음을 품은 채, 꾸벅꾸벅 졸았다.

잠시 지나 부스럭거리는 희미한 기척에 눈을 떴을 무렵에는, 얼마나 지났을까?

어슴푸레한 가운데 움직이는 그림자는, 익숙한, 하프 엘프 척후의 모습이었다.

"어째, 저쪽에서는 진정이 안 된다안하나."

당신이 눈을 뜬 걸 깨달았으리라. 그는 변명처럼 말하고, 난처한 기색으로 웃었다.

"그 부드러운 침대에 들어가면, 오히려 나이 먹을 것 같대이."

그런가. 당신이 고개를 끄덕이자, 그는「잘 자래이, 대장」하고서 지푸라기 안에 누웠다.

건너편 구석에 있는 것은 미르미돈 승려일까? 그의 겹눈을 봐서는 깨어 있는지 아닌지도 알 수가 없다.

당신은 이제 막 눈을 뜬 탓에 대단히 둔한 사고 안에서, 어쩐지 모르게 마구간 바깥으로 시선을 돌렸다.

멀리, 여관 건물의 불빛이 흐릿하게 번지는 게 보인다. 간이침대의 방은 어디일까?

—오늘밤은, 그녀는 안 오는가.

문득, 그런 것을 당신은 생각했다.

딱히 용건도 없으니까 그것은 당연한 일이지만, 어쩐지 너무나도 쓸쓸한 것은 어째서일까?

바보 같은 의문에 당신은 웃고서, 또 다시 억지로 눈을 감고 지푸라기 속에서 잠을 청했다.

어쨌든지— 앞으로 몇 시간 지나면 밤이 밝는 것이다.

그걸로 뭔가 해결되는 것이, 아니라 해도.

§

“리더, 장을 보러 가요!”

후음. 힘차게 의욕을 보이는 여주교의 선언에, 당신은 어, 어어 하고 소리를 흘리며 스푼을 놓쳤다.

아침 식사인 보리죽에 가라앉은 스푼을 일단 놔두고, 당신은 천천히 여주교를 돌아보았다.

—아침의 『황금의 기사 정』은, 평소처럼 나른한 소란이 가득했다.

드디어 미궁에서 철수한 자들, 이제부터 나서는 자들이 잔을 기울이며 밥을 먹는다.

어제 오늘 성채도시를 찾아온 자들이, 긴장한 기색으로 동료를 찾아 좌우를 본다.

묵묵히 앉아 있으면 누가 말을 걸 거라고 기대하는 자도, 밤에는 그것이 환상이라는 걸 깨달으리라.

그런 것은 마술사나 승려나 그렇지, 시골에서 막 나선 농가의 3남에게는 있을 수 없는 일이었다.

“아, 그러면 나도 뭔가 부탁할까? 그렇네에, 달콤한 거 먹고 싶어어.”

“그렇네요. 저도…… 촉매가 조금 필요해서, 아, 달콤한 것도!”

“그러고 보니, 물약이랑 소소한 것들이 좀 줄었다 안하나. 사다 주면 안 좋겠나?”

“나는 뭐, 어느 쪽이든 좋다.”

—그렇게 현실도피를 하는 사이에도, 동료들은 이미 가는 것을 전제로 이야기를 시작하고 았었다.

아니 그러나 기다려주면 좋겠다. 그러한 거라면 나 혼자서 가지. 혼자서. 혼자서!

당신이 모두를 배려하여 그렇게 대답하자, 맨 먼저 여전사가 「에에~엑」 하고 비난의 소리를 질렀다.

“기껏 얘가 용기를 내서 권했는데, 너는 참 그런 말을 해버리는 거야아앙?”

가여워라~. 걱정보다도 오히려 당신을 야유하는 어조로 말하고, 여전사는 여주교에게 손을 둘렀다.

꼬옥 감싸는 것처럼 끌어안긴 여주교는 「아뇨, 그건……」 하고 쑥스러운 목소리를 낼 뿐이다.

“우음.”

그것을 본 **육촌**이, 평소와 같은 기색으로 찌리릿 눈을 삼각형으로 끌어올렸다.

“이 녀석. 여자애한테 창피를 주면 안 돼요!”

에잇, 그런 이야기가 아니지 않은가?

당신은 손잡이까지 보리죽에 가라앉은 스푼을 건져서, 그것을 어떻게든 닦아내고 얼버무리듯 식사를 계속했다.

짐작하건대, 모두의 미지근한 시선을 보니 이건 이미 완전히 사전

공작이 되어 있다고 봐도 좋을 것이다.

제안자는 누구일까? 아무리 그래도 **육촌**은 아니리라. 「실례잖아요!」 하는 항의는 무시한다.

"그러니까, 얘라니까."

그치~? 그렇게 말하면서, 여전사는 끌어안은 여주교의 이마를 쓰다듬으며 아끼다.

"아, 네."

고개를 끄덕이는 여주교 쪽도, 창피한 기색이기는 해도 싫지 않은 기색이었다.

당신으로서는 그녀가 다른 여성진이나 동료들과 잘 지내고 있는 것은, 그저 기쁜 일이기는 하지만—.

"딱히 동료가 장보러 가자고 권하는 것 정도, 그리 드문 일도 아니지 않나."

망설이는 당신에게, 미르미돈 승려가 타각타각 턱을 울리면서 그렇게 지적했다.

"아니면, 뭐냐? 가고 싶지 않은 이유라도 있나?"

질문을 듣자마자 「어머나!」 하고 **육촌**이 눈썹을 끌어올리지만, 아무래도 좋사옵니다.

당신으로서는 딱히 거절할 이유 따위도 없지만, 아니 그러나…….

아무래도 이유를 알 수 없는 초조함에 당신이 망설이고 있는데, 하프 엘프 척후가 깔깔 웃었다.

"대장, 이건 벌써 장군에 걸렀다. 순순히 잠깐 미궁 탐색이 아닌 거라도 하고 오면 된다 안하나."

—으음.

그렇게 말을 하면, 그렇기는 하다.

분명히 요즘 들어서, 탐색과 단련만 생각하고 있었던 것 같다. 적을 베고, 앞으로 나아간다.

그렇지 않으면 미궁에 꿈틀거리는 《죽음》에 저항할 수 없다고 생각했기 때문이지만, 그러나…….

—그것만으로는 《삶》이라 하기에 부족하다, 이거군.

1의 뒷면은 6이다. 1의 눈만 신경 쓰며 주사위를 굴리는 것은 참으로 바보 같은 일이 틀림없으리라.

물론 지금 이렇게 보리죽을 홀짝거리면서 생각하고 있는 것뿐이지, 마음속으로는 진정 이해에 이르지 못했다.

머리와 마음은 다른 것이다. 그러나 아우를 수는 있다. 그것을 위해 행동을 한다면, 그렇다는 것이지만.

—좋다.

당신은 고개를 끄덕이고, 그릇에 남은 것을 단숨에 긁어서 삼켰다.

깨닫고 보니 당신 말고 다른 동료들은 진작에 식사를 마쳤다. 상당히 늦어진 모양이다.

그러면 가자. 장보러. 혼자서가 아니라, 여주교와 둘이서.

"—네!"

곧장, 활짝 봉오리가 풀리는 것처럼 얼굴을 밝히며, 여주교가 몇 번이고 끄덕끄덕 고개를 움직였다.

해냈다 해냈다 여성진끼리 작게 손을 마주치는 걸 보니, 역시 미리 얘기를 해둔 것이리라.

그러나 신기하게, 나쁜 기분이 안 들었다.

가까운 사람에게 배려를 받는 것은 좋은 일이고, 그것을 함부로 내칠 정도의 조바심은 해악이다.

당신은 지나가는 수인 — 토끼 수인이다 — 여급에게, 물 한잔을 부탁했다.

"네에! 후후, 다 들렸어요. 한숨 돌리는 거, 중요하니까요!"

털복숭이 손이 통 어깨를 두드리자, 당신은 쓴웃음을 지었다. 어지간히도 알기 쉬웠나 보다.

그러나, 뭐 좋다. 거듭해서 그렇게 생각한다.

휴식하고, 좀 놀자. 그렇게 정한 것만으로, 몸속에 가득 차 있던 숨이 흘러나오는 것 같았다.

당신은 고개를 끄덕이고, 양손을 마주치고, 파티의 공유 재산인 지갑을 탁상에 놓았다.

—그러면, 각자 뭘 사다 줬으면 하는지, 일단 거기서부터 시작하자.

§

"자아, 보고 가시라. 미궁에서 발견된, 세상에 몇 없는 기묘한 살아 있는 금화라우!"

"좀 비싼데. 감정료랑 판매액이 같다니, 바가지잖아."

"그게 아니고, 이 곰의 조각상은 수백만의 적을 쓰러뜨린 곰이라, 효험이 있다는 이야기가……."

"잠깐, 순금제 열쇠거든? 좀 더 좋은 값에 사줘!"

훌쩍 도시에 나서보니, 성채도시의 좁은 공간에 더할 나위 없이 사람이 가득하다.

위세 좋게 외치는 소리가 날아다니며, 장을 보러 나온 모험가와 상인의 대화가 귀에 닿았다.

새로운 상품도, 지불하기 위한 금화도, 이 도시에서는 떨어진다는 말이 없다.

참으로, 세상의 끝이 다가오고 있다고는 도저히 생각할 수 없는 광경이다.

볼품없는 차림을 한 난민으로 보이는 사람들도, 그렇지만 여기서는 안도한 표정이 보인다.

안도일까? 불안은 있다지만 어떻게든 살아갈 수 있다고, 그렇게 생각이 드는 것일까?

이 도시에 부는 좋은 바람은 어쩐지 상냥한 것 같다는 생각이 안 들 수 없다.

"교역신의 덕분이겠죠."

당신 곁을 빠르게 걸으며 필사적으로 따라오는 여주교도, 어쩐지 안도한 기색으로 중얼거렸다.

"하지만, 역시 난민 분들이 많아서……. 전쟁은 잘 풀리지 않는 모양이랍니다."

그렇지만 이어지는 말에 어쩐지 울적한 기운이 떠도는 것은 그녀의 사명감 탓일까?

지난번에 사원에서 들은 태생을 생각하면, 무리도 아닌 일이리라.

세상을 구해야 하는 것이다.

그 어려움을 생각하면, 현재 상황을 보고 생각에 잠기는 것도 당연하다.

그러나 그녀는 잠시 고개를 숙인 다음, 「응」 하고 힘차게 고개를 끄덕인 뒤 당신을 올려다보았다.

"그걸 위해서도, 오늘은 장을 보는 거랍니다!"

그렇게 확실하게 선언하고, 가요! 하고 솔선하여 발을 앞으로 내디뎠다.

이번에는 반대로, 당신이 그녀를 필사적으로 따라가는 꼴이 되어—당신은 웃었다.

참으로, 유쾌했다.

"일단 어디부터 갈까요?"

기분 좋게 빙글 돌아보며, 안대로 감싼 시선을 보내는 그녀.

모험할 때와 달리 무기와 방어구를 풀고 평소와 같은 차림이지만, 참으로 생생했다.

본래 명가의 영애였기 때문이라고 하진 않겠지만, 어느 집 아가씨라고 해도 신기하지 않다.

어쩌면 이것이 본래의 — 고블린 퇴치나, 부모의 교육을 받기 전의 — 그녀인 것일까?

당신은 그런 생각을 하면서, 일단 잡다한 것을 보러 다니자고 말했다.

무구와 방어구나 약 같은 것이라면, 평소에 신세를 지고 있는 그 괴팍한 노인의 가게에 가야 하리라.

그렇지만 그것 말고 소소한 것들이나, 여전사나 종누이가 제멋대로 부탁한 감미 같은 것은 별개다.

노점을 도는 것도, 나쁘지 않으리라.

누가 뭐래도 그녀는 지고신의 여주교. 감정의 권능이 있으면 이상한 것을 집을 일은 없다.

부탁한다고 당신이 말하자, 그녀는 기쁜 기색으로「네」하고 응답했다.

§

어디, 어슬렁어슬렁 길을 가다 보면 개가 아니라도 흥미로운 것을 만나는 법이다.

노상에 펼쳐둔 갖가지 물품 가운데, 당신의 눈길을 끄는 물건도 몇 개나 있었다.

예를 들어— 도검 종류 따위가 전형적인 것 중 하나다.

"오오, 나리에 아씨, 눈이 높으시구만! 동서고금, 고르고 고른 명검 명품이 모여 있다우!"

약간 사투리 억양의 어디선가 흘러 들어온 것으로 보이는 행상인이 물 흐르듯 말했다.

아마도 평복이니까, 당신 옆에 있는 소녀의 정체를 깨닫지 못했으리라.

당신이 힐끔 여주교 쪽을 보자, 그녀도 장난스레, 안대 안에서 시선을 주었다.

키득키득 웃음을 죽이는 그녀에게 고개를 끄덕이고, 당신은 어디

보자 하며 검 앞에 쪼그려 앉았다.

—그렇군, 뭐 분명히.

언뜻 본 정도이기는 해도, 명검이니 명품이니 늘어놓을 정도의 물건은 되리라.

적어도 만듦새는 어엿하고, 손에 집어 칼집에서 뽑아보자 하얀 칼날이 황황하게 빛난다.

물론, 이 정도는 얼마든지 꾸며낼 수 있는 것이지만—.

"……괜찮다면, 한 번 볼까요?"

소근소근, 목소리를 죽여서 — 어쩐지 즐거운 기색으로 — 여주교가 속삭인다.

그렇군 하고 응답하며, 당신이 손에 집은 것은 용 살해자(드래곤 슬레이어)라고 거창하게 써 붙은 검이었다.

짐승 살해자(워 슬레이어)나 마술사 뭉개기(메이지 매셔) 따위도 늘어서 있지만, 일단은 용이다.

지난번에 마주친 그 녹색 용. 놈을 상대할 때 이것이 있었다면, 조금 더 편하게 넘어갔을까?

"아아, 이것은……."

여주교는, 스윽 가녀린 손가락으로 검의 자루를 만졌다.

그대로, 애무하는 것 같은 손놀림으로 칼날 쪽에 손가락을 미끄러뜨리고 뭔가 애매한 미소를 지었다.

가짜일까? 당신의 의문에 여주교는「아뇨」하고 천천히 고개를 옆으로 저었다.

"……진품이긴 하답니다. 그렇지만…… 뭐라고 해야 할까요……."

그녀는 안대 안쪽에 숨겨진 눈으로 힐끔 가게 주인을 보고, 사사

삭, 당신 곁으로 다가와 몸을 기울였다.

그리고 살짝 발돋움을 해서, 당신의 귓가에 입술을 가져가더니 작은 소리로 속삭였다.

—의욕이 없답니다.

호오. 당신의 맞장구에 그녀는 키득키득 어린애처럼 웃고, 그대로 소곤소곤 말을 이었다.

"저건 나는 것을 떨어뜨리는 것. 땅속에 꿈틀거리는 것을 상대한다면, 진가를 발휘하지 못해요."

통틀어서 용 살해의 마검이라고 해도, 이래저래 있는 법이다.

영웅의 전설에서 칭송하는 것, 용을 죽이는(드래곤 버스터) 것, 용을 멸하는(드래곤 발러) 것…….

용과 싸울 때가 아니면 그냥 검과 다름없는 것도 많으니, 필연적으로 나도는 위작도 많다고 한다.

그도 그럴 것이 실제로 용과 싸우기 위해 용살의 검을 바라는 자 따위, 그리 많지 않을 테니까.

그 점에서 말하자면, 이 검은 진품이니 그나마 나은 것이리라.

설령 이 지하미궁에서는 진가를 발휘할 수 없더라도.

"그러니까, 만약 고르신다면…… 저라면……."

스윽. 여주교의 손가락이 춤추는 것처럼 천에 올라가 있는 무구 사이를 오고 간다.

그리고 이윽고, 한 자루 검 앞에서 우뚝 손이 멎었다.

"……네, 제가 고른다면, 이 검이 좋을 것 같아요."

그것은 몇 겹으로 칼날이 겹친, 기괴한 검이었다.

만듦새는 다소 고풍스럽고, 그에 상응하는 세월을 거친 물건이겠지만…….

“이야 눈이 높으시구만. 그건 말이우, 이름 있는 대장장이가 벼린 명품입니다, 나리. 어떻수?”

재촉을 받아 손에 집어보자, 분명한 손맛과 기묘한 가벼움을 느꼈다.

가게 주인에게 확인을 하고서 휘둘러보니, 으르렁대는 검풍이 울렸다.

확실히, 이것은 분명히 명품이다.

한 번 휘두르면, 곧장 적의 혈육을 찢고서 다진 고기처럼 바꾸어 버릴 것이 틀림없다.

당신은 이러한 것을 다루는 무구상을 이 성채도시에서 한 곳밖에 모른다.

거기서 다루지 않는 이상, 이것은 아마도 미궁에서 출토된 것이 아닐까?

“헷헷. 요즘 들어 대량으로 나와서 말입니다. 이야, 참 고마운 일입니다요.”

둘러보니, 분명히 다른 도검류 따위도 포함하여 그러한 종류가 많다는 인상을 받는다.

아니, 딱히 검만 그런 것이 아니다.

보자기 위를 둘러보면, 지팡이에 반지 같은 것도 많이 놓여 있지 않은가?

당신도 마술에는 소양이 있다.

아무렇게나 굴러다니는 지팡이 하나에 강력한 불꽃의 마력이 깃든 것 정도는 알 수 있었다.

당신의 종누이는 물론, 여주교 같은 술사에게는 듬직한 장비가 되리라.

—그러나.

당신은 문득, 묘한 위화감을 느끼고 손에 든 고대의 명검을 살며시 천 위에 돌려놓았다.

그것은 말로 표현하기 어려운, 단순한 기분 탓에 지나지 않을지도 모른다.

그러나, 뭐라 말할 수 없는…… 그 무뢰한들의 방에 들어갔을 때 같은, 따끔거리는 무언가.

"괜찮으신가요?"

가게 주인에게 웃음으로 답하며, 당신은 허리의 만도를 가볍게 두드렸다.

손에 익은 무구가 더 좋을 것 같으니, 이러한 것이 있으면 또 부탁할지도 모른다.

구경꾼에는 익숙한 것이리라. 「그렇습니까」 하고 가게 주인은 딱히 신경 쓰는 기색이 없었다.

그렇지만 이것은 뭐, 어디까지나 당신에 관한 이야기다.

만약 여주교가 뭔가 가지고 싶다면, 장비를 갖추는 것은 파티의 리더로서 당연한 일.

자 어떨까…….

"————."

그러나 그녀는 당신의 물음을 깨달은 기색마저 없이, 그 보이지 않는 눈으로 한 곳을 보고 있었다.

그녀의 시선을 따라간 곳에 있는 것은, 딱히 아무런 특색도 없는 번득이는 세공을 한 반지.

제법 비싸리라는 것은, 당신의 눈으로도 알 수 있다. 다소 주저할 정도로는.

그러나 뛰어난 주구 같은 것이라면, 이번에는 한 번 용의 아가리에 뛰어드는 기개로 사들이는 것도 나쁘지는.

"……아뇨."

여주교가 대단히 겁을 먹은, 떨리는 목소리로 중얼거렸다.

"아뇨……. 괜찮아요. 저는, 괜찮답니다."

그리고 그녀는 몇 번 반복하는 것처럼 고개를 옆으로 절레절레 흔들고, 얼른 걸어가 버렸다.

당신은 당황하여 뒤를 따랐다. 조용조용 걷고 있지만, 모험가인 그녀는 언제나 발걸음이 분명하다.

잠시 지나 따라잡은 당신에게, 여주교가 물어볼 것도 없이 조용히 작게 중얼거렸다.

"그 반지는…… 저주 받았답니다."

저주라니. 앵무새처럼 반복하여 중얼거리는 당신에게, 그녀는 가녀린 어깨를 떨면서 괴물을 본 아이처럼 고개를 숙였다.

"뭐라고 말을, 해야 할지……. 차갑고, 끌려들어갈 법한, 그러한……."

――음.

당신은 낮게 신음했다.

그것은 어쩌면, 당신이 그 명품 검에서 느낀 것과 같은 기묘한 것이 아니었던가?

오싹하다는 것과는 또 다르다. 타박타박, 몰래 다가오는 차가운 무언가.

이 성채도시에 가득한 것. 모험가들에게는 언제나 빠짐없이 바로 옆에 존재하는 것.

당신은 멈춰 서서, 잡다한 시장 너머를 보는 것처럼 살짝 돌아보았다.

이미 그 노점은 물론이고, 검도, 반지도, 인파에 가려 볼 수는 없었다.

—허나, 그러나, 어쩌면.

그것은 아마도 분명 《죽음》의 차가움이 아니었을지——.

§

"아……."

발 빠르게 시장에서 도망치는 것 같던 여주교가, 문득 멈춰 서더니 퍼뜩 고개를 들었다.

따라잡은 당신이 무슨 일인지 말을 걸어보지만, 그녀는「아뇨」하고 고개를 옆으로 저었다.

"그러니까, 이쪽입니다. 아마도……."

스르륵 그녀는 그 눈에도 불구하고 단단한 발놀림으로 골목을 꺾어 달리기 시작했다.

사람과 건물에 부딪힌다거나, 넘어진다거나, 그러한 염려가 느껴지지 않는, 주저 없는 달리기.

당신은 황급히 뒤를 따라갔지만, 그런 의미에서의 걱정은 안 해도 될 법했다.

—이것은 어쩌면, 그녀는 상당히 말괄량이인 것이 아닐까?

이러한 쓰잘데없는 생각마저도 뇌리를 스쳤다.

그 몸에 불행이 쏟아지기 전, 혹은 영웅이 되라는 교육을 받기보다도 이전에.

물론, 무의미한 가정이리라.

어디까지가 타고난 것이고, 어디까지가 경험으로 키워낸 것인지는 알 수 있을 리 없다.

그리고 경험으로 얻은 부분도 포함하여, 그 **사람됨**에 이르는 것이다.

다시 말해서, 결론은 이렇다.

그녀는 상당히 말괄량이다.

"……이쪽, 이랍니다."

골목골목에서 발을 멈추고 잠깐 귀를 기울이듯 고개를 갸웃거리더니, 빙글 돌아서 다음 모퉁이로.

뒤를 따라가는 당신은, 도저히 어디로 가는 건지 상상도 안 된다.

어디에 가는 건지 물어봐도 「모르겠어요」라고만 하니까, 정말이지.

그렇지만, 그런 식으로 여주교에게 휘둘리는 것도 금방 끝났다.

잠시 지나 당신에게도, 그녀가 찾고 있는 것이 무엇이었는지 보였다.

그것은, 어린 소녀였다.

검은 머리를 부모나 언니가 땋아준 것인가 싶은, 열 살이 될까말까한 작은 소녀.

그런 아이가 커다란 눈을 동그랗게 뜨고서는, 입술을 꾸욱 일자로 다물며 양손을 움켜쥐고 있었다.

그녀가 뭘 참고 있는지 지적하는 것은 간단하지만, 그러나 동시에 부끄러운 일이리라.

그러나 그래도 딸꾹질을 하며, 희미한 소리를 흘리고 있는 것이—.

—들린 건가?

"네, 그래요."

여주교는 수줍은 웃음을 지으며 응답하고, 그보다도 어린아이 곁으로 달려가는 것을 우선했다.

하얀 의복이 더러워지는 것도 개의치 않고 삭 무릎을 짚더니, 그 소녀와 시선을 마주치기까지 했다.

"……무슨 일인가요?"

그 모습에, 참으로 감탄을 해야 할지, 놀라야 할지, 웃어야 할지.

적어도 당신이 품은 것이, 따스한 마음이라는 것은 틀림없으리라.

그에 비해서 말이다.

당신은 거창하게 고개를 좌우로 흔들고 어깨를 으쓱거리며, 소녀 곁에 선 인물에게 다가갔다.

정말이지 개탄스럽군. 설마하니 이러한 어린애를 괴롭혀서 울리는 모험가가 있을 줄이야.

"……괴롭힌 적 따위 없다."

진심으로 어쩔 줄 모르는 표정으로 돌아보는 금강석의 기사가 그곳에 있었다.

그 옆에는 어린애와 그다지 다를 바 없는 키의, 은발 소녀— 아니 은발의 척후도 거느리고 있었다.

표정과 감정이 옅은 소녀이지만 그러나, 아무래도 난처한 기색인 것은 한 눈에 알 수 있었다.

이 모습을 여전사에게 전해주면, 분명히 까르르르 즐겁게 웃을 것이 틀림없다.

“음.”

은발 소녀가 입술을 삐죽거렸다.

“거래하자. 그 애의 창피한 이야기를 제공할게.”

나중에 의논을 해야겠다며 당신은 고개를 끄덕이고, 무슨 일이냐고 당신은 금강석의 기사에게 물었다.

소녀는 여주교가 말을 걸자 표정이 풀어졌으니, 자신보다도 그녀에게 맡기는 편이 좋으리라.

“아니. 미아라고 생각하여 말을 걸었다만—.”

“입을 열자마자, 울음을 그치라고 했죠.”

—아이고.

당신은 은발 소녀를 따라서, 금강석의 기사에게 의심스런 시선을 보냈다. 정말이지 개탄스럽다.

“두 번이나 반복하지 마라. 경도 어린애 상대는 특기라 할 수 없을 거야.”

이 젊은 기사가 나이에 걸맞은 표정을 짓는 것을 당신은 처음 보았다.

그렇지만, 그 발언은 넘어갈 수 없다. 그럴지도 모르고, 그렇지 않을지도 모른다.

어느 마술사의 말로 그를 놀리면서, 당신은 이제 어떡할까 생각하는데—.

"저기……."

그때 여주교가 말을 걸었다.

"……괜찮을까요?"

당신이 고개를 끄덕이자, 그녀는 살며시 소녀의 손을 이끌어 걸어왔다.

어디 보자. 당신은 한쪽 무릎을 꿇고 앉아, 검은 머리 소녀와 시선을 맞추었다.

영리해 보이고, 씩씩하고, 터무니없는 공포를 필사적으로 참고 있는— 착한 소녀였다.

"언니랑, 헤어져 버렸어, 요."

띄엄띄엄, 혀 짧은 목소리로 그녀가 말했다.

어허. 당신은 생각하고, 고개를 끄덕였다. 그것은 세상이 멸망할 법한 커다란 사태다.

—그렇다면, 언니란 사람을 찾으러 가야 하리라.

"네!"

당신이 그렇게 말할 것을 처음부터 알고 있었던 것 같은 여주교의 대답은, 참으로 낯간지러운 면이 있었다.

따라서 당신은 그쪽을 보지도 않고 일어서서, 무릎에 묻은 흙을 가볍게 털어냈다.

"——."

그런데, 금강석의 기사와 은발의 척후가 넋이 나간 것 같은 눈으로 보고 있지 않은가?

"아니 뭘. 경의 사람됨은 지난번 주점의 소동으로 알고 있다 생각했는데."

금강석의 기사는 나쁘게 생각지 말라며 웃고, 훌쩍 손을 흔들었다.

"……역시 사람을 안다는 것은 어렵고, 유쾌한 것이군."

당신이 껄껄 웃었다. 뭘, 논리도 고약도 어떻게든 반죽해서 붙일 수 있는 것이다…….

모험가라면, 이럴 때 해야 할 말은 정해져 있는 법.

—모험가(어드벤쳐러)에게 맡겨만 둬라.

§

"그랬나요, 언니와……."

"……네. 장을 보러 왔는데, 헤어져 버린 거예요."

그렇지만 당신이 할 수 있는 일은 그다지 없다.

소녀의 손을 이끌고, 온화하게 이야기를 들으며 앞서 가는 것은 여주교다.

맹목인데도 불구하고 위태롭지 않은 것은 당연하고, 골목의 정연함은 미궁하고는 비교도 안 된다.

어린 아이의 이야기에 꼬박꼬박 정성스레 대답을 해주면서도, 발걸음은 분명한 것이었다.

"…………이거야 원."

그 아이의 반대쪽 손을 잡은 것은 자그마한 은발의 척후였다.

소녀는 비슷한 또래라고 생각하는 건지, 여주교하고는 또 다른 의

© lack

미로 따르는 모양이다.

아이가 손을 꾹꾹 당기면서 말을 걸 때마다 「아~」라거나 「으~」라거나 「다~」라는 등 신음한다.

그러면서도 조용조용 대답을 해주는 걸 보면, 익숙하지는 않더라도 보살펴주기는 하는 모양이다.

—어쨌거나.

그런 그녀들 앞에서, 당신이 할 수 있는 일은 얼마 없다.

뭔가를 찾는 거라면 척후의 일이고, 어린 아이 상대는 여주교의 역할이리라.

물론 나란히 걸어가는 금강석의 기사가 어색한 표정인 것에 비해, 당신은 마음이 편하다.

적어도 바닥이 보여 버린 지하미궁과 비교하면, 사람 찾기의 도움이 되는 건 훨씬 기분이 좋다.

무언가 누군가의 도움이 된다, 성과가 있다, 다음이 있다, 이것은 참으로 근사한 일이 아닌가?

"경은 고민 따위 없어 보이는군. ……아니, 있어도 태연하게 행동하는 것뿐인가?"

—갑자기 무슨 말을 하나 했더니만.

당신은 껄껄 웃었다. 도저히 그러한 깨달음의 경지 같은 마음가짐은 되지 못한다.

실제로 아까 전까지의 자신을 생각하면 너무나도 과분한 평가라 할 수 있으리라.

파티의 동료가 있기 때문이리라.

—얻기 어려운 것을 얻었다.

당신이 중얼거리자, 금강석의 기사가 「그런가」 하고 눈부신 것을 보는 것처럼 중얼거렸다.

“탐색의 진척이 신경 쓰이고 있을 거라 생각했다만.”

그거다. 당신은 한치의 틈도 두지 않고 말했다. 그게 신경 쓰인다.

과연 지하미궁은 지하 4층에서 끝일까? 이 미궁에는 그보다 바닥이 없는 것일까?

없다면, 기약 없이 살육과 약탈을 반복하는 것 말고 아무것도 할 일이 없는 것일까?

“그것이지.”

금강석의 기사는 뭐라 말하기 어려운 표정을 지은 채, 낮은 목소리로 신음하듯 맞장구를 쳤다.

“우리들도 탐색은 계속하고 있다. ……다른 계층에 대해서, 지도의 공백이 커다란 것은 사실이니까.”

그것은, 당신도 수긍이 되는 부분이었다.

미궁이 완전한 정사면체 — 혹은 직육면체라고 해도 된다 — 가 아니란 것은, 이미 알고 있었다.

지하 1층과 지하 2층은, 계단의 좌표가 어긋나 있는 것이다.

그것이 물리적 구조에 따른 것인지, 마술 같은 것으로 차원이 뒤틀린 것인지는 모르겠지만.

—생각해 보면, 그것을 깨달은 것도 그녀였던가.

당신은 힐끔, 앞서 가는 여주교 쪽으로 시선을 돌렸다.

어린 아이가 넘어지지 않도록 배려하고, 말을 걸고, 볼을 풀고서 나아가는 모습 또한 그녀의 본래 모습이리라.

주점에서 몸을 움츠리고 고개를 숙이게 되기까지, 어느 정도의 일들을 뒤집어쓰고 있었을지.

어쨌거나—. 그렇다면 다른 계층에 단서가 있을 가능성은 있다, 만.

“그렇겠지. 다만, 아무래도, 또 다시 1층부터 다시 조사하는 것은…….”

시간이 없다.

그것은 금강석의 기사가 말하지 않더라도, 당신도 알고 있는 일이었다.

성채도시는 기이한 활기로 들뜨고, 소란에 휩싸여 있다.

미궁에서 솟아오르는 무한의 재화와 그것을 노리고 모이는 모험가, 상인, 난민들.

여기는 세상의 위기, 그 벼랑 끝이라 할 수 있는데 수많은 사람들이 끌려 들어온다.

내일이라도 나락의 바닥에서 《죽음》이 기어 나와, 세상이 멸망해도 이상하지 않으리라.

그러나, 아무도 신경 쓰지 않는 것 같았다.

보고서도 모른 척 하는 것인지, 정말로 아무래도 좋다고 생각하는 것인지.

푸스스 남은 불이 타오르는, 식어가는 재처럼 으스스한 광경이었다.

혹은 정말로— 지하미궁의 바닥에 《죽음》 따위 없을지도 모른다.

“다시 말해서 우리는 완전히 헛다리. 엉뚱한 곳에서, 무한하게 재화가 솟아 나오는 유적을 공략하고 있는 것뿐인가?”

금강석의 기사가 소리를 내며 웃었다.

"그건 그거대로 손쓰기에 늦었군."

당신도 마찬가지로, 껄껄 웃었다.

여주교와 은발 소녀가 힐끔 이쪽을 보자, 손을 휘두르며 아무것도 아니라고 한다.

달리 진짜 근원이 있다면, 이 광경은 참으로 낭비적이리라.

—그러나, 용케 내치지 않고 말을 걸었군.

"뭐가 말이지?"

아이다. 당신은 검은 머리 소녀를 턱짓으로 가리키며 말했다.

방식이 좀 서투르기는 했다지만, 역시 질서이자 선(로우풀 굿)이라 해야 할까?

금강석의 기사는 한순간 입을 다물더니, 어려운 표정으로「아니」하고 말을 흐렸다.

당신은 그 모습을 힐끔 보고, 딱히 아무 말 없이 그가 계속 말하기를 기다렸다.

"……나도, 더 어리지만…… 여동생이 있다."

그래서 내버려둘 수가 없었다. 금강석의 기사는 자조하는 것처럼 말을 이었다.

그 시선은 여주교와 이야기하는 어린 아이와 그 모습에 비추어 그 너머의 누군가를 보는 것 같았다.

"쌍둥이는 불길한 아이라고 생각하나?"

당신은 조금 생각한 다음, 그럴 리 없으리라고 대답했다. 미신에 지나지 않는 것이다.

주사위 눈이 극단이었던 것을, 그저 거창하게 소란을 떠는 것이라고 생각했다.

"아버지는 그리 생각지 않는가 보다."

내뱉는 것처럼 금강석의 기사가 중얼거렸다.

"……그건, 이제 글렀다."

은발 소녀가 흠칫하는 모습을 앞두고, 당신은 그런가 하고 짧게 응답했다.

—누군가를 내쳐야 하는 때라는 것은, 왕왕 있는 법이다.

그 이상으로는, 무슨 말을 해야 할 것이 아니리라. 상대의 마음을 미루어 짐작하는 것 따위, 어렵기 짝이 없다.

내치는 상대가 한 식구라면, 더욱 그렇다. 「아아, 여기까지인가」라는 생각에 이르기까지 여러모로 일이 있었으리라.

가난뱅이 귀족의 3남을 자칭하는 이 남자에게도 과거가 있고, 지금이 있을 것이 틀림없으리라.

그것을 모르는 몸으로서는, 그저 이야기해준 것을 받아들이는 것 이상은 해선 안 되는 일이다.

"아……!"

문득 여자애가 얼굴을 활짝 밝히며, 다다다 달려갔다.

여주교가 황급히 뒤를 따라갈까 손을 잡을까, 양쪽을 동시에 해야 할까 판단을 망설여서 움직임이 멈췄다.

은발 소녀가 「어이쿠」 하고 흥미 없는 기색으로 중얼거리는 것이 들리고, 당신은 그 시선 끝을 눈으로 좇았다.

"아, 있다……! 정말이지, 멋대로 어디 가면 안 된다고 말했었지~?!"

늠름한 목소리가, 풀이 죽은 소녀의 「잘못했어요」를 뒤덮는 것처럼 울렸다.

낯이 익은 여자. 들어본 적이 있는 목소리. 어쩐지 소녀와 닮았다. 언니라는 것은 그녀이리라.

빙글 머리칼을 나부끼며 돌아보았을 때, 당신은 그 정체를 깨달았다.

다소 풍만한 가슴을 평복으로 감싸고 있어서, 한순간 이해가 늦었다.

근위기사— 언제나 미궁 입구에서 얼굴을 마주치는 그녀도, 당신들을 알아본 모양이다.

당신과 여주교에게 「야아」 하며 볼을 풀고, 금강석의 기사와 은발 척후를 보더니 어째선지 표정이 굳었다.

"아, 어어. 고마워요, 그게, 여동생이 폐를 끼친 모양이라—."

"됐다."

금강석의 기사는 괜히 그럴 듯한 태도로 손을 흔들었다.

"모험가로서 당연한 일이야."

할 말을 빼앗긴 당신은 쓴웃음을 짓는 수밖에 없었지만, 난처한 태도가 근위기사와 겹쳤다.

당신들이 서로의 얼굴을 보며 희미하게 웃자, 그걸로 근위기사의 긴장도 풀린 모양이다.

"미안해, 폐를 끼쳐서. 자, 인사해야지."

"고맙습니다아."

소녀가 예의 바르게, 괜히 거창한 동작으로 고개를 꾸벅 숙였다.

당신은 신경 쓰지 말라 하고, 그러나 그녀의 여동생이라는 건 금방 깨닫지 못했다고 말했다.

근위기사는 깔깔 가볍게 소리 내어 웃더니 「뜻밖이었어?」 하고 장난스럽게 한쪽 눈을 감았다.

"그야 뭐, 이 언니도 일하지 않을 때 정도는 있는 거니까."

정말 그렇다.

세상의 위기 — 아마도, 지만 — 를 말 그대로 눈앞에 두고 있어도, 그것은 변함이 없으리라.

가족과 함께 보낼 틈도 없이, 무슨 세상의 평화란 말인가?

근위기사와 그 여동생은 다시 한 번 당신들에게 고개를 숙이고, 손을 마주 쥔 채 인파 쪽으로 나아갔다.

두 사람의 모습이 인파에 뒤섞여 보이지 않게 될 때까지, 당신들은 그것을 눈으로 배웅했다.

"……다행이에요."

조용히 여주교가 중얼거린 것은, 그렇게 안도의 한숨을 내쉰 직후였다.

"저 아이가 무서워하지 않고, 넘어가서."

흠. 당신이 의미를 이해하지 못하고 있는데, 여주교가 뭔가 말하기 어려운 듯 말을 흐렸다.

"네, 그게, 저는…… 그게, 상처가 많잖아요?"

그렇게 말하고, 여주교는 애매하게 웃으며 고개를 갸웃거렸다. 아양 떠는 것 같은 표정이다.

당신은 바보 같은 말이라고 웃었다. 어중이떠중이들이 하는 말 따위, 신경 쓰지 않으면 되는 것이다.

어차피 아무리 정돈이 되어 있어도, 한 점의 티를 찾아서 거창하게 소란을 피우는 자들이 있다.

그것은 그렇게 소란을 피우는 게 즐거운 것뿐이다. 신경 쓰면 이쪽의 몸이 남아나지 않으리라.

“그럴까요……? 아, 아뇨, 그렇게 말씀해주시는 것은, 기쁜 일입니다만.”

그렇지만, 여주교에게는 그다지 위로가 되지 않는 모양이다.

어찌 해야 할까— 라고 생각해 보지만, 그다지 미추에 고집하지 않는 당신은 뭐라 말하기 어려웠다.

그녀는 덧없지만 아름답고, 평탄하지만 잘 정리된 몸의 선을 가지고 있다. 그 이상을 신경 쓴 적은 없었다.

이것은 역시 여전사나, 약 오르지만 종누이에게 맡겨야 하리라. 당신이 뭐라 하면 역효과가 날 수도 있다.

“……흐으응.”

그런 당신과 그녀의 대화를 가만히 올려다보던 은발 소녀가 꾹꾹 금강석의 기사의 소매를 끌었다.

“자, 이제 가자. 아까 그 가게에서 본 검 살 거지?”

“그래, 그건 틀림없이 명검이다. 나에겐 맞지 않지만, 파티의 전력 향상에는 필요하겠지.”

아주 진지한 기색으로 금강석의 기사가 고개를 끄덕였다. 그러고 보니, 그의 파티에는 그 말고도 전사가 있었던가.

당신은 얼른 지하 5층을 발견해 달라고 말했다. 안 그러면 포기할 수가 없지 않은가?

금강석의 기사는 그것을 듣고, 껄껄 거만한 태도로 소리를 내어 웃었다.

“뭐 그렇군. 틀어박혀 썩고만 있어서는 아무것도 변하지 않을 테니.”

서로 말이야. 당신이 고개를 끄덕이고, 금강석의 기사도 고개를 끄덕여 응답했다.

당신들은 마지막에 다시 한 번, 자매가 물러간 성채도시의 인파에 시선을 돌렸다.

그곳에서는 상인이, 모험가가, 난민이, 제각각 나날의 양식과 즐거움을 바라며 소란을 피우고 있었다.

휘리리 바람이 지나갔다. 교역신이 날라 오는 좋은 바람이다.

“역시, 세상은 지켜내야 할 것이야.”

당신은 아무 말도 안 했다.

그것은, 말할 것도 없는 일이었으니까.

§

“……역시 커다란 쪽이 좋은 걸까요? 그렇게 작다고 생각하지는, 않습니다만…….”

갑자기 무슨 말을 하나 싶었더니, 체격 이야기다.

방금 전의 근위병을 보면, 평복이라서 확인한 체격은 역시 갑옷을 입고 검을 휘두르기에 걸맞은 것이었다.

승직은 때때로 전위를 맡기도 하는 이상, 여주교로서는 신경 쓰이는 부분이리라.

종누이야 그렇다 치고, 전위에서 싸우는 여전사하고는 예전부터 교류가 있었던 모양이니 더욱이 그럴 것이다.

물론 당신의 스승은 체격이 다가 아니라고 언제나 주장을 했었는데…… 무슨 말을 해도 역효과이리라.

그런 것은, 여관에 돌아간 다음 모두에게 물어보면 되는 것이 아닐까?

"그렇, 네요. 그렇게 할게요."

끄덕끄덕. 여주교가 힘차게 고개를 끄덕이고, 보이지 않는 지팡이를 휘두르는 것처럼 팔을 휘둘렀다.

—정말이지.

당신이 웃음을 죽이는 것도 깨닫지 못했는지, 여주교의 발걸음은 가볍다.

아니, 그걸 말하자면 당신의 발도, 어깨도, 외출하기 전과 비교가 안 될 정도로 편해졌다.

감사를 해야 하는 일이겠지만— 새삼 감사를 하는 것도, 뭔가 아닌 것 같은 기분이 들었다.

주점에서 기다리는 파티의 멤버들을 떠올리고, 당신은 희미하게 볼을 풀었다.

도전하고, 싸우고, 길을 헤쳐 나간다. 지금까지와 해야 할 일은 무엇 하나 변하지 않았다.

아주 조금 앞길이 보이지 않았다고 해서 그 정도로 당황하고 있었다니, 이거야 원.

—미숙하기 짝이 없다.

저녁의 어둠이 밀려드는 성채도시의 거리를, 당신은 그런 식으로 어슬렁어슬렁 여주교와 함께 걸어갔다.

여주교하고는 별 것 아닌 이야기를 반복하고, 오늘의 장보기에 대해서 말하고, 미아 소녀에 대해서 말했다.

그저 그것만으로, 온몸에 가득했던 응어리진 기운이 슥 빠져나가는 것 같았다.

결국은 사람의 마음이라는 것은 그런 정도의 것일지도 모른다.

친구에게 부탁을 받아 장보기를 끝낸다. 미아 소녀의 보호자를 발견해준다.

사소하지만 작은 모험의 달성감은, 당신에게 아주 미약한 전진을 가져다주었다.

—도대체가, 애당초 말이다.

문득 그 대답에 도달하고, 당신은 괜히 더 잘난 척하며 잘라 말했다.

이 미궁에 만악의 근원이 없다면, 그 녀석을 찾아서 모험을 계속하면 되는 것이 아닌가?

지하 4층에서 끝이라면, 좋다 이거다. 답파하고, 다음으로 나아간다. 그뿐인 이야기다.

당신들에게서 도망칠 수 있다고 생각하는 것이 주제넘은 것이다. 정말이지.

"어머나……."

당신의 그 큰소리를 들은 여주교는 잠깐 넋이 나간 뒤, 입가에 손을 대고서 키득키득 웃었다.

방울이 울리는 것 같은 소리. 정말로, 진심으로 유쾌해서 견딜 수가 없다는 기색이다.

"그렇, 답니다. 그렇다면《죽음》의 근원이 발견될 때까지, 저는——."

눈가에 맺힌 것을 닦으면서, 여주교가 무엇을 말하려고 했는지, 당신은 알 수 없었다.

"———!"

문득, 여주교의 이름을 부르는 소리가 들린 탓이다.

"아……."

친근하게 튀어 오르는 그 목소리에, 여주교는 넋이 나간 듯 우두커니 멈춰 섰다. 죽은 사람을 만난 것처럼.

돌아본 당신의 눈에 들어온 것은, 호오…… 여주교와 꼭 닮은 모습을 한 소녀였다.

역시 승복. 그러나 여주교와 비교해서 몸의 능선은 아름답게 융기되었고, 표정은 꽃처럼 화사했다.

그리고 무엇보다도, 그녀의 눈동자에는 빛이 있었다. 고통도 괴로움도 모르는, 별과 같은 반짝임이 있었다.

"저기, 그게……."

여주교의 목소리가 대단히 갈라지고 높아졌다. 무엇을 말해도 혼날 거라고 생각하는 어린아이 같았다.

"무사, 하셨네요. …………다행이에요……."

이윽고 자아낸 말에는 지독하게 아양을 떠는 것 같은 부드러움과, 온화한 진심이 섞여 있었다.

"아하하하, 물론이지. 당연히 무사한 거 아냐! 내가 길을 잃을 리 없잖아~?"

그에 비해서 그 소녀는 까르르, 새된 소리로 웃고 가방에서 보란 듯이 지도를 꺼냈다.

팔랑 펼친 그것은 그저 그것만으로 정밀하고 보기 쉽다는 것을 알 수 있었다.

당신이 아는 한 가장 탁월한 기량을 가진 미르미돈 승려에게는 떨어지지만…….

—수준이 높다.

그랬다.

소녀는 반지가 반짝이는 손으로 팔랑팔랑 지도를 흔든 다음, 얼른 접어서 가방에 넣었다.

"그쪽은 어때? 도시 안에서 길을 잃지는 않았어? 길 기억하려고 노력했었잖아."

"아, 네. ……그게, 어떻게든……."

"처음 온 장소에서는 금방 길을 잃잖아. 계속 따라가 줘야 했으니까."

여주교의 띄엄띄엄 끊어지는 맞장구마저 신경 쓰는 기색이 없고, 소녀는 재잘재잘 계속 말했다.

당신은 자신이 그녀의 안중에 없다는 것을 이용해, 그 동작과 태도를 가만히 바라보았다.

나쁘게 말하자면 거침이 없다. 좋게 말하자면 털털하고 이면이 없다. 그런 소녀이리라.

이러면서도 여주교를 배려하지 않는 것이 아니란 것도, 보면 알 수 있다.

애당초 걱정을 하지 않았다면, 그녀가 길을 헤매지 않도록 따라다니는 일 따위 하지 않으리라.

오해를 받기 쉬울 게 틀림없다— 라고, 그렇게 생각하는 것마저

오해일지도 모르지만.

도무지, 처음 보는 타인의 사람됨 따위 알 수 있을 리가 없으니까.

"아, 옆에 있는 사람은 파티의…… 그럴 리가 없겠네. 주점에서 기다린다고 했었잖아."

그러나 당신이 뭔가 대답을 하는 것보다 빠르게, 그녀는 얼른 자기 안에서 결론을 내린 모양이다.

빙글 춤추듯 뒤를 돌아본 소녀는 「여기~!」라고 뒤따르는 누군가를 향해 외쳤다.

당신이 살며시 여주교의 모습을 살피자, 그녀는 대단히 어색하게 고개를 숙여버리고 말았다.

전에 무슨 일이 있었는지는 모르지만, 방금 전까지의 밝은 태도는 완전히 사라져 버렸다.

자칫하면, 아직 주점에서 홀로 감정을 하고 있을 때가 나을지도 모른다는 생각이 들 정도로.

—흐흠.

당신이 작게 숨을 흘리기만 했는데도, 여주교가 흠칫 뭔가에 찔린 것처럼 어깨를 떨었다.

당신은 쓴웃음을 짓고, 딱히 아무것도 아니라고 속삭이듯 중얼거렸다.

물론 그런 한 마디에 안심할 수 있을 리 없겠지만, 여주교는 끄덕작게 머리를 위아래로 움직였다.

"—아아! 다행이다! 지금, 마침 주점에 가려는 참이었어!"

잠시, 지나서.

그렇게 말하며 산뜻하게 당신— 아니, 여주교 앞에 나타난 것은 청량한 생김새의 젊은 무사였다.

상처가 난 갑옷과 장비로 몸을 지키는 모습은 새내기가 아닌 숙달된 모험가 같았다.

허리에는 만도가 든 붉게 칠한 칼집을 차고, 그것을 반지를 낀 손으로 단단히 쥐고 있었다.

단단히 감아 놓은 보호대 머리띠 아래서 안도의 표정을 지으며, 숨이 찬 기색을 감추지도 않고.

"데리러 왔어! 자, 같이 모험하러 가자!"

——생긋 웃으며, 그렇게 말한 것이다.

§

"그게 뭐야? 제멋대로네?"

"아니 그쪽에서 보면 우리가 제멋대로 아니긋나? 어쩔 수 읎다."

"누나로서는, 당신의 태도에 여러모로 하고 싶은 말이 있는데요……!"

"뭐, 너는 그런 부분이 있지."

키득. 희미한 웃음소리.

"응, 알고 있었어."

"그래서, 어떻게 했지?"

터거덕. 턱이 맞물리는 소리.

"뭐…… 나는, 어느 쪽이든 좋다만."

§

젊은 전사의 말에, 여주교는 넋이 나간 기색이었다.

—무리도 아니리라.

이 성채도시, 그 무시무시한 지하미궁에서 모험가가 소식이 끊어지는 것의 의미란 무엇인가?

그것은 다시 말해서, 그들 파티를 **잃게 된** 것 말고는 없으리라.

미궁 안에서 괴멸적 상황에 빠져, 야영을 하고 구조를 기다린다고 해도 한도라는 것이 있다.

여주교의 마음을 생각하면 생존을 바라면서도 이미 포기하지 않을 수 없었음이 틀림없다.

살아 있다고 해도 자신을 두고 가버렸다고, 그렇게 판단한 것은 당연할 것이다.

갑작스런 사태를 사고가 따라잡지 못하는 것도, 당연하다고 할 수 있었다.

"그게, 너는…… 아니, 주교는……."

전사는 한순간 뭐라고 말을 망설인 다음, 금방 말을 바꾸어 의식하여 밝은 어조로 말을 이었다.

"수련에 시간이 걸리다 보니까, 너를 지키면서 싸울 수 있게 될 때까지, 단련을 했어."

"그런……. 저는, 그런 줄은, 몰라서……."

그녀는 지금도 갈라지며 사라질 법한 목소리로 중얼거리고, 의복의 가슴팍을 강하고 강하게 움켜쥐었다.

그곳에는 신봉하는 지고신의 성인이 흔들리고 있으며, 그것에 매달리는 것 같은 태도였다.

당신은 묵묵히, 그녀가 쥐어 짜내려는 말을 기다렸다. 전사 쪽도, 끼어들지는 않았다.

"……어째서, 만나러 와주지 않으신 건가요……?"

드디어, 여주교는 대단히 떨리는 작은 목소리로, 그것만 물었다.

분명히― 당신으로서도 그것이 제일 신경 쓰이고 있었다.

여성진이라면 알고 있겠지만, 당신은 그녀의 과거를 자세히 모른다.

고블린이 얽힌 그 상처 자국을, 당사자가 바라지도 않는데 다른 사람이 파헤치려고 해서는 안 되리라.

그렇다면 그녀를 주점에 남기고 선행한 것은, 눈앞의 젊은이 나름대로 배려를 한 것이리라.

그렇지만 남겨진 그녀가 감정사로서 어떻게 취급을 당할지, 상상도 못했던 것일까?

설마 하니 간과하고 있었다― 따위로는, 당신으로서도 생각하고 싶지 않았다.

"주점에 있으면, 안전할 거라고 생각했으니까……."

변명하는 것처럼, 슬쩍 눈을 깔고 대답한 것은 여주교와 꼭 닮은 승려였다.

가슴팍에는 파란 장식 끈으로 꾸민 천칭검의 성인. 그녀 또한 지고신을 섬기는 것일까?

법의 천칭을 짊어진 이상, 일의 선악을 판단하는 것은 신이 아니라 사람이다, 라고 자주 들었다.

―그녀 또한 그것이 여주교를 위한 것이라고, 고민한 끝에 결단했을 것이다.

"그리고 단련을 위해서라지만, 본의 아닌 살생도 해버렸으니까……."

"우리도 참회가 끝날 때까지는, 볼 낯이 없어서. ……그러는 편이 좋을 것 같았어."

이어서 전사도 그렇게 덧붙이고, 「정말로 미안」 하며 깊숙하게 고개를 숙였다.

승려의 끝없는 명랑함은 물론이고, 똑바로 여주교에게 말을 거는 전사의 표정에도 그늘은 없었다.

그에 대한 판단은, 당신도 타인에 대해서 이러쿵저러쿵 말할 입장이 아니다.

그저 올곧은 것이라고, 그렇게 생각했다. 그것이 옳은지 그른지, 당신은 알 수 없었다.

"하, 하지만, 그런……. 저, 저는, 저는…… 전……."

―여주교마저도, 알 수 없는 것이다. 무리도 아니리라.

그런데, 지금 이때, 이 순간에 막 만난 당신이 뭐라 말할 수 있을까?

그렇게 생각하여 지금까지 입 다물고 그들의 대화를 듣고 있던 당신이었지만, 여기서 끼어들어도 된다.

적어도 당신 또한 당사자 중 한 명이다.

당신 자신이 좋아하든 그렇지 않든 상관없이, 그 권리 자체는 있는 것이다.

물론, 여주교의 말을 기다려도 상관없다.

당신은 조금 생각한 다음―.

——마음대로 해도 된다.

그렇게, 짧게 말해주었다.

"네…………?"

여주교는, 갸우뚱하는— 부모의 손을 놓친 아이 같은 표정으로 당신을 돌아보았다.

물론 당신은 개인적으로도, 파티의 리더로서도, 그녀의 이탈에 생각하는 바가 없지는 않다.

그러나, 그것은 여주교가 청한 것도 아닌데 강요하듯 할 말이 아니리라.

그렇다. 당신은 파티의 리더인 것이다.

결단코, 여주교의 보호자도 아니며 대변자도 아니다.

그렇기에, 여주교의 결단을 존중해야 하리라.

이것은 그녀의 인생이며, 그녀의 결단이니까.

그렇기에 당신은 거듭하여, 마음대로 해도 된다고 반복했다.

—어떤 선택을 한다고 해도, 그녀가 걱정할 일이 아니다.

왜냐하면 당신은 파티의 리더이며, 그녀는 당신의 동료이니까.

"제가, 마음대로…………."

당신의 말에, 여주교가 힘없이 풀이 죽어 어깨를 떨구고 고개를 숙여 버렸다.

침묵이 당신들 사이에 길게 드리웠다.

"——."

무슨 말을 하려고 했는지 젊은 전사가 입을 열려는 참을, 여승려가 말없이 팔꿈치로 찔러 입 다물게 만들었다.

신음하는 그의 옆에서, 그녀는 가슴팍의 파란 장식끈에 손을 대면서 흥 코를 울리고 그녀의 대답을 기다렸다.

당신은 희미하게 웃을 뻔한 것을, 삿갓을 깊게 고쳐 쓰는 것으로 얼버무렸다.

"……저기."

잠시 지나, 조용히 작은 말이 땅바닥에 떨어져 굴러갔다.

"저는, 도움이 되지, 않은…… 걸까요……?"

―여주교는 당신에게, 떨리려는 목소리로 물었다.

당신은 즉답했다. 아니다.

물론이었다. 도움이 되지 않는다고 생각한 일 따위 없었다.

마술, 기적, 지도 담당, 주교로서의 감정, 오늘의 장보기, 동료들 사이의 상담.

무엇 하나만 꼽아보아도, 그녀가 해온 역할은 커다랗고 중요하리라.

적어도 후위의 한 명으로서, 그녀의 역할을 다른 사람에게 맡겨도 될 리 없으리라.

"그런, 가요………….."

당신의 말을 듣고서, 여주교는 살며시 그 안대의 가장자리를 쓰다듬는 것처럼 눈가를 비볐다.

그녀는 떨리는 입술을 열어, 스으읍 커다랗게 숨을 들이쉬고 가녀린 가슴에 한껏 공기를 넣었다.

그리고, 단숨에 잘라 말했다.

"죄송합니다. ――저는, 이 분들과 함께 가겠어요."

그녀는 맑게 개인 표정으로, 당신 옆에 나란히 섰다.

"에에엑?! 그게 뭐야, 믿을 수 없어!"

여주교의 대답을 듣고서, 맨 먼저 반응한 것은 그녀와 꼭 닮은 승려였다.

그것은 탓하는 것 같은 어조였지만, 표정을 보니 놀라움 쪽이 커다란 것 같다.

오해 받기 쉬울 것이라고, 당신은 그런 실례되는 것을 생각했다.

"……죄송합니다. 하지만, 저는— 자신의 힘으로, 해보고 싶어요. 그러니까—."

"그래도 괜찮아? 정말로? ……이 사람, 괜찮아?"

—오해를 받기 쉬운 거겠지, 당신은 던진 부메랑이 돌아온 심정이었다.

의심스런 눈으로 소녀가 노려보는 것은, 말할 것도 없이 당신이었다.

주점에서 감정을 하고 있던 물정 모르는 소녀를 교묘한 말로 파티에 끌어들인 수상쩍은 남자였다.

실례지 않은가 대꾸할 수도 없어서, 당신은 삿갓을 깊숙하게 고쳐 썼다.

"……그만해."

그런 당신의 마음을 대변한 것은 아니겠지만, 붉게 칠한 만도를 찬 전사가 쓴웃음을 지었다.

"그치마안……."

승려 소녀가 입술을 삐죽거렸지만, 그녀 자신도 불만은 있어도 항변할 여지를 못 찾은 모양이다.

"처음 만난 사람한테 실례잖아."

"……네에."

마지 못해 물러난 소녀에게 고개를 끄덕이고, 전사는 천천히 여주교를 돌아보았다.

그의 표정은 딱딱하다. 그러나 그것은 긴장이나 분노보다, 어떤 표정을 지으면 좋을지 고민하기 때문인 것 같았다.

잠시 지나 그가 고른 것은, 온화한 미소였다.

"알았어. 열심히 해……. 응원할게. 하지만 우리는 친구니까, 무슨 일이 있으면 의지해야 된다."

"——네! 고맙, 습니다……."

천칭검을 가녀린 가슴 앞에 끌어안으며, 여주교는 끄덕끄덕 몇 번이나 고개를 위아래로 움직였다.

그 작은 새나 강아지 같은 태도에 전사는 눈웃음을 짓고서, 조용한 동작으로 그는 당신에게 시선을 돌렸다.

"저기, 당신이 파티 사람……이지? 그게, 내 동료가 미안해요."

당신은 웃고서, 신경 쓰지 말라며 손을 흔들었다. 그녀를 생각해서 한 말이라면, 탓할 생각도 없었다.

오히려 이쪽이야말로, 우수한 주교를 뽑아가는 형태가 되어 미안하다고 생각할 정도다.

그것을 듣더니, 청년은 「우수한 주교로군요」 하고, 자기 일처럼 기쁜 기색으로 중얼거렸다.

"그녀를, 잘 부탁해요. 그게, 내 소중한 친구니까요."

"다치거나 그러면, 절대 용서 안 할 거야!!"

젊은이의 말에 이어, 소녀가 소리 높여 당신에게 말했다.

물론이라고 당신은 고개를 끄덕였다. 말할 것도 없는 일이다.

미궁은 위험한 곳이니 보장은 할 수 없지만, 그래도 힘을 다할 셈이었다.

—그와 동시에 당신은 진심으로 안도하여, 후우 숨을 내쉬었다.

그렇게 멋을 부리며 말을 했지만, 그녀가 이탈하게 되면 어떡할까 고민하고 있었다.

그녀가 잔류를 결의해 주어서 안심도 했고, 아무래도 후환을 우려하지 않고 탐색을 할 수 있겠다.

한때는 어떻게 되려나 생각했지만, 이걸로 한 건 해결——.

§

"——안 돼! 그런 거, 인정 못한다고!!!!"

§

은, 되지 못하나 보다.

"다른 곳에 간다니, 나는 용납 못해!!"

얼굴이 새빨개져서 외친 것은 젊은 나이의 소녀— 라고 해도, 여주교와 별 차이 없었다.

가뿐하게 이쪽으로 달려오는 그 몸놀림을 보니, 척후가 아닐까?

흄이지만, 당신 파티의 하프 엘프 척후와 비교해도 손색없는 움직임처럼 보였다.

동쪽 사막 출신일까? 복장과 햇살에 그을린 피부는 당신도 조금 익숙한 것이었다.

약간 가는 몸에 가슴은 작고, 가죽 갑옷도 얄팍하다. 그리고 역시, 그녀 또한 반지를 끼고 있었다.

"그게, 죄송합니다. 저는—."

"—싫어! 그치만, 친구잖아!"

그러나 문제는 그 기세였다.

아까 전에 승려의 태도가 솔직한 탓에 오해를 받기 쉬운 것이라면, 너무 올곧다고 해야 할까?

이쪽을 콱 노려보는 시선의 날카로움은, 자칫하면 미궁에서 무뢰한을 상대할 때와 같은 것이 아닐까?

어쨌거나, 하염없이 단단하게 단련한 날붙이의 인상을 느꼈다. 이야기를 듣지도 않고, 찌르는 것 같았다.

당신으로서는 탄식하는 수밖에 없다.

여주교에게 과거의 친구이자, 이 전사의 동료라면 악인인 것도 아니리라.

당연히 그녀로서도 악의는 없겠지만— 과연, 어찌 해야 할까?

"그만둬. 감정적이 되어서는 다들 난처할 뿐이야."

당신의 그 마음을 대변하는 것처럼, 냉정함 그 자체의 목소리가 날아들었다.

보아하니 검은 머리의 청년— 역시 전사로 보이는 차림새의 젊은이가 사적(沙賊) 소녀를 따라 나타났다.

아마도, 그 또한 과거의— 그렇다, 과거의 여주교와 같은 파티이리라.

당신 옆에 선 그녀가 작은 소리로 검은 머리 전사의 이름을 부르는 것이 귀에 닿았다.

"하지만, 그래도, 그치만……!"

"그렇게 너 혼자 외쳐대고 있으면, 아무도 아무 말 못하잖아."

사적 소녀를 타이르는 검은 머리 청년, 그 손에도 역시 반지가 빛나고 있었다.

그 태도는 차분하고 온화하지만, 그러나 당신을 보는 눈에는 납득하는 기색이 옅었다.

당신은 무심코 쓴웃음을 지어 버렸다.

그만큼 여주교를 생각해준다는 것은 솔직히 기쁘지만, 설명을 하려면 고생할 것 같다.

물론, 그것에 수고를 아낄 생각은 터럭만큼도 없다.

여주교의 결단에는 끼어들지 않았지만, 한 번 정한 일이라면 그것을 지탱해주는 것이 리더의 책무다.

그러나……, 당신은 상대 파티를 주의 깊게 관찰했다.

붉게 칠한 만도를 찬 전사, 여주교와 꼭 닮은 여승려, 사적 소녀, 검은 머리의 역시 전사.

이 네 명, 이란 것은…… 다소 탐색에 적합하다고 할 수 없는 구성인 것 같았다.

아니, 언제나 바라는 모험가가 파티에 모여 있는 것은 아니겠지만—.

"그럼 안 되지. 그런 말을 하면……."

그런 당신의 의문에 답하는 것처럼, 일렁거리듯 흐릿한, 그림자 같은 목소리가 하나.

마지막 한 명.

이걸로 다섯 명— 그렇다면 그들 파티가 모두 모였다는 것일까?

"——."

여주교가, 당황하여 그쪽에 안대로 감싼 눈길을 보냈다.

기이한 풍체의 모험가였다.

그림자 같은 목소리. 당신이 이렇게 생각한 것은 당연했다. 분명히 그림자 같은 차림새였다.

온통 검은 차림새의 남자.

그 인물을 평가한다면 단적으로 말해 딱 그것이었다.

검게 칠한 삿갓을 쓰고, 온몸을 모두 검은 외투로 뒤덮어 감추고 있었다.

미약하게 엿볼 수 있는 피부는 창백하고, 눈은 도깨비불처럼 활활 타오르고 있었다.

그러면서도…… 그 목소리는 밤의 초원을 쓰다듬는 바람처럼, 지독히도 온화했다.

그림자 같았다. 그러나, 단순히 그림자라고 부르기에는— 묘한 압력이 있었다.

"선생님!"

사적 소녀의 목소리가 튀어 올랐다.

"선생님도 뭐라고 말을 해줘! 막무가내라니까!"

막무가내라고 하다니. 당신이 쓴웃음을 짓는 옆에서, 여주교는 「선생님」 하고 신기한 기색으로 작게 중얼거렸다.

"누구……신가요?"

"아아, 그렇네. 너는 아직 만난 적이 없었지."

응답한 것은 붉게 칠한 만도를 찬 전사다.

그는 표정을 풀면서, 존경하는 인물을 소개하는 것처럼 — 처럼이 아니군 — 손을 펼쳤다.

"소개할게. 우리들의 단련을 도와준, 마술사 선생님이야."

"안녕하세요……."

그렇게 말하고, 선생님— 검은 삿갓의 남자는 양손을 마주 대고 살며시 고개를 숙였다.

—당신 또한, 안녕하세요 하고 양손을 마주 대며 그에게 고개를 숙이고, 서로의 이름을 밝혔다. 인사는 중요하다.

그러나— 마술사…… 마술사?

그것을 생업으로 삼는 것치고, 두르고 있는 분위기가 다소 지나치게 험악하지, 않은가…….

—강하다.

발놀림, 눈의 움직임, 손가락의 세세한 동작에 이르기까지, 일거수일투족에 틈이 없다.

시야에 사각이 없다. 치고 들어가면 스르륵 빠져나갈 것이다.

명백하게, 고위의 모험가다.

과연 어느 정도 지하에 들어가, 계속 싸우면 이런 위계까지 이를 수 있을까?

당신이 상상하기도 어려운 영역에 있다는 것을, 당신은 한 눈에 알 수 있었다.

“이야아, 이거 험악하군, 험악해…….”

턱을 쓰다듬으며 낙낙하게 말하는 태도는, 마치 잡담이라도 하는 것 같았다.

이쪽을 거들떠보지도 않는— 아니, 그게 아니리라.

저쪽도 이쪽의 역량을 가늠하고서, 문제가 없다고 판단했으리라.

“이 자리에서 정해도, 응어리가 남기만 할 거라고 나는 생각하는걸.”

—정말 그렇다.

당신은 조심조심 주의 깊게, 그렇지만 그것을 깨닫지 못하도록 응답했다.

여주교의 의향은 확실하다지만, 저쪽 파티 모두가 받아들인 것은 아니다.

미궁 안에서 다른 파티와 마주치는 일은 드물지만, 응어리를 남긴 채 탐색하는 것은 차분해지기 어렵다.

상대 쪽이 암습을 꾸민다는, 그런 실례되는 생각을 한다는 게 아니다.

일단 틀림없이, 서로가 그 사태를 우려해서 움직임이 둔해져 버린다는 것이다.

미궁 안에서 다른 일에 정신이 팔려 있다는 것 따위 《죽음》을 손짓해 부르는 행위와 다름없다.

“그러면, 어떨까? 이건 승부를 한 번 해보는 것은?”

—승부……?

당신은 방심하지 않고, 허리의 칼에 손을 댄 채 조심하며 물었다.

이 자리에서 한 칼 겨루어보자는 걸까? 아니면 다른 걸까?

여주교가 당황하면서 천칭검을 고쳐 쥐는 것을, 시선을 돌리지 않고도 당신은 알 수 있었다.

그녀는 역전의 모험가가 되어 가고 있었다. 어쩌면 당신도, 그렇다면 좋겠는데.

"이야아, 그렇게 살벌한 이야기가 아니야. ……아아, 애당초 살벌하기는 하지만 말이야."

검은 삿갓의 남자는 흐느적흐느적 손을 흔들고, 그리고 이를 드러내듯 웃었다.

"마침, 우리도 4층의 탐색을 진행하고 있는 참이라. 당신들도, 그렇지?"

그래. 당신은 천천히 고개를 끄덕였다.

"—어느 쪽이 먼저 지하 5층에 가는 수단을 찾아내는가, 라는 건 어떨까?"

그것은—.

당신은 무슨 말을 해야 할지, 아니, 거부할 셈은 없지만 그래도 조금 당황하여 망설였다.

애당초 그런 것이 존재하는가? 그것을 방금 전까지 의문스럽게 생각했던 당신이다.

그럼에도 불구하고, 이 눈앞의 남자는 그것이 **있다**는 것을 확신하는 어조였다.

"나는 할래!"

맨 먼저 대답한 것은 사적 소녀다.

"우리가 더 뛰어나다고 증명해주겠어!"

“따, 딱히, 우열이 문제가…… 아니랍니다.”

절레절레, 고개를 옆으로 저은 여주교가 열심히 말했다.

“그저, 그게. 저는, 이쪽 파티에서…… 자신을, 그게…….”

“맞아, 선생님.”

여주교의 말을 듣고, 승려 소녀가 — 목소리는 약간 불만스러웠지만 — 당황하여 말했다.

“저 애가 간다고 한 거잖아? 그러면, 그건 이제 어쩔 수 없어.”

“그건, 그녀의 마음 아니니?”

그러나 검은 삿갓의 남자는 온화하게, 그러나 내치는 기색으로 잘라 말했다.

마술사에게 있을 법한 어조라고— 당신은 문득 그렇게 생각했다. 그것을 남자가 깨달았는지, 웃음이 짙어졌다.

“당신들 자신은 어떤지, 라는 것이………… 나는 중요하다고 생각하는데.”

“——. 나, 나는…… 나, 는…….”

삐걱. 뭔가 뒤틀리는 소리가 났다.

돌아보니 젊은 전사 또한, 반지를 낀 손으로 허리의 붉게 칠한 칼집을 쥐고 있었다.

악력에 칼집이 비명을 지른 것인지— 혹은 칼집 안의 칼이 울린 것일지도 모른다.

“승부, 해요……!”

그리고 그는, 당신을 똑바로 노려보며 쥐어 짜낸 것처럼 기합을 질렀다.

"나도, 당신에게, 친구를 맡겨도 되는지, 확인해 보고 싶어……!"

――?

당신은 한순간, 기묘한 의문을 느끼고 무심코 반걸음 뒤로 물러났다.

태도가 바뀌어 이쪽에 승부를 걸어오는 젊은이의 표정이, 방금 전의 온화함하고는 정반대다.

아니, 사람의 감정이란 대개 그런 것일지도 모르지만…….

"이야아, 젊은 아이는 혈기가 왕성하군."

그런 당신의 의문에, 검은 삿갓의 남자가 쿡쿡하는 웃음소리로 대답했다.

그 한 마디로, 모든 것이 설명이 되어 버리는 것처럼.

"하지만, 결판을 내는 편이 좋겠지? 모험가끼리 내분은, 미궁의 주인이 바라는 바일 거야."

검은 삿갓의 남자는 조용히 계속 웃었다. 분명히, 그건 그렇다. 그러나, 그렇지만.

그거야말로 여주교, 그녀의 의지를 존중해야 되는 것이 아닐까? 당신은 그렇게 말을 하려다가―.

"――아니면, 설마 자신이 없다고 하진 않겠지?"

…………아니, 그렇지는 않다. 고개를 옆으로 저었다.

그 말을 듣고서, 당신도 물러날 수 없게 되어 버렸다.

바로 방금 전까지 당신을 뒤덮고 있던 불안하고는, 이미 딱 잘라서 결판을 낸 것이다.

무엇이 가로막든, 벽이 무엇이든, 그것을 돌파하여 뛰어넘는다.

다른 사소한 일은 모두 아무래도 좋다. 웃고 싶은 자가 있다면,

웃고 있으라고 하면 된다.

“단순히 경쟁이야. 단순해.”

당신의 결의를 파악한 검은 삿갓의 남자는 마지막에 그 두텁고 차가운 손을 툭 당신의 어깨에 놓았다.

오래 만나 익숙한 친구에게 그러는 것처럼, 친근하고 가벼운 움직임이었다.

“이겨도 져도, 그것이 이렇다 저렇다 하는 게 아니니까. ……그러면, 가지.”

“네, 선생님……!”

그야말로 제자가 스승에게 장단을 맞추는 대답과 함께, 젊은 전사의 파티는 검은 삿갓의 남자를 따라갔다.

줄줄이 모여서, 검붉은 저녁의 어둠에 물들어가는 길거리 너머로, 그들은 사라졌다.

당신은 그 뒷모습이 보이지 않을 때까지 노려보고, 그리고— 간단히 닿았던 어깨에 손을 올렸다.

“저기, 괜찮……을까요?”

배려하는 목소리는, 어깨의 약간 아래에서 조심조심.

당신은 후우 커다랗게 숨을 내뱉으면서 여주교에게 고개를 끄덕이고, 그리고 소리 내어 응답했다.

온몸에 진땀이 쫙 솟아서, 의복이 달라붙은 것이 느껴진다.

아무래도, 묘한 상대였다. 틀림없이, 수준 높은…… 무시무시한 상대였다.

붉게 칠한 만도를 찬 전사와— 그리고 그 검은 삿갓의 마술사.

그들의 풍체를 인파의 소란 너머로 바라보며, 당신은 주먹을 움켜 쥐었다.

——이 승부, 받을 수 밖에 없겠어.

“저기…… 죄송합니다. 제 탓에, 이런…….”

여주교가 허둥지둥, 언뜻 봐도 가여운 기색으로 당황하며 모기처럼 작은 목소리로 사과했다.

고개를 숙이고 몸을 움츠린, 그것은 역시 과거 주점에 있던 감정사의 모습이 떠올랐다.

이 마음씨 착한 소녀가 어느 정도 가슴앓이를 했을 것인가? 아무리 당신이라도 쉽사리 상상할 수 있었다.

당신은 웃고서, 그렇게 걱정하지 말라고 했다. 무엇보다도, 사과해야 할 것은 당신 쪽이다.

그녀의 의향을 존중할 셈이었는데, 결국 이렇게 승부를 멋대로 받아 들여 버린 것이다.

“그렇지만, 그것은—.”

뭘, 결국은 평소처럼, 탐색을 계속하면 되는 것이다.

말하는 그녀에게, 당신은 지극히 간단히 그렇게 결론을 내렸다.

“…………네.”

당신을 배려한 것이겠지만, 그래도 그녀는 웃어 주었다.

당장이라도 저녁의 어둠 속에 녹아 사라져 버릴 법한, 덧없는 웃음이기는 했지만.

그렇다, 딱히 지금까지와 다를 바 없다.

미궁을 답파한다. 괴물을 베어 쓰러뜨린다. 동료들과 함께 《죽음》

에 도전한다. 아무 변화도 없다.

당신은 그녀를 위해서도 탐색을 성공시켜야 하겠지만…….

그러나 결국, 그것마저도 평소와 같은 일에 지나지 않는 것이다.

거기까지 생각한 당신은, 문득 어떤 것을 깨닫고 껄껄 소리 내어 웃었다.

"……?"

의문스럽게 이쪽을 보는 여주교에게, 아니라며 손을 흔들고, 아무것도 아니라고 몸짓으로 전했다.

대단한 건 아니다. 말할 것도 없는 것이다.

익숙한 것이, 오히려 당연했다.

그도 그럴 것이, 그녀를 감싸고 모험가 상대로 검에 손을 댄 것은 이걸로 두 번째니까.

처음의 주점과 비교하면, 스스로 생각해도 꽤나 차분하게 행동을 할 수 있었다.

그렇다면, 그렇군.

자신은 분명히 앞으로 발을 내디딘 것이 틀림없으리라——.

§

"흐응. 그런 일이 있었구나아……."

뻔뻔스레, 여전사가 중얼거리며 입술을 낼름 핥았다.

이튿날의 일이다. 미궁으로 가는 길에서, 당신은 모두에게 어제 있었던 일을 얘기했다.

"이상하게 돌아오는 게 늦다고 생각을 했었어……."

그 다음 주점에 돌아와서 얘기하기에는, 아무래도 당신도 여주교도 피로해져서 어쩔 수 없었다.

물론 마구간에서 자는 당신들과 달리, 여성진은 간이침대에서 다소 들었을 법도 하지만.

"나는 분명히, 둘이서 산책을 했다고 생각했어요!"

뭐 이 **육촌**은 그렇다 치지만.

—그건 그렇고, 성급한 판단이었을까?

"아니다, 뭐, 대장이 정신도 빠짝 차려준 모양이니까, 좋다 아이가."

하프 엘프 척후가, 당신의 의문에— 신경 쓰는 여주교에게도 들려주는 것처럼 명랑한 목소리로 말했다.

"어느 쪽이든, 미궁의 바닥까지 간다고 정한기라. 신경 쓸 것 없다."

"충분히 단련하지 않으면 죽을 뿐이니. 그리고 지하 5층이 있다고 장담할 수는 없다."

타가닥. 미르미돈 승려가 턱을 울리며, 평소처럼 뾰족한 소리를 했다.

뭐 그건 분명히, 그랬다. 신기하게도, 놈들은 그것을 의심하지 않은 것 같지만.

"뭐, 나는 어느 쪽이라도 좋다. ……뭔가 개선점은 있나?"

"누나로서는, 동생이 조금 더 여자애에 대한 배려를 배웠으면 좋겠어요."

육촌 녀석. 그런 이야기가 아니지 않나.

"배려를 할 수 있게 돼도 난처하지만 말야."

에잇. 여전사까지도 싱글싱글 고양이처럼 웃으면서 가세하지 않았나.

당신은 보란 듯이 한숨을 내쉬면서, 살며시 여주교 쪽으로 시선을 보냈다.

"……후훗."

그녀는 모두가 평소처럼 대화하자, 살짝 볼을 풀고서 키득키득 작게 웃었다.

생각보다도, 풀이 죽은 기색이 없다.

짐작하건대— 역시 간이침대에서 여성진의 대화가 있었으리라.

그리고 척후도 미르미돈 승려도, 전혀 이 미궁 탐색경기에 반발이 없었다.

당신은 좋은 동료를 얻은 것을 문득 교역신에게 기도하고 싶어졌다.

—이 탐색을 마치면, 한 번 사원에 기도하러 가야겠군.

"그러나, 그 마술사…… 신경 쓰이는군. 듣자 하니 위계도 높은 모양인데…… 어떻지?"

미르미돈 승려의 물음에 여전사가 「모르겠는걸?」 하고 붕붕 고개를 좌우로 흔들었다.

"마술사 이야기는 그다지 못 들었는걸. 이제 찾을 필요도 없을 거라고 생각했고."

흐음. 당신은 낮게 신음했다.

당신의 파티에서 선배격인 모험가 두 사람이 존재를 모르다니, 신기한 일이다.

본래 성채도시는 모험가가 드나드는 일이 격렬하다지만…….

『다른 사람의 단련을 도와주는 실력 있는 마술사』라면, 나름대로 화제가 될 법도 한데.

“그러고 보니, 그쪽 파티에 대해서는 뭔가 들은 게 없나요?”

“응, 아아. 내도 좀……. 모험 사이에, 물어보러 다녔는디.”

종누이의 물음에, 하프 엘프 척후가 팔짱을 끼고 대답했다.

“어중이떠중이 파티의 화제는 묻혀버리고, 하물며 단련이라카믄서 미궁에 틀어박혀 있었다 안하나?”

당신은 고개를 끄덕였다. 적어도 그쪽의 말을 믿는다면, 그렇다.

“어쩐지 단서가 하나도 없다 했다. 지하 4층에 갈 수 있는 파티라면, 그리 많지도 않을 긴데…….”

그도 그렇다고 당신은 고개를 끄덕였다. 뭐 딱히 이것은 그가 건성이었다고 하는 것도 아니리라.

그렇지만, 분명히 그건 신경이 쓰이는 점이었다.

아무리 상위 모험가가 있었다지만, 당신들과 비슷한 진척이라는 것은 놀랄 일이었다.

성채도시에 모이는 수많은 모험가와 달리, 당신들은 돈벌이 따위 하지 않고 하염없이 탐색을 진행했다.

금강석의 기사 파티가 최전선이긴 해도, 그것에 뒤쳐지지 않는 것은 그 때문이다.

설마 미궁 안에서, 단련을 쌓기에 적합한 장소가 있는 것도 아닐 텐데…….

“뭐 생각해도 어쩔 수 없는 것은, 어쩔 수 없는 거예요.”

그런 당신의 망설임을 날려버리는 것처럼, 종누이가 딱 잘라 말했다.

“우리는 평소처럼, 지하 4층의 탐색을 진행하죠!”
“하모! 우리가 할 일은 달라질 게 읎다!”
그래.
당신은 힘차게 고개를 끄덕이고, 눈앞에 우뚝 선 미궁 입구를 올려다보았다.
일단 당신은 만도의 고정못을 점검하고, 갑옷과 장비도 단단히 점검했다.
다른 동료들도 마찬가지로 장비를 확인하기 시작했지만, 리더인 당신은 모두를 눈으로 재확인한다.
모두의 상황을 파악하고, 상호 확인하고, 그리고 마지막에 리더가 봐준다는 것은 안심으로 이어진다.
“아, 약 같은 건…… 어떡할까요?”
“나는 그렇게 깨질 것 같은 건, 싫은거얼.”
여주교가 바쁘게 가방에서 꺼낸 약병을 보고, 여전사가 떫은 표정을 지으며 손을 흔들었다.
뭐 전위가 들고 있을 것도 아니리라.
그리고 승직 두 명이, 여차할 때 — 그때가 안 오기를 기도하자 — 앞으로 나서는 것을 고려하면…….
“저로군요!”
생긋 종누이가 손을 들었다. 뭐 그렇게 되리라.
여주교에게서 약병을 받은 그녀는 그 풍만한 가슴에 파묻는 것처럼 약병을 끌어안았다.
“네, 누나한테 맡겨두세요!”

뭐 그걸로 이 육촌에게 기합이 들어가서, 다소 차분해진다면 좋은 일이다.

—그럼, 드디어 미궁이다.

그때 입구 옆에 대기하고 있던 근위병— 낯익은 그녀가 당신의 모습을 보고 우아하게 고개를 숙였다.

"어제는 고마워."

그 여동생 일이리라. 당신이 대단한 건 아니라고 하자, 근위병이 대단한 일이라고 말을 이었다.

"꼭 돌아와. 죽어 버리면 그 애한테 설명하는 게 싫으니까."

당신은 웃고서 발걸음도 가볍게, 윤곽선만 펼쳐진 미궁의 어둠에 발을 들였다.

그런 당신의 옆에서, 키득키득 여전사가 방울 같은 웃음소리를 냈다.

"변함이 없네, 하는 일."

정말 그렇다.

결국 누구에게 무슨 말을 듣던지, 당신이 해야 할 일은 변함이 없는 것이다.

§

지하 1층, 2층, 3층.

암흑영역을 피해, 무뢰한 놈들의 소굴을 빠져나가, 함정의 회랑을 답파하고…….

몇 번이고 지나온 길을 당신들은 위태로울 것 없이 따라간다.

수많은 모험가들을 해치워온 미궁도, 괴물도, 지금의 당신들에게는 지나가는 길이다.
방으로 발을 들일 때에만 조심하면, 배회하는 괴물은 그렇게까지 두렵지도 않다.
얼마 지나 도착한 밧줄 사다리를, 당신들은 신중한 움직임으로 내려가 지하 4층으로 내려섰다.
"오늘은 어떻게 할까요……?"
후우. 밧줄 사다리를 내려오고 숨을 내쉰 여주교가 부스럭부스럭 지도를 펼치며 물었다.
일단 지하 4층을 한 바퀴 돌아보자.
당신은 조금 생각하고서 그렇게 대답했다. 숨겨진 문 같은 것이 있을 지도 모른다. 조사하러 다녀야 한다.
"그라믄, 내가 여기저기 보고 다니믄 되나."
"에에……? 지치는 거 싫은데에……."
전위 두 사람의 반응은 제각각이다.
물론 형태가 좋은 눈썹을 내리며 불평불만을 말하는 여전사의 모습은 이미 익숙한 것이지만.
그도 그럴 것이 이걸로 발견되지 않으면, 또 지하 1층부터 탐색을 다시 해야 하는 수밖에 없으니까.
여기서 발견했으면 좋겠다— 라는 것은, 모두의 공통 견해이리라.
따라서, 당신들은 주저 없이 방으로 들어섰다. 덜컹 문이 쓰러진, 그 너머.
어슴푸레한 어둠이 펼쳐지고, 오싹할 정도로 무기질적인, 아무런 냄새도 안 나는 공간을 당신은 노려보았다.

—냄새가 안 난다?

정말로 그런가?

당신은 미약한 위화감을 확인하는 것처럼, 희미하게 코를 벌름거렸다.

달콤하다.

살며시 떠돌아 풍겨오는 그것은 꽃향기와 비슷한, 혹은 향수처럼 달콤한—.

"—공격이 온다!"

미르미돈 승려가 더듬이를 흔들면서 턱을 울렸다. 즉시 모두 무기를 집고, 준비하고, 당신도 칼을 뽑았다.

어둠이 꿈틀거리고, 그 안에서— 아니.

암흑(셰이드) 그 자체가, 당신들을 덮쳤다.

"뭐고……?!"

지독히 튀어 오른 목소리를 낸 것은 하프 엘프 척후였다.

"—이, 뭐고?!"

당신으로서도 당혹을 감출 수 없다. 이것은— 완전히 정체불명의 존재가 아닌가!

온몸에 들러붙는 움직임은, 언젠가 만난 살아있는 기체(가스 클라우드)가 떠오르지, 만—.

—손맛이, 없다……!

휘두르는 칼날이 말 그대로 허공을 가르며, 빠져나가는 바람 소리가 키득키득 웃음소리처럼 귀를 간질인다.

떠도는 향기는 기이하게 달콤하고 걸쭉하며, 마치 술을 먹었을 때처럼 머리가 휘청 흔들린다.

"으아…… 으응?!"

문득 대단히 튀어 오르는 목소리가 옆에서 울렸다. 여전사다.

힐끔 바라보자 그녀는 창에 매달리는 것처럼, 다리에 힘이 풀려 간신히 서 있는 꼴이었다.

눈동자가 글썽거리고, 볼은 미궁의 암흑 속에서도 알 수 있을 정도로 빨갛다. 하후, 하후, 절박한 호흡 소리.

어둠이 꿈틀거릴 때마다, 갑옷과 장비를 입은 몸이 흠칫, 흠칫 경련하는 것처럼 튀어 오르고 몸부림친다.

그렇지만, 당신도 그녀에게 뭐라고 외칠 여유가 없다.

입을 열면 곧장 어둠이 들어온다. 폐부 속까지 간질이는 것 같은 감각.

그것이— 불쾌하지 않다는 것이, 견딜 수 없이 두렵다.

진심으로 애타게 기다리던 여자와 입맞춤을 나눴을 때처럼, 숨을 쉬지 못하는 것마저도 기분이 좋다.

—힘이, 빠진다……!

아니, **빨려나가고 있는** 것이다. 신기하게, 그런 확신이 있었다.

당신은 간신히 다리에 힘을 넣어 버티고, 부서져라 이를 악물었다.

갑옷 안으로 들어오는 독기의 애무하는 것 같은 감촉에 노출되면서도, 버텨야 한다고 생각했다.

꾸벅꾸벅 졸음에 빠졌을 때처럼, 까딱하면 의식이 나락까지 낙하할 것 같은 부유감이 있었다.

후, 하고 긴장이 풀린 순간, 문득 의식의 공백이 있었다.

그곳에 떨어지면 잠든다. 편해진다. 그러나— 아마도, 두 번 다시 돌아오지 못하리라.

"대장, 이거는…… 안 된다! 정신 단디 안 차리면, 죽는대이……!"

"으크, 으으……! 아, 아아아아……!!"

척후의 경고도, 여전사가 울부짖는 것처럼 소리를 지르며 창을 휘두르는 소리도, 지금은 멀다.

그녀가 떼를 쓰는 어린애처럼 휘두르는 창은, 역시— 어둠을 휩쓸기만 한다.

당신은 알고 있다거나, 진정하라거나, 그러한 말을 외쳤다. 그랬을 셈이었다.

여자의 그림자가 눈앞에 힐끔 보였다.

그것은 타오르는 것처럼 붉은 머리의 여자로, 피부는 하얗고 과실처럼 요염한 살을 두르고 있었다.

등에는 뼈와 가죽이 달라붙은 날개가 있고— 눈에 힘을 주자, 애매모호하게 흩어져 버렸다.

여자의 모습은 눈을 깜빡일 때마다 나타났다 사라지고, 바뀌고, 때로는 검은 갑옷과 검은 머리의 소녀가 되기도 한다.

어둠의 안개가 만들어낸 착각일까? 혹은 당신을 덮친 괴이의 정체일까?

키이잉 귀울림이 들린다. 그것은 재잘재잘, 불명료한 여자들의 속삭임이기도 했다.

귀를 기울이면 알아들을 수 있을 것 같지만, 결코 의미를 이루지 않는다. 빠질 것 같아서, 입을 열고 싶어진다.

후방에서 누군가가 뭐라고 외치고 있지만, 이미 알 수 없었다.

—이건, 안 된다.

“《돌고 돌아 바람이 되는 나의 신, 내 마음을 저 너머로, 그 마음을 이리로》!”

그러나 그때 바람이 옆을 지나치자, 여자들의 비명이 들렸다.

쇳소리를 내며 바닥을 구르는 것처럼 어둠이 물러가고, 당신은 신음하듯 숨을 내쉬었다.

“재미있군……. 아무래도 내 마음은 잘 모르는 모양이구나, 오냐. 몽마 놈들.”

터거덕 턱을 울리고 복잡기괴한 주인을 맺은, 미르미돈 승려였다.

지금 그것은 그야말로 《트랜스퍼 멘탈파워(진정)》의 기적이 다름없으리라.

꿈속에서 사람의 욕망, 마음의 어둠에 기어 들어오는 몽마(서큐버스)도 미르미돈의 마음은 꿰뚫어볼 수 없는가.

거한의 미르미돈은 멀어진 어둠을 노려보는 것처럼 더듬이를 흔들고, 말을 내뱉었다.

“성역을 쳐서 붙잡을 것도 없군. 설 수 있나?”

“당연한기라……!”

하프 엘프 척후가 기세 좋게 소리를 지르고, 당신도 짤막하게 외쳐 대답했다.

주저앉은 여전사에게 손을 뻗자, 그녀는 흠칫 몸을 튕겨 올린 다음 고개를 끄덕였다.

“미안. 멀쩡해……!”

땀과 눈물을 쓱 닦아내고, 창과 당신의 손에 의지하여 일어섰다. 이걸로 됐다.

당신은 어쨌든지 만도를 겨누고 호흡을 가다듬었다. 어둠을 노려보고, 발을 벌렸다.

몽마란 것은 유계(幽界)에 존재하며, 물질적으로는 덧없는 것이라 들었다. 그 탓에 몽환 속에서는 무시무시하다.

—그러나, 정체는 보았다.

몽마란 것을 알면, 정신을 차리고 눈을 뜨고 있는 한 그리 쉽사리 흡정을 하지는 못하리라.

그러나 동시에 이쪽의 칼날도 놈들에게는 닿지 않으니, 결정적이 되는 것은— 주문이다.

"맡겨두세요! 해치워 버려요!"

"네! ……열심히, 할게요……!"

결단적인 당신의 지시에 힘차게, 그리고 진지한 표정으로 두 소녀가 응답했다. 동시에 어둠이 짖었다.

"SUCCCCCUUUUUUUUBBBBB!!!!!"

그것은 정체 모를 기괴한 주문이며, 아마도 마계의 언어였을 지도 모른다.

미궁에 휘몰아치는 것은 지옥의 섬광(스파크)이었으며, 아마도 《라이트닝》의 일격과 다름없을 터이다.

—그러나, 당신들이 몸을 던지는 사이에 이력(포스)에 집중하고 있던 그녀들 쪽이, 한 수 빠르다.

"《마구나(마술)》…… 《레모라(저해)》…… 《레스팅기투르(소실)》!!"

"《심판의 다스림, 검의 군주, 천칭을 든 자여, 그 힘을 보이소서》……!"

종누이의 드높은 주술의 목소리가 마력을 안개처럼 흩어버리고, 이어지는 여주교의 말이 허공에 섭리를 그린다.

그것은 하늘 높은 곳에서 쏟아지는, 신 울림의 일격. 심연인 미궁의 깊숙한 곳까지 닿는 신의 위광.

여주교가 내민 천칭검에서 뿜어져 나온—《홀리 스마이트(성스러운 일격)》였다.

"——————?!?!?!?!?!?!"

신의 심판을 받은 몽마는, 이 세상 것이란 생각이 안 드는 절규를 지르며 괴로워한다.

어둠이 몸부림치며 허공에서 몸을 뒤틀고 굴러다니는 모습을, 당신은 처음으로 보았다.

이계의, 물질이 아닌 존재의 혈육(엑토플라즘)이 타들어가고 눈앞에서 타오른다.

"아무리 달콤한 말로 사랑을 속삭이고, 가엾은 척을 하며 울부짖고, 용서를 구하더라도, 소용없는 일이랍니다."

백열하는 빛에 비추어 떠오르는 여주교의 표정은 한없이 차갑고 투명했다.

"마신, 몽마, 흡혈괴물들은 그러한 생물이니…… 그것은, 짐승의 울음소리에 지나지 않는걸요."

만약 정말로 개심한다고 해도, 죄에는 벌이 필요하다. 그것만큼은 어쩔 수 없는 일.

어둠에 숨어서 살아가는 것도 얼른 사람이 되고 싶다고 바라기 때문이니, 그것을 놓치는 일은 없으리라.

신들은 선과 악의 판단을 사람에게 맡겼으니까.

"—고블린과, 마찬가지로."

마지막에 쥐어 짜내는 것처럼 중얼거린 그 한 마디를, 당신은 듣지 않은 것으로 했다.

그리고 그 말은 허공에 잔향하는 뇌전룡의 외침에 뒤섞여 금방 거품 터지듯 사라져 버렸다.

§

푸스스스 대기를 태우는 싫은 냄새가, 전투의 종료를 알리는 것이었다.

방 안에 어둠의 흔적은 그것 말고는 남지 않았고, 그저 당신들은 우두커니 서 있을 뿐— 아니.

"……하이고마, 설마 이런 데서 마신 같은 게 나올 줄 몰랐다 안 하나……."

긴장 탓에 스며 나온 땀을 닦으면서 하프 엘프 척후가 나아간다. 보물 상자만이 남아 있었다.

철사가 자물쇠를 더듬는 금속음을 배경으로, 당신은 정말 그렇다고 고개를 끄덕였다.

그 용도 무시무시한 괴물이었지만, 그것은 아직 이 세상의 것이었다.

몽마가— 이계의 존재가 굴러 나온다는 것은, 범상한 사태가 아니리라.

"역시 마신의 왕, 인 걸까요? 정말로, 미궁의 최하층에 있는 것은."

종누이가 불쾌한 기색으로 — 드문 일이다 — 눈썹을 찌푸리고,

훌훌 검은 연기를 손으로 떨쳐냈다.

그것에 여주교가 당황한 기색으로, 천천히 고개를 옆으로 저었다.

“그건 소문이 아닐까요? ……아무리 《죽음》을 부르는 독기를 뿜어낸다, 라고는 해도.”

그녀의 목소리는 부정한다기보다는, 믿고 싶지 않다는 기색이었다.

그에 대해서는, 뭐 당신도 동의하지만— 그렇지만 사실을 인정해야 하리라.

이 세상의 바깥과 이어지지 않았다면, 이러한 것들이 솟아 나오지 않으리라.

“소문이라면, 대마법사가— 라는 것도, 있었네요.”

우우웅. 종누이가 입가에 손가락을 대면서 생각에 잠겼다.

당신은 그것에 끼어들지 않는다. 저래 보여도 종누이는 총명하며, 마술에 대해서는 당신보다도 자세히 안다.

—물론, 나오는 대답이 수상하거나 하는 일도 제법 있기는 하지만…….

뭐 그런 것보다도. 당신은 정신이 다른 곳에 가 있다는 식으로 허공을 보는 여전사에게 눈길을 돌렸다.

당신도 정기를 빨려가고 있었다. 그녀도 언뜻 무사하게 보이기만 하는 것일지도 모른다.

—괜찮나?

“응, 멀쩡해. ……조금 깜짝 놀란 것뿐이야.”

당신의 물음에 한순간 멍한 표정을 지은 그녀가 흠칫, 몸을 떨고서 대답했다.

몇 번인가 눈을 깜빡거리고, 멀쩡해, 멀쩡해. 반복해서 중얼거리고, 얼굴을 쓱쓱 손바닥으로 닦는다. 빨개질 정도로.

"그보다도, 물 같은 거 있을까? 목말라졌어."

당신은 고개를 끄덕이고, 그녀에게 물주머니를 건넸다.

미궁에 들어오면 굶주림도 갈증도 애매해진다. 자각을 하면 주저없이 마셔야 한다.

꿀꺽. 꿀꺽. 하얀 목이 물소리와 함께 융기되는 모습에서, 당신은 눈길을 돌렸다.

"어쨌거나, 뭔가가 있다는 것은 틀림이 없는 것 같아요."

후우. 풍만한 가슴에 손을 대고, 결국 대답을 내지 못한 종누이가 중얼거린 것에 응답했다.

마계와 문이 이어져 있든 《죽음》이 흘러넘치든, 어중간한 상대는 아니리라.

"《게이트》는 실전됐으니까요. 누나도 아직은, 잘 모르는 게 많고."

이론은 알고 있어요, 이론은. 투덜거리는 **육촌**에게, 당신은 그런가 하고 건성으로 대답했다.

그러나 정말로 마신 놈들이 나온 이상, 언젠가 말했던 마계의 핵이란 것의 힘이 필요할지도 모른다.

"마계의 핵……."

조용히. 뭔가 생각에 잠겨 있던 여주교가 작은 소리를 흘렸다. 대단히 진지한 표정이다.

당신은 농담이라며 손을 흔들고, 지도는 어떤가 하고, 화제를 바꾸는 것처럼 물었다.

"아, 네! 여기 있어요……!"

여주교가 서둘러 고개를 끄덕이고, 가방에서 접어둔 양피지를 꺼내더니 허둥지둥 달려왔다.

척후가 보물 상자와 격투를 하는 사이에도 주변 경계와 휴식은 필요하지만, 동시에 방침도 정해야 하리라.

힐끔 여전사를 보자, 그녀는 알고 있다며 창을 잡고서 보물 상자 옆의 벽에 기댔다.

당신은 이어서 미르미돈 승려에게 방금 전에 쓴 기적을 위무하면서, 지도의 감식을 위해 말을 걸었다.

"대단한 건 아니다."

그는 턱을 울리고, 당신 옆에서 지도를 들여다보았다.

"그래서, 어떻지?"

"역시, 4층에는 문이 없는 모양이에요……."

부스럭부스럭 펼친 지도를, 당신과 여주교, 미르미돈 승려 셋이서 점검한다.

여주교가 그린 지도와 자신들의 기억, 특히 미르미돈 승려의 관찰에 비교해 봐도 차이는 없다.

—그러나, 명백하게 공백이 있군.

대략 4분의 1이나, 그 이상. 다른 3계층과 비교하면, 4층은 형태가 뒤틀려 있었다.

"네."

여주교가 고개를 끄덕였다.

"물론, 모든 층이 완전한 정사각형이라고는 할 수 없습니다만."

"지금까지의 3층이 그랬었지. 여기도 그렇다고 생각하는 건, 일단 틀리지 않았을 게야."

미르미돈 승려는 그 날카로운 손가락 끝으로, 아직 메워지지 않은 4층의 공백을 가볍게 두드렸다.

"그러면, 여기로 가는 수단도, 여기서 내려가는 수단도 있다고 봐도 되겠지."

—위층인가.

"그럴지도 모르지. 아닐 수도 있고."

미르미돈 승려가 턱을 울렸다.

"나는 어느 쪽이든 좋다."

……아니, 그것밖에 없으리라.

당신은 몇 순간 생각한 다음, 그렇게 결론을 내렸다. 지하 3층, 2층, 1층. 역시 확인해야 하리라.

적어도 앞길이 막힌 상황에 염증이 나서, 우울함에 가라앉는 것보다는 훨씬 낫다.

목표가 있다는 것 하나로, 모든 것이 바뀐다. 그런 의미에서, 그들에게도 감사를 해야 하리라.

"네? 아아……."

당신의 말에 당황한 표정을 보인 여주교가 어쩐지 어색하게, 그래도 기쁘게 볼을 풀었다.

"……네, 그렇네요."

서로 미움을 산 것도 아닌 것이다. 마음 편하게 가자.

언젠가 몇 년 지나면, 이 모험담을 안주 삼아서 술이라도 마실 수 있을지 모르니까.

"아자앗, 열렸대이!"

—오.

당신은 지도를 접어 여주교에게 돌려주고, 얼른 보물 상자 쪽으로 갔다.

만도, 만도, 만도는 없는가? 아니, 없다면 없어도 된다. 나는 어느 쪽이든 좋다.

"어이."

미르미돈 승려가 뒤에서 뭐라고 하는 것을 못 들은 걸로 하고, 당신은 척후의 손을 들여다보았다.

평소처럼 산더미 같은 금화와, 무구 같은 것이 몇 개.

"뭐 보시는 대로라 안하나. 무기는 위에 돌아가면 감정을 해야긋제."

그보다도.

"대장은, 그 몽마 놈들이 어떤 여자로 보있나?"

휘잉 바람을 가르는 소리가 나고 창의 물미가 짖었다. 척후가 「어어이쿠야?!」 하고 뛰어서 피했다.

"자아. 함정이 있을 지도 모르는데, 방심하면 안 되잖아?"

검은 머리에 검은 갑옷을 입은 여전사가 생글생글 미소 지으며 속삭였다. 척후가 당신을 보았다. 당신은 고개를 끄덕였다.

—응. 뭐 그렇군. 맞는 말이다.

일단은, 위층으로 돌아가자. 그리고 지하로 가는 길을 찾아야 하리라.

얼른 움직이기 시작하는 당신을 따라, 동료들이 서로 웃으면서 걷기 시작했다.

결국, 오늘도 계단은 발견하지 못했다. 그러나…….

딱히 그런 날이 있어도 되지 않을까, 당신은 생각했다.

§

그렇게 괴물의 죽음과 당신들의 삶, 그리고 재화를 거듭해 쌓는 사이에 며칠이 지났다.

—성채도시『황금의 기사 정』에는 아침도 밤도 없는 모양이다.

이야이야 소리를 지르며 허리를 흔드는 무희들의 무대를 곁눈질하며, 당신은 아침 식사의 그릇을 만지작거리고 있었다.

개구리를 본뜬 빨강과 녹색의 복장은 우스꽝스럽지만, 그 우스꽝스러움이 오히려 난잡하고 음탕한 것일지도 모른다.

착 달라붙은 몸의 선이 드러나는 복장은, 귀환한 모험가들에게는 대환영인가 보다.

적어도 당신으로서도, 동료들을 기다리면서 보리죽을 홀짝거리는 사이 눈이 즐거우니 불만은 없다.

"어머낭. 앞길이 막혀서 토라져 있을 줄 알았는데, 꽤나 기분이 좋은걸."

깔깔 유쾌한 소리를, 휘리리 불어 닥친 바람이 날라 온 것은 그때였다.

바람과 같은 부드러움으로 당신의 옆에, 스윽 미끄러져 들어온 여자가 고양이처럼 눈웃음을 짓고 있었다.

당신은 힐끔 그녀 쪽을 보고, 뭐 그럭저럭이라고 짧게 대답하며 보리죽을 먹었다.

"뭐, 썩고 있지 않은 건 다행이야. 응원하는 누나로서도 참 기쁘네."

훌쩍 손을 흔드는 외투 차림의 여자— 정보상은 휘휘 손을 흔들어 여급을 불렀다.

"레몬수 하나 부탁해. 대금은 이 오빠한테."

뭐 상관없으리라. 적어도 그것을 마시는 동안에는 이야기를 해줄 테니까.

그리고 이쪽으로서도 물어보고 싶은 것이 없지도 않았다.

"오호?"

날라온 잔을 받아 든 정보상이 눈빛을 반짝거렸다.

"더욱이 지하로 가는 방법?"

당신은 웃었다. 그것은 딱히 물어보고 싶은 게 아니다. 1층부터 샅샅이 다시 찾아볼 생각이니까.

그렇지만 뭐, 이야기를 해준다면 부디 듣고 싶었다.

"흐흥. 그렇게 신경 써주는 부분은 점수를 높게 줄 수 있지."

키득키득 웃음소리를 내고, 레몬수를 즐기면서, 정보상은 당신에게 시선을 보냈다.

"그렇지만, 짐작은 가고 있지?"

그래. 당신은 고개를 끄덕이고, 입을 열었다. 정보상과 말이 겹쳤다.

"—**암흑영역**."

그것은 노래하는 것처럼 읊조린, 지하 1층에 있는 《죽음》의 그림자였다.

미궁에 가득한 독기마저도 들어서지 못하는 무명의 공간. 말 그대로의 암흑. 미답파의 구역.

발을 들이고, 돌아온 자는 없으리라.

유혹하는 것치고는 노골적이며, 십중팔구 징그러운 함정이리라.

적어도 돈을 벌기 위해 미궁에 들어가는 부류는, 좋다고 다가가지 않는다.

그런 장소에 발을 들이지 않아도, 괴물과 싸우면 돈은 얼마든지 들어온다.

그렇잖아도 목숨의 위험이 있는 것이다. 일부러 《죽음》에 몸을 던질 필요가 어디 있는가?

"하지마안."

정보상 여자는 어리광부리는 것처럼 중얼거렸다.

"너는, 다르지?"

우리들이라고, 당신은 정정했다. 당신 혼자가 아니다. 파티의 모두가, 그렇다.

"좋네, 그런 거. ……응, 난 좋아해."

그건 고맙군. 당신은 무뚝뚝하게 대답했다.

거짓 없는 찬사의 말이겠지만, 순순히 받아들이자니 좀 부끄러운 면이 있었다.

여자는 그런 당신의 모습에 기분이 좋아졌는지, 팔꿈치를 괴고서 까르르 목을 울렸다.

"그러면, 그런 너에게 누나가 상을 주지. 뭐든지 가르쳐줄 수 있는데?"

―뭐든지란 말인가.

"그래. 뭐~든지……."

어쩔래? 캐는 것 같은 눈으로 바라보자, 당신은 얼버무리듯 보리죽을 스푼으로 떠서 입으로 옮겼다.

신경 쓰이는 일은, 많다. 그러나 물어봐야 할 것도 있으리라.

당신은 무엇을 물어봐도 상관없고, 아무것도 안 물어봐도 상관없다. 혹은 질문을 골라도 된다.

―당신은 모험가다.

악명 높은《죽음의 미궁》의 소문을 듣고서, 그 최심부에 도전하고자 이 성채도시를 찾아왔다.

그렇다면, 하나부터 열까지 타인에게 의지하는 것은― 너무나도 모험가답지 않은 것 아닐까?

좋다고 고른 길인 이상은, 그 길을 걷는 방식도 좋을 대로 골라야 하리라.

그렇다면…….

"응? 붉은 만도의 파티?"

그래. 당신은 고개를 끄덕였다. 물어봐야 할 것은 미궁이 아니라, 그녀에 대해서도 아니라, 그것이었다.

질문을 받은 여자가 갸우뚱하며 눈을 크게 뜨고, 뜻밖이라는 것처럼 몇 번 깜빡이는 것을 외투로 가려져 있어도 알 수 있었다.

흐응. 그렇구나 그래. 여자는 기쁜 기색으로 몇 번인가 중얼거리고, 원탁에 늘어지듯 몸을 맡겼다.

"그 녀석들에 대해서는 모르지만 말야."

그리고 데굴 머리를 옆으로 쓰러뜨리듯 움직여, 당신을 올려다보는 시선으로 보았다.

"모른다는 것이 문제지?"

물론이었다.

애당초 지하 5층을 목표로 하는, 탐색의 최전선에 있는 파티가 무명이라는 것이 있을 수 없다.

필두라고 할 수 있는 것이 금강석의 기사 파티. 이어서, 자랑하는 건 아니지만 당신들이다.

이 도시에서는 날씨 이야기나 인사라도 나누는 것처럼, 모험가에 대한 소문이 흐른다.

당신들이 다른 파티를 구하고, 볼품없는 남자들과 맞서고, 지하 4층에 이른 것은 공연한 이야기다.

—그러나, 그들은 다르다.

다른 곳에서 훌쩍 이름 있는 파티가 흘러 들어왔다면, 이해가 된다.

그러나 그들은 여주교와 함께 찾아왔다. 말하자면 당신과 큰 차이 없는 역량의 모험가였던 것이다.

"그런데 **너와 큰 차이 없는 역량을 가졌다**란 말이지."

그런 것이다. 아무리 먼저 들어갔었다고 해도, 너무나도 이상하다.

트집을 잡거나, 질투나 시기가 아니다. 당신들도 상응하는 시간을 들이지 않으면— 아니.

당신들도, 설마 용과 맞설 정도가 될 줄은 생각도 못하지 않았던가?

"크후."

여자는 나른하게…… 고양이가 어리광부리는 것처럼 웃고서, 잔

을 입가로 옮겼다.

"하지만, 어디서 그들이 강해졌는지는 알고 있어."

정보상이 물을 입에 머금고, 꿀꺽, 꿀꺽 목을 울리면서 맛보았다.

당신은 문득 지난번 여전사의 모습을 떠올리고, 아니, 짧게 대답했다.

그래. 여자는 젖은 입술을 핥으면서, 응, 하고 고개를 끄덕였다.

"뻔하잖아? ——미궁이야."

그녀는, 당연하고 뻔한 소리라고 하듯 코웃음을 쳤다.

당신은 스푼으로 떠올린 보리죽을 입으로 옮기고, 씹고, 삼키고서 여자를 돌아보았다.

—자세히 들어야 하리라.

"애당초 말이야. 전설이 논하는 백금 등급 같은 건, 이미 사람의 이치에서 벗어난 존재잖아?"

그녀는 일단, 그런 식으로 이야기를 시작했다. 세상에 나타난 지 오래된, 용사 영웅.

빛나는 사슬 갑옷(체인 메일)의 모험담에서 시작되어, 세상을 구했다는 위대한 모험가들.

때로는 죽음마저 뛰어넘어 현세에 되살아나고, 악을 치러 온다.

그러나— 지금은, 없다.

"그래서 이 미궁은, 지하에 있어. 지하에 무엇이 있느냐 하면— 그야 《죽음》이지."

지옥. 사후 세계. 《죽음》. 땅의 깊숙한 바닥에 잠들어 있는 것은 파멸이라고, 드워프의 옛날이야기에서도 말한다.

그런 것을, 상당히 옛날에 당신은 스승에게 들었던 기억이 있었다. 그렇다면 그녀도 땅 속에 있을까?

"그러면 지하에 들어가서, 거기서 생사의 경계를 달리고, 지상에 돌아온다는 것은…… 말이지."

정보상 여자는 어느샌가 잔에 꽂아두었던 보리지푸라기를 입술에 끼우고, 살며시 씹으며 당신을 보았다.

"《죽음》과 재탄의 반복 아냐?"

그것은…….

당신은 뭐라 말해야 할지 망설였다. 아니, 알지 못하는 건 아니었다.

마치 깃발(플래그)을 세운 것처럼, 당신의 머리에는 이미 대답이 보이고 있었다.

그것은 이미 부정할 길이 없는 사실이며, 인지를 초월한 영웅의 행위를 모방하는 것이다.

당신도 마술을 조금 배운 몸이니, 이해는 할 수 있다. 모방은, 모습과 형태에 머무르는 것이 아니다.

그렇다. 그야말로—《죽음》이란, 힘이다.

모험가든, 괴물이든, 죽이고, 죽임을 당하고, 어느 쪽인가가 살아남는다. 그것은 힘이다.

그렇다면 하염없이 미궁 안에서 살육을 반복하면, 하룻밤에 위계를 올리는 일도 가능하리라.

미궁은 인지를 초월한 영역이며, 그곳에서 초인인 영웅의 소행을 모방하면 불가능하지 않으리라.

그러나.

그렇게 주검을 쌓아 올린 앞길에 — 시체의 산보다 훨씬 높은 곳에 — 무엇이 있다는 말인가?

"그건 이 누나도 잘 모르겠네. 나는 모험가가 아닌걸."

당신의 말에, 그녀는 그런 식으로 애매하게 웃으며 어깨를 으쓱거렸다.

당신도 대답을 들은 것은 아니다. 질문은 이미 끝나지 않았던가?

대답을 알고 싶다면, 가는 수밖에 없으리라. 어디에 있는지는, 이미 깨닫고 있을 것이다.

"—암흑영역."

당신이 결단적으로 중얼거린 말에, 정보상 여자는 진심으로 눈부신 것처럼 노래하듯 소리를 겹쳤다.

그녀는 천천히 자리에서 일어섰다.

"잘 먹었어."

외투 아래서, 웃음의 그림자가 떨어진다.

가는 거냐고 당신이 물어보자, 정보상은 「응」 하며 고개를 끄덕였다.

"이래 보여도 바쁘거든, 이 누나는."

그러면 어쩔 수 없으리라. 이미 충분하고 남을 정도로 얻었다. 레몬수 한 잔으로는 미안할 정도다.

"그럼, 하다못해 감사를 해주면 좋겠네."

키득키득 귀를 간질이는 웃음소리. 물론이라고 하며, 당신은 깊숙이 그녀에게 고개를 숙였다.

휘리리 기분 좋은 바람이, 주점 안에 불어 닥치고 빠져나갔다.

그것이 볼을 쓰다듬고 사라지는 찰나, 여자는 「하지만」 하고 날카로운 소리를 당신에게 남겼다.

"—강하고 약하고, 이기고 지는 것밖에 흥미가 없는 녀석은, 아마 이미, 모험가가 아닐 거야."

그런 말을.

§

"암흑영역……."

당신의 말에, 드디어 나타난 동료들 가운데 처음으로 소리를 흘린 것은 미르미돈 승려였다.

"……역시 그곳밖에 없는가."

그래. 당신은 고개를 끄덕였다.

이 생각에 이른 경위는 그렇다 치고, 역시 가능성이 높은 것은 그곳이리라.

주점에서 느지막한 아침 식사를 먹으면서 하는 작전회의도, 이걸로 벌써 몇 번째일까?

평소처럼 제각각 식사를 입으로 옮기는 가운데, 슬그머니 섞여 들어온 이물질 같은 존재.

그것이 당신이 꺼낸 말이었으며, 지하 1층에 펼쳐진 미지의 공간이었다.

지하미궁의 1층, 그 한 구석에 쩍 커다랗게 입을 벌리고 있는 골목이 있다.

독기가 가득한 미궁에서는 앞을 내다볼 수도 없지만, 그래도 어슴푸레한 빛이 있었다.
그러나, 그 앞에는 아무것도 없다.
무명의 어둠이 펼쳐지고, 모험가를 집어삼킨다고 한다.
—가로되, 그 앞에는 미쳐버린 마술사가 유계의 문을 여는 외법을 연구하고 있다.
—가로되, 그 앞은 망자의 소굴, 명부와 이어진 《죽음》의 공간이다.
—가로되, 그 앞에 발을 들이고 돌아온 자는 누구 한 사람 없다.
돈을 목적으로 성채도시에 모인 대부분의 모험가라면, 갈 필요가 없는 장소다.
예외는 일확천금을 노리는 목숨 아까운 줄 모르는 자거나, 미궁의 가장 안쪽을 노리는 자이리라.
다시 말해서, 당신들이다.
"애당초, 전제부터 이상하다는 것을 깨닫는 녀석이 적어."
미르미돈 승려가 턱을 터거덕 울리며 한 말에, 여전사가 「뭘?」 하고 말을 걸었다.
"무한의 재화다."
미궁에서 흘러넘치는 그것 말인가?
당신은 당신 자신이 몇 번이고 발견한, 보물 상자를 떠올렸다.
방에 있는 괴물을 해치우면 반드시 나타나는 그것. 수많은 모험가가 눈빛이 바뀌어 추구하는 것.
살육과 약탈(핵 앤 슬래시)의 근간을 이루는 존재.
"그런 것이 정말로 있다고 생각하나?"
있으니까, 지금 이 자리가 성립하고 있다고도 생각할 수 있다.

당신은 그다지 자신도 믿기 어려운, 자신의 사정에 맞추고 있는 것 같은 말을 늘어놓았다.

언제나 이 미르미돈 승려와 동료들이, 당신에게 그렇게 하는 것처럼.

"그렇다고 해도다. 무에서 유는 생기지 않아. 그것이 이 세상의 섭리겠지."

어딘가에, 무언가— 그 근원(리소스)이 있을 것이다, 라는 것일까?

"케도, 돈이 잔뜩 있는 건 좋은 일 아니가?"

흠. 빵을 입에 넣던 하프 엘프 척후가, 다음에는 소시지를 포크로 찌르며 지적했다.

"기분이 으스스허긴 해도, 딱히, 돈에 피가 묻은 건 아니다 아이가."

"결과가 이 도시야."

미르미돈 승려는 교역신의 신관이 흔히 그러는 것처럼, 느슨하게 어깨를 으쓱거렸다.

"돈만 넘치고 있다. 엉망진창이야. 조만간에 모든 것이 거품처럼 터져 버리고 끝난다."

"거품처럼 불어난다카는 모험가 사업은 꿈속에서도 꿈같은 일이라카이."

소시지를 깨물고, 삼키고, 하프 엘프 척후가 중얼거렸다.

"……분명 기다. 카면…… 뭔가 있다, 라는 가능성이 가장 높을지도 모른다 말이가?"

하프 엘프 척후가, 우움 팔짱을 끼고 어려운 표정을 지었다.

실제로 위험한 장소라는 것에는 변함이 없는 것이다. 쌍수를 들고 찬성하는 것보다는 훨씬 좋다.

"나는, 무서운 거 싫은데에……."

그래서 여전사가 휘젓는 것처럼 말하는 것도, 당신으로서는 고마운 일이었다.

물론 팔꿈치를 괴고서 보리죽의 그릇을 울적하게 휘젓는 그녀에게 불안의 색이 있는 것은 이해할 수 있다.

성채도시에 온 다음부터라 해도, 이미 상당히 알고 지냈으니까.

"……죽어버리는 건, 무서운걸?"

"그러면 평생 지하 4층을 빙글빙글 돌 건가?"

타각 턱을 울리고 미르미돈 승려가 대꾸했다. 그는 정체 모를 짐승의 고기를 깨물어 꿀꺽 삼켰다.

"나는 그래도 상관없다. 다른 동료를 찾게 되겠다만."

"……딱히, 그런 말은 아니야."

여전사가 당황한 것처럼 시선을 흔든 다음, 작게 숨을 내쉬었다.

"괜찮은 걸까아, 해서. 그것뿐이야."

—뭐 그것을 물으면 당신도 대답할 수가 없다.

"그럴 때는 거짓말이라도 괜찮아, 라고 말해주면 좋겠어어."

그제야 여전사가 키득 웃고, 당신은 안도의 숨을 내쉬었다.

분명히 위험한 것은 잘 알고 있었지만, 그걸 말하자면 모험가는 위험에 도전하는 자일 것이다.

무리 무모 억지는 그 전설로 칭송하는 자유기사조차 경계하는 것, 가지 않으면 안 되리라.

날뛰는 말이 저쪽에서 달려오는 것을 보게 되면, 길을 피하는 것이 바로 검의 달인.

그렇지만, 그것은 언제나 확실하게 이길 수 있는 상대하고만 싸우고 안전한 장소에만 도전하는 것이 아니다.

—그런데.

이러한 화제가 나오면 고개를 들이밀 법한 종누이와 여주교는 무엇을 하고 있는 걸까?

"호에?"

갸우뚱하는 기색으로 고개를 든 **육촌**과 여주교는, 둘이서 두꺼운 책에 고개를 묻고 있었다.

낡아빠진 가죽 표지의 그 책에는 이국의 문자가 표지로 새겨져 있고, 기이한 기운을 두르고 있었다.

언젠가 그녀들이 샀다고 하는, 어딘가의 주문서겠지만—.

"아아, 아뇨, 보세요. 요전에, 마신(데몬)이 나타났잖아요?"

종누이가 이해가 느린 동생에게 사정을 설명하는 어조로 말했다.

뭐 분명히 몽마도 마신의 일종이리라. 사람의 꿈을 매개로 현세에 숨어드는 위협이다.

당신의 칼날은 만질 수 없는 것을 끊었지만, 그것은 그녀들 — 이리라 — 이 유계의 주민이었기에 가능한 일.

현실에서 자아와 육신을 유지할 정도의 상위 몽마(크레이터 서큐버스)와, 잠자는 가운데 만나고 싶지는 않은 법이다.

"그래서 소환이나, 마계의 핵, 《게이트》에 대해서 조사해 둬야겠다, 싶어서."

마신 소환은 그렇다 치고, 나머지 둘은 금기라거나 잃어버린 주문이 아니었던가?

당신은 반쯤 지긋지긋하단 기색으로 쓴소리를 했다. 그것에 여주교까지 말려들었으니.

"아뇨, 그렇지만……."

그런데 그 여주교가 진지한 표정을 지으며 고개를 옆으로 흔들었다.

그녀는 손가락 끝으로 책의 페이지, 그곳에 적힌 기술을 더듬어 읽으며 보이지 않는 눈을 당신 쪽으로 돌렸다.

"앞으로 나아가기 위해서는, 분명히…… 필요해질 거라고, 생각한답니다."

—흐음.

당신은 그녀의 진지한 모습에 감탄하고, 그 발언에 생각에 잠기면서도 약간의 안도를 느꼈다.

그녀의 강한 의지는, 어디까지나 앞으로 나아가는 것을 향하고 있었다.

과거의 — 그렇다, 과거다 — 동료들에 대한 대항심이나, 당신들에 대한 불안이 없다.

그것은 대단히 기쁜 일이라고, 당신은 생각했다.

당신은 지하 1층의 탐색이지만 고블린 상대는 자신이 할 테니 주문에 전념해 달라고 말했다.

그리고 잊지 않고, 슬라임 놈들의 상대도라고 덧붙였다.

"……후후."

여주교는 웃으며, 「네」 하고 고개를 끄덕였으니 됐고.

여전사도 「에잇!」 하고 볼을 쭉 부풀리면서, 탁자 아래로 긴 다리를 뻗어 정강이를 찬다.

통증에 몸부림치는 당신에게, 종누이가 「그럼 안 돼요, 그런 말을 하면!」 하고 질책이 날아왔다.

참으로 엄격하신 분들이다. 조금만 더 상냥하게…… 하다못해 조금 힘을 빼줘도 좋지 않을까?

"아니라, 지금 그건 대장이 잘못한기라."

"나는 어느 쪽이든 상관없다."

무자비하군. 남성진의 대답에 당신이 중얼거리자, 미르미돈 승려가 「그래서」 하며 더듬이를 흔들었다.

"가는 거로군."

간다.

"그럼 정해졌다."

미르미돈 승려가 갑각이 뒤덮은 양손 바닥을 딱 마주쳐 울리고, 일어섰다.

곧장 하프 엘프 척후가 한손을 들어 「누님아, 계산!」 하고 여급을 불렀다.

"네에!"

달려오는 토끼 수인 여급에게, 짤랑짤랑 척후의 손에서 금화가 날아갔다.

그대로 두 마디, 세 마디 별 것 아닌 대화를 나누는 걸 보니 그도 상당히 눈썰미가 좋은 모양이다.

"그러니까, 물약 같은 거 비축은 괜찮아요. 누나가 단단히 관리하고 있으니까요."

잘 여문 가슴을 과시하는 것처럼 버티고 선 **육촌**.

"암흑영역이라면, 역시 지도가 필요해지겠네요……."

그 옆에서, 꾹 양손을 쥐고서 기합을 넣는 여주교.

정말이지. 당신은 희미하게 웃었다. 듬직하기 짝이 없지 않은가?

—그래서, 어쩔 거지?

탁상에 팔을 괴고 있는 여전사는 힐끔 당신을 올려다보듯 시선을 움직였다.

"응. 갈 건데?"

그녀는 고양이처럼 눈을 가늘게 뜨고, 키득키득 웃었다.

"네가 따라와주길 바라는 표정을 하고 있는걸."

그랬단 말인가? 당신은 턱을 쓰다듬었다. 그런 당신의 소매를, 여전사가 붙잡아 콕콕 당겼다.

"……슬라임이 나오면, 잘 부탁해?"

손가락 끝으로 소매를 더듬으면서, 그녀는 헤실 볼을 풀었다. 당신은 고개를 끄덕였다.

그리하여, 당신들은 장비를 갖추고, 몸가짐을 가다듬고, 평소처럼 미궁으로 나섰다.

나아가는 곳은 전인미답, 뭐가 기다리고 있을지도 모르는 암흑영역의 너머.

그러나, 돌아올 수 없을 지도 모른다— 따위는, 생각지도 않는다.

그런 것은, 미궁에 처음 도전했을 때부터 변함없이, 지극히 당연한 것이니까.

§

몇 번이고 왕복한, 늘 지나던 익숙한 길을 벗어나는 것은 용기가 필요한 일이다.

고블린과 슬라임이라는 변함없는 존재와 마주치는 것은, 어쩐지 위로를 받는다.

"이제, 싫어어……."

훌쩍훌쩍. 흐느껴 우는 것 같은 목소리를 흘리는 여전사의 젖은 어깨를 두드리면서, 당신은 그런 생각을 했다.

괜찮으냐고 등 뒤에 말을 걸자「……네, 에」하고 지독하게 갈라진 여주교의 대답.

"이쪽은 누나한테 맡겨주세요."

이럴 때는 참으로 종누이가 의지가 된다. 당신은 고개를 끄덕이고 숨을 내쉬었다.

암흑영역이니 무뢰한이니 시노비니 하기 이전에, 지하 1층이 제일 벅찬 기분이 든다.

숙달된 모험가라면 지하 1층을 혼자서 산책할 수도 있다고 하는데, 이래서는 도저히.

생각해보면, 그 첫 모험은 참으로 어렵고, 고생을 했었지만…….

"……응, 이제 멀쩡해."

진정한 기색으로 말한 여전사의 어깨를 마지막으로 한 번 더 두드리고, 당신은 동료들 쪽으로 갔다.

조우전에서 괜한 소모는 하기 싫었다. 술법도 쓰지 않는다. 그렇다고 도망치는 것도 석연찮다.

—그리고, 실수하면 그때 더 소모가 되리라.

모조리 베어 버리고 나아가는 정도가 딱 좋은 것이다. 적어도 이 지하미궁에서는.

"죄송합니다. ……수고를, 끼쳐 버렸어요."

종누이가 내민 물주머니를 양손으로 쥐면서, 여주교가 끄덕끄덕 고개를 움직였다.

고블린 놈들과 슬라임류가 잇따라 나타나면, 뭐 어쩔 수 없는 일이리라.

진지하게 말해서, 이 앞— 암흑영역에 숨어 있는 자가 **그러한** 것들이 아니라면 좋을 텐데.

"……그렇게 되면, 저는, 분명히 울어 버릴 거랍니다."

진심인지 농담인지 알 수 없는 말에, 당신은 희미하게 입가를 풀었다.

어쨌거나 그렇게 말을 할 수 있다면 괜찮으리라. 진로를 부탁할 수 있을까?

"네."

기특하게 고개를 끄덕인 여주교는, 가방에서 애용하는 지도용지를 꺼내 펼쳤다.

"북쪽 길을 따라서. 그 다음에는 모퉁이를 돌아, 안쪽 문으로. 그 다음은…… 왼쪽으로."

"방에는 안 들어가도 되는 기였제?"

옆에서 훌쩍 들여다보며 말하는 하프 엘프 척후에게, 여주교가 끄덕 머리를 움직였다.

“네. 무시하고서…… 가야 해요.”

“이거 이번에는 돈벌이가 좀 적겠다…….”

괜히 풀이 죽은 목소리를 내는 척후에게, 종누이가 키득키득 웃음을 흘렸다.

“암흑영역이란 곳 안에는, 재보가 산더미처럼 있을지도 모르지.”

미르미돈 승려가 턱을 터거덕 울리는 것에 이어, 여전사가 벙긋이 입가를 풀었다.

“짐이 늘어나는 건 싫으니까, 혼자 들어야 돼?”

“어이쿠야…….”

—분위기는 좋다.

당신은 몰래 숨을 내쉬었다. 미지의 영역으로 가는 것인데, 모두 평정을 유지하고 있는 것은 고마운 일이다.

“물 마실래요? 무리를 하면 안 돼요!”

그 한숨을 피로 탓으로 보았는지, 여주교에 이어서 당신한테까지 종누이가 물주머니를 내밀었다.

고맙다며 받은 것은 좋은데, 바로 방금 전에 여주교가 입을 대지 않았던가?

—에이잇. 이 **육촌** 녀석.

“마시는 게 부끄러운 거야아?”

키득키득 귓볼을 간질이는 것 같은 여전사의 목소리에 노려보고, 당신은 에라이 하면서 물을 들이켰다.

맛도 알지 못한 채 마시고, 쓱 **육촌**에게 내밀었다.

정말이지. 정말이지.

"후후후, 언제나 그렇게 순순하면 좋은데요."

"——? 무슨 일이, 있으신가요?"

생글생글 아무것도 생각하지 않는 기색의 육촌과, 의문스런 기색의 여주교.

덧붙여 여전사 앞에서 설명할 생각 따위 터럭만큼조차 있을 리도 없으니, 당신은 가자고 소리를 높였다.

"그래. 언제든지 좋다."

"내도다."

미르미돈 승려와 척후의 대답이 들리고, 당신들은 대오를 다시 짜고 진군을 재개했다.

계단을 내려가고서, 똑바로 북쪽으로, 모퉁이를 돌아, 마주친 문을 걷어차 열었다.

그곳에는 십자로가 있어서, 평소에는 서쪽— 왼쪽으로 돌아, 지하 2층의 계단으로 간다.

그러나 오늘은 다르다.

당신들은 정면에 있는 북쪽, 그곳에 뻥 뚫려 있는 심연의 어둠을 노려보았다.

그렇다, 말 그대로 암흑이다.

이 윤곽선밖에 안 보이는 미궁에서도, 전혀 앞이 안 보이는 공간.

그것은 미궁이라는 생물의 목구멍 같기도 하고, 당신들을 집어삼키고자 이를 드러난 짐승의 아가리였다.

"……참말로 가는 기가?"

"왜애? 이제 와서 무서워졌어?"

위에서 보인 것과 다른 모습에, 하프 엘프 척후에게 여전사가 말꼬리를 잡자 척후가 웃었다.

"하모. 무섭지 않나. 누님아가 선도 부탁한대이!"

"……아앙, 정말."

작게 혀를 찬다. 당신은 웃고서, 맨 처음은 리더의 권리라고 고했다. 문을 걷어차 부술 권리다.

"여기에는 문이 없지만요."

종누이가 휘젓고, 미르미돈 승려가 「얼른 해라」 하고 신음한다.

당신은 한 걸음씩 앞으로 나아갔다. 한 걸음, 두 걸음, 세 걸음, 네 걸음.

그러나, 거기까지다.

시야가, 모든 것이, 그야말로 그 한 걸음 앞에서 덧칠한 것처럼 사라졌다.

일단 만도의 칼집 끝을 넣어봤다. 역시 암흑에 들어가 사라져 버린다. 뽑아내자, 돌아온다.

"……그렇다면, 사라져삐는 건 아니라카이."

"바닥이 없는 건 아니고?"

척후와 여전사의 말은 지당하지만, 역시 발을 들여야 하리라.

당신은 정의와 천칭을 다스리는 여신과, 행운과 바람을 나르는 여신에게 기도했다.

암흑의 성채 한복판에서는 기도도 닿지 않는다고 고사에 기록돼 있지만, 기도하고서 나아가는 것 말고 다른 수가 없다.

당신은 무명의 공간으로 결심하고 뛰어들어—. 그 발이 단단히 돌바닥을 밟았다.

그러나, 알아낸 것은 그것뿐이다.

어둠.

시야를 검정 일색으로 칠해버린 것 같은, 완전한 어둠 속에 당신은 있었다.

앞도, 옆도, 위도, 돌아보아도 등 뒤마저 보이지 않는다.

그저 당신이 그곳에 있다는 것을, 발바닥으로 느껴지는 바닥의 압력만이 가르쳐준다.

만약 이것마저 사라졌다면, 당신은 자신이 서있는지 아닌지마저, 알 수 없었으리라.

허공에 떠돌고 있다. 혹은 물에 빠져 있다. 떨어지고 있다. 배 위에 서 있는 것처럼 몸이 흔들린다.

손을 뻗자 차가운 사물에 닿아서, 한순간 심장이 쿵쾅거린다. 별거 아니다. 미궁의 돌 벽이다.

당신은 무심코 자신의 얼굴을 만지고, 볼을 더듬었다. 괜찮다. 나는 있다. 손마저 보이지 않더라도.

"대장, 괘안나~?"

하프 엘프 척후의 목소리가 닿는다. 기묘하게도, 놀랄 정도로 가까운 곳에서. 장막 한 장 사이 같았다.

당신이 불가사의한 감각에 당황하면서도 문제없다고 전하자, 파티의 발소리가 우르르 울렸다.

그리고 「와」라거나 「꺄」라거나, 각각 당혹하는 목소리가 이어졌다.

"……참말로 묘한 장소래이."

"애당초 미궁도 눈을 의지하지 않지 않나."

"그야 형씨는 더듬이 안 있나."

"……그렇게나 이상한 장소인가요?"

마지막은 여주교로군. 이 영역이라면, 오히려 그녀가 가장 의지가 될지도 모른다.

지도를 그리는 것도 다른 사람은 무리일 거고, 맡겨둔 것은 역시 정답이었다.

"……네. 힘낼게요……!"

당신이 그렇게 말하자, 그녀가 기합을 꾹 넣는 것이 이해되어 어둠 속에서 당신은 웃었다.

"그렇지만, 헤어지지 않도록 신중하게 나아가요. 손을 붙잡는, 건 안 되겠네요."

우웅. 종누이가 그런 식으로 소리를 흘린다. 어려운 표정을 하고 있는 것을 어둠 속에서도 알 수 있었다.

아니, 종누이에 관해서뿐이 아니다. 다른 멤버도, 목소리만 듣고도 대략 그 표정을 짐작할 수 있다.

예를 들어—.

"그러면, 천천히 걸어가자. 안 보인다고 이상한 데 만지면 안 돼?"

이렇게 말하는 여전사가, 철컥철컥 철 구두를 울리면서 걸어가는 모습 따위도 그렇다.

"이런 장소에서 괴물이 나오면 못 견딘다 안하나……."

하프 엘프 척후가 조심조심, 신중한 발놀림으로 그것을 따르는 것도 알 수 있다.

결국, 당신들에게 이 어둠은 그저 시각이 가로막혔을 뿐인 것에 지나지 않는다.

당신은 그것이, 어째선지 대단히 기뻤다.

§

완전한 어둠 속을, 당신들은 대오를 짜고서 슬금슬금 나아간다.

조금 나아가서, 말을 건다. 조금 나아가서, 말을 건다.

그 반복을 제안한 것은 종누이이며, 이번만큼은 당신도 순순히 따르고 있었다.

아무리 익숙한 1층이라지만, 이곳은 미지의 영역이다. 무슨 일이 있을지 모른다.

서로 흩어지기라도 하면, 큰일이었다.

"……근디, 아무것도 없대이."

그래서 하프 엘프 척후의 투덜거리는 소리도, 아마도 의도해서 한 발언이리라.

방금 전에도 피트 막대를 바라서, 여전사에게 「창은 안 빌려줘」라고 대답을 들은 참이었다.

"내는 분명히, 들어가자마자 머리가 이상한 할배가 주문 날릴 거라 생각 안했나."

"지하 1층에 흑막인가?"

터거덕, 미르미돈 승려가 턱을 울렸다.

"있을 수 있겠나?"

"어머, 하지만 외출하거나 장을 보는 데는 편리해요."

육촌이 태평한 소리를 하고, 찰싹 손뼉을 쳤다. 당신은 노골적으로 한숨을 쉬었다.

"계단을 몇 번이나 오르락내리락하는 건, 힘들 테니까."

키득키득 여전사의 웃음소리. 여성이 신경 쓰는 부분은 정말이지, 잘 알 수가 없다.

그러나, 뭐 있을 수 없다는 일은 있을 수 없는 것이다.

《죽음》의 정체가 무엇인지 알 수 없는 이상, 지하 1층에 거점을 잡고 있어도 이상하지 않으리라.

어쩌면, 어쩌다가 장을 보러 나온 상대와 마주치는 일도 없지는 않을 것이다.

"사방세계에 역병을 뿌리려는 상대가, 우호적인가?"

미르미돈 승려가 기가 막히다는 식으로 턱을 울렸다.

이걸로 반응은 다섯 명. 그렇다면— 흐음, 여주교는 어쩌고 있는 것일까?

"……."

대답이 없다. 그러나 기척 — 그런 것이 존재한다면 말이지만 — 은 느껴졌다.

뭔가 생각에 잠겨 있는 것일까? 종누이가 「무슨 일인가요?」라고 부드럽게 물었다.

"아, 아뇨……."

퍼뜩 여주교가 고개를 들어 옆으로 흔든 모양인지, 흔들리는 머리

칼이 일으키는 바람이 당신 곁에도 닿았다.
“이제 슬슬 지도 끝을 넘어버릴 것 같아서…… 종이를 덧대야 해요.”
“어머, 도와줄까요?”
“그러면, 이쪽을 들어주실 수 있을까요?”
종누이의 제안에 여주교가 부드럽게 대답했다.
두 사람은 손으로 더듬어가며 작업을 진행할 수 있으리라. 종누이는 덜렁거리지만, 그녀들은 사이가 좋다.
—회랑의 한계라.
당신은 부스럭부스럭 종이가 스치는 소리를 들으면서, 낮게 신음했다. 그것을 넘어가야 한다면.
“이건, 정답일지도 모르겠군.”
미르미돈 승려가 조심조심, 묵직한 기색으로 턱을 울렸다.
“지하 1층에 흑막이 있다는 것도, 생각보다 농담이 아닌 모양이다.”
“아니지, 모른대이.”
하프 엘프 척후가, 지상일 때와 딴판으로 심각한 어조로 말했다.
“이 미궁의 주인은 근성이 나쁘다 안하나. 함정이래이~ 하고 수작을 부릴지도 몰른다.”
“마법으로 어딘가에 날려가버리거나.”
여전사가 키득 소리를 흘리고, 미르미돈 승려는 「재미도 없구만」 하고 독설을 했다.
무엇을 하든 방심해도 되는 장소가 아니다. —방심하지 않는 것 정도밖에, 할 수가 없지만.
“……끝났어요.”

여주교 — 아니 종누이인가? — 가 소리를 낸 것은 그때였다.

이 어둠 속에서 의지할 수 있는 것은 여주교가 그리는 지도가 유일하다. 길을 잃으면, 다시 나올 수 없을 것 같았다.

그런 의미에서, 돌아온 자가 없다는 것도 납득이 되는 이야기다.

—그러고 보니, 미궁에서 죽은 자의 주검은 어찌 되는 것일까?

이제와서지만, 그런 것이 신경 쓰인 것은 코를 간질이는 기묘한 냄새 탓일까?

"……뭔가, 묘한 냄새가 나지 않나요?"

여주교가, 조용히 중얼거렸다.

"냄새?"

종누이가 고개를 갸웃거리며 소리를 흘렸다.

코를 벌름거리고 있을 종누이의 모습은 쉽사리 상상할 수 있었지만, 당신은 허리의 만도에 손을 댔다.

"이것은, 뭐고 대체……."

"……앞인가?"

척후와 미르미돈 승려도 각각 경계 자세를 취하는 걸 알 수 있었다.

여주교가 「아뇨」 하고 중얼거리더니, 「오른쪽에서랍니다」라고 말을 이었다.

"어느 쪽이든 좋다"

턱이 울린다.

당신은 신중하게, 말 그대로 손으로 더듬어 오른쪽으로 손을 뻗었다— 벽에 닿았다…… 아니.

"대장, 잠깐 괜안나?"

하프 엘프 척후의 목소리에 고개를 끄덕이고, 당신은 어둠 속에서 아마도 방해가 되지 않도록 한 걸음 물러났다.

대신해서 누군가 — 말할 것도 없다 — 당신 앞으로 움직이고, 뭔가가 움직이는 기척이 몇 초.

그리고, 바람이 살랑 불었다.

철커덕 가동음과 함께, 바람이 지나간 것이다. 비릿하고, 불쾌한 바람이다.

"됐대이."

그렇게 말하기에 벽 쪽으로 손을 뻗으니— 아무것도 없다.

본래는 돌 벽이 있었을 장소에는, 공간이 뻥 뚫려 있었다. 숨겨진 문, 갈림길이다.

"재미있군……. 어쩔 거지, 갈 건가?"

——앞인가, 오른쪽인가.

당신은 동료들과 함께 똑바로 나아가도 되고, 이 숨겨진 통로로 꺾어도 상관없다.

함정일지도 모른다. 아니, 그것을 말하자면 이 공간 자체가 함정인 것이다. 이제 와서 새삼스럽다.

당신은 미약한 단서를 쥐고자 가자고 말하고, 결단적으로 오른쪽에 발을 디뎠다.

바닥은 분명히 존재하고, 앞으로 나아갈 수 있다. 아무래도 긴 통로다. 그런 예감이 있었다.

동료들이 고개를 끄덕이는 것을 기척으로 이해하고, 당신들은 암흑의 한복판으로 걸어 들어갔다.

"…………이거."

여전사의 속삭임. 그것이 희미하게 떨리는 것을, 당신은 깨달았다.

"……맡아본 적, 있는걸."

모두 입을 다물었다. 그러나, 앞으로 나아가는 발은 멈추지 않는다.

묵묵히 계속 걸어가는 사이에, 통로는 왼쪽, 오른쪽, 꾸물거리는 뱀처럼 꺾어진다.

끌려들어가는 것 같은, 그런 착각. 돌아가지는 못할 거란 생각이 든다.

당신은 침묵을 깨고자, 지도는 괜찮냐고 짧게 물었다.

"엣, 아, 네, 넷."

여주교의 튕겨 오르는― 떨리는 목소리.

"괜찮, 답니다."

그러면 됐다. 당신이 그렇게 대답하자, 또 대화가 끊어졌다.

암흑 속, 지각할 수 있는 정보는 모두의 발소리, 숨결, 발바닥의 돌바닥, 그리고― 냄새.

계속 걷는 사이, 당신도 깨닫고 있었다. 아니, 진작 옛날에, 일지도 모른다.

여전사 말이 맞았다. 이 냄새는 맡아본 적이 있다. 어쩌면 여주교도.

"……싫은 냄새네요."

종누이가 천이 스치는 소리와 함께 신음했다. 입가를 외투로 감싼 정도로는 어떻게 되지 않으리라.

가슴이 울렁거리는, 어쩐지 달콤한, 구역질나는 냄새다.

쓰레기장과도 비슷한, 잊힌 오물의 냄새다.

숨겨진 통로의 말단이 냄새의 근원이었다.

손을 뻗어 보자 돌 벽과 다른 감촉. 아마도, 또 문이리라.

냄새는 문의 틈, 문 안쪽에서 흘러나오고 있다는 걸 당신도 확실히 알 수 있었다.

"……조사해 본대이."

조용히 구역질을 한 하프 엘프 척후가 문을 조사하고자 움직인 것에 맞추어, 당신 또한 한 걸음 물러났다.

전에 이 냄새를 맡은 것은, 그렇다, 지하 2층에서 그 싸움 때 일이다.

당신은 척후에게 방해가 되지 않도록 움직여, 천천히 허리의 만도를 칼집에서 뽑아 쥐었다.

"……함정은 읎어 보인다."

고개를 끄덕이고, 칼자루에 침을 뱉어 적시고, 손바닥에 길들였다. 무구를 점검하고, 천천히 발을 들어 올렸다.

이 냄새는— 다시 말해서, 《죽음》의 냄새다.

§

그곳은, 말 그대로의 의미에서 묘실이었다.

그렇지만, 묘실이라는 것이 이 정도까지 모독적인 것도 달리 있을리 없었다.

시체.

그뿐이다.

흩어지고, 부패하고, 방치되어, 잊혀진 시체로, 그곳은 흘러넘치고 있었다.

몇 갠가 있는 작은 방으로 이어지는 문이 열린 채로, 높이 쌓여 있는, 무너진 주검의 산이 쏟아지고 있었다.

지하미궁이기 때문인지, 날파리 같은 것은 없었다. 그렇지만, 구원이라고는 그것뿐이다.

남자도 있었다. 여자도 있었다. 엘프도, 레아도, 수인도. 종족을 알 수 없을 정도로 삭아버린 자도.

남녀노소를 가리지 않고— 그저 누더기 같은 장비의 잔해가, 그들이 모험가였다는 것을 가리키고 있었다.

콰당 걷어차 쓰러뜨린 문 너머, 오랜만에 만난 흐릿한 불빛에 떠오른 것은 그러한 광경이었다.

"……윽."

숨을 삼킨 것은, 종누이일까, 여주교일까? 아니면 여전사— 어쩌면 당신 자신일지도 모른다.

뿜어져 나온 썩은 냄새는 마치 독기 같았고, 호흡하는 것만으로 폐부를 침범하는 것 같았다.

발 디딜 곳도 없이 주검이 굴러다니는 그 안에 발을 들이는 것은 괴물의 소굴에 도전하는 것과 비슷하게 용기가 필요했다.

그러나, 당신은 결심하고서 안에 들어섰다. 문짝 아래서, 짓이겨진 살의 부드러운 감촉이 있었다.

"문짝 아래의 주검 먹이 조심, 이라켔대이. ……그란디, 참 징그러운 짓을 했다 안하나……."

잡담을 하면서, 하프 엘프 척후가 훌쩍훌쩍 소리도 없이 방으로 발을 옮겼다.

그의 몸놀림이라면 시체를 밟지 않을 수도 있으리라. 어쩌면, 신경 쓰지 않는 것일까?

"……………… ."

힐끔, 당신은 소리도 없이 뒤를 따르는 여전사의 표정을 살폈다.

미궁의 어슴푸레함 탓일까? 그 가녀린 얼굴은 평소와 비교해서 더욱 하얗고, 파랗다. 핏기가 가신 것 같았다.

그러나 당신은 그녀가 굳게 깨물며 닫고 있던 입술을 언급하지 않고, 모두에게 무리하지 말라고 한 마디를 걸었다.

—아무리 봐도, 여기가 미궁의 더욱 깊은 심층으로 이어진다고 생각되지는 않으니까.

"이런, 일이……."

여주교의 목이, 가쁜 숨소리를 울렸다.

"어째서, 이런……."

손가락이 하얗게 될 정도로 힘을 주고, 그녀는 천칭검을 강하게, 강하게 움켜쥐었다.

시각에 의지하지 않아도, 이 광경은 이해할 수 있는 것이리라. 보이지 않는 것은 운이 좋은 것이 아니다.

당장이라도 무너질 것 같은 기색에 당신은 뭐라 말을 걸어야 할까 생각했지만, 종누이가 먼저 움직였다.

그녀는 아무 말도 없이 여주교의 손에 자신의 손을 겹쳤다.

종누이는 당신 쪽을 보고, 작게 고개를 끄덕였다. 당신도 끄덕여 응답했다.
인정하고 싶지 않지만, 종누이의 이런 부분을 당신은 솔직하게 존경하고 있었다.
"대장, 여 좀 본나?"
당신은 여전사에게 경계를 부탁한다 말하고 — 그녀는 고개를 끄덕였다 — 척후 곁으로 갔다.
그는 쪼그려 앉아서, 시체의 상태를 감식하는 모양이었다.
그것을 본받아 당신도 옆에 웅크렸다. 물씬. 김이 얼굴에 닿는 것처럼, 썩은 냄새가 풍겼다.
"……사원의 누님아가 보면, 배교자 놈이라고 소리칠 참이래이."
당신은 그의 잡담에 입가를 억지로 풀고, 웃었다.
그 사원에도 수많은 모험가가 《보존》되어 누워 있긴 하지만…….
그들은 살아 있었다. 정성스레 몸을 닦아내고, 언젠가의 치료를 위해 대비하고 있었다.
그것에는 경의가 있었고— 그렇기에 기부를 하는 보람도 있는 것이다.
이런 모독적인 방식을, 어찌 그녀들이 인정할 것인가?
"그렇대이. ……케서, 이 놈말인디."
하프 엘프 척후가 나비 모양 단검 끝을 수술도처럼 써서, 시체의 상처를 가리켰다.
"내도 대장 옆에서 계속 봤으니까, 알 수 있는 긴데…… 우찌 보나?"
그것은 정말이지, 날카로운 상처였다.
혼신의 힘을 담아서 내리치고 손목의 움직임으로 칼날을 끌지 않으면, 이리 되지 않으리라.

갑주 틈을 노린 것과는 또 다른, 정교하게 급소를 베어낸 그 칼의 궤적.

아마도 — 당신은 망설이지 않고 말했다 — 만도로 베어낸 것이리라.

"……역시, 그라나. ……그럴 것 같다 혔다."

그러나, 어중간한 검으로는 이리 되지 않는다. **갑옷과 함께 베는** 일 따위는.

투구 쪼개기라는 것도, 본래는 칼날이 투구에 파고들면 성공이라고 하는 것이다.

장비와 함께 혈육을 벤다는 것은, 범상한 것이 아니다.

—그렇다, 범상치 않은 것이다.

시체들 중에는 만도로 베인 것이 있었다. 검으로 벤 것. 그리고 주문으로 태운 것도.

다종다양한 상처와, 다종다양한 살해 방식.

그것도 치명상이었을 오랜 상처 위에, 몇 번이고 상처가 거듭해 있었다. 새로운 상처도 있다.

미궁을 배회하는 괴물 놈들의 수법이 아니다. 그 초심자 사냥꾼 놈들 같은, 그런 부류도 아니다.

이것은 그야말로— 모험가의 방식이 아닌가?

"그렇군. 이제 알겠다."

기역(ㄱ)자로 꺾어진 만도를 만지작거리며, 미르미돈 승려가 내뱉는 것처럼 턱을 울렸다.

"툭 튀어나온 놈들. 어떻게 지하 4층이니, 5층이니 하는 역량이 되었는가 했더니만…….”

그렇다.

당신도, 계속 마음에 걸리던 말이 있었다.

—그리고 단련을 위해서라지만, 본의 아닌 살생도 해버렸으니까…….

—우리도 참회가 끝날 때까지는, 볼 낯이 없어서. ……그러는 편이 좋을 것 같았어.

그들이 무엇을 죽였는가?

무엇을 참회했다는 것인가?

어떻게, 단련했는가?

용서받지 못할 행위란, 무엇인가?

“이 녀석들로, 단련을 한 게로군.”

그 대답이, 지금 그야말로 흐느적 **일어섰다**.

악몽 같은 광경이었다.

누더기를 걸친 어릿광대처럼, 뒤틀린 몸을 억지로 일으키는 모습.

그것이 한 명 — 아니, 하나인가? — 뿐이라면, 그나마 경계도 했으리라.

미지의 적이다. 모두 연계하여, 주의 깊게 싸우고, 타도하는 것에 여념이 없었으리라.

그러나, 상황은 그렇지 않다.

살과 뼈가 스치는 소리가 나고, 썩은 내장에서 흘러나오는 소리를 울리면서, 하나, 또 하나.

당신이 걷어차 쓰러뜨린 문짝이 떨리고, 그 아래서도 또 하나.

묘실에 쌓여 있던 주검이, 모두 일어서서 밀려들게 되면…….

—이미, 웃는 수밖에 없으리라.

“바깥으로 나가는 편이 좋은 거 아냐?!”

종누이가 보기 드물게 절박한 소리를 내지만, 당신은 고개를 옆으로 저었다.

이런 것들을 바깥에 내보내선 안 된다.

하물며, 암흑영역 안에서 둘러싸이는 건 사절이다.

당신은 재빨리 주위를 둘러보고, 묘실의 중앙으로 파고들면서 모두에게 원형진을 짜도록 외쳤다.

“아, 네……!”

여주교가 솔선하여 움직인 것은, 역시 종누이 덕분일까?

둘이 함께 달려오는 것을 등 뒤로 감싸고, 당신은 만도를 든 손의 반대쪽 손으로 여전사의 팔을 붙잡았다.

“아…….”

멍한 목소리와, 표정. 생각보다도, 그녀의 팔은 가늘고 여렸다.

당신은 질타를 하면서, 자신의 옆으로 끌어당겼다. 싸워주지 않으면, 죽는다.

“……응. ……미안.”

그녀는 어떻게든 장창을 겨누고, 한 번 고개를 옆으로 휙휙 흔들었다. 당신은 그걸로 충분했다.

“……애벌레와 모험가의 일화를 알고 있나?”

미르미돈 승려가 낮게, 그리고 평소와 다름없는 묵직한 움직임으로 당신에게 더듬이를 흔들었다.

"모험가가 연옥을 답파하거나, 아니면 계속 늘어난 애벌레가 모험가를 뭉개버리거나."

―그렇군, 도움이 되는 이야기다.

"도움은 돼도 웃을 수가 읎다 안하나……!"

이미 무기를 손에 든 미르미돈 승려와 하프 엘프 척후는 옆을 단단히 굳히고자 움직여 주었다.

종누이와 여주교를 중심으로, 당신들 네 명은 망자의 무리를 상대했다.

―이렇게 되면, 역시 척후보다도 전사를 파티에 넣었어야 하려나.

"어이쿠야……!"

당신이 억지로 기운을 짜내 농을 던지자, 척후가 깔깔 웃음으로 응답했다.

그러나, 평소에는 이쯤에서 한 마디 독설을 뱉을 여전사의 맞장구가 없다. 척후는 어깨를 으쓱거렸다.

"파티에서 빼기면, 하다못해 주점에 돌아간 다음에 해야 안하나."

생각해두지. 당신은 고개를 끄덕이고, 슬금슬금 다가오는 시체에 눈길을 돌렸다.

모조리 베어 버리면 되는 것, 이라지만―.

"……주문을 쓸까요?"

여주교가 목소리를 낮추며 물었다. 그녀는 천칭검을 손에 들고, 언제든지 영창할 수 있는 자세였다.

그러나, 당신은 고개를 좌우로 흔들었다.

아직 그때가 아니다. 여기는 지하 4층도 아니고, 하물며 지하 5층도 아니다.

—진짜는, 이 다음에 있다. 그 암흑영역의, 안쪽에.

"하지만, 여차하면 누나가 주문을 쓸 거예요!"

육촌 녀석. 당신은 입술 끝을 끌어올렸다. 여차할 때는, 맡긴다.

"네, 맡겨만 두세요!"

그녀는 그 풍만한 가슴을 내밀며 과시하고 있으리라. 여주교의 손을 잡고서, 분명히.

그렇다면— 우려는 남지 않았다는 것이다.

"사실은 말이다. 처음 방에 뛰어들어서, 한 번 싸우고 돌아가야 한다고 나는 생각한다."

어느 쪽이든 좋다만. 미르미돈 승려가 턱을 울렸다.

"망자 놈들이라면, 디스펠에 약할 것이야. 집중할 시간을 다오."

당신은 고개를 끄덕였다. 호흡을 가다듬는다. 각오는 됐고말고. 모조리 베어 버리면 된다.

직후— 모험가의 말로들이, 눈사태처럼 밀려들었다.

§

과거에 모시고 있었을 조각상은 부서지고, 향로는 어딘가에 버려져 있었다.

그러나 그런 것에 발이 걸릴까 걱정할 여유는, 당신에게 없었다.

"MUUUUUURRPPHH!!!!!!"

불명료한 신음 소리를 내면서 다가오는 모험가의 망령놈들은 이미 제대로 된 지성도 남아 있지 않으리라.

과거의 기량은 사라지고, 무기나 술법을 휘두르지도 않고, 손톱을 세우며 붙잡으러 온다.

"……크, 으……!"

물론, 삭아버린 손톱 따위가 당신들의 장비를 부술 수 있을 리도 없다. 여전사가 창으로 때리고, 내쫓는다.

그러나…… 소리가 나는 것이다.

카득카득, 카득카득. 망자 놈들의 손톱이, 이가, 방어구의 표면을 집요하게 긁어대는 소리가.

붙잡아 매달리고, 떨쳐낸다. 썩어 떨어진 살에서 더러운 즙과 함께 내장이 튀어 흩어진다. 시야를 뒤덮는다.

그것을 닦아내는 한순간의 틈마저 놈들에게는 부족하고, 당신은 유유히 태세를 바로잡아 칼날을 돌려 휘두른다.

발치가 피와 지방으로 미끄럽다. 자루까지 떨어진 즙이, 손과 손가락 끝을 미끄러뜨린다.

그렇지만 상관없다. 꾹 발을 디디고, 만도를 쥐고서 머리부터 얼굴을 때린다.

두개골에서 척수까지 양단한다는 희화적인 일은 일어나지 않는다. 그러나 말 그대로 머리통을 깨부순다.

이런 꼴로 뇌수에 무슨 의미가 있는지는 모르지만, 일단 그걸로 적은 무너졌다.

호흡을 가다듬는다. 썩은 냄새를 들이쉴 때마다, 폐부 안이 더럽혀지는 착각이 당신을 덮쳤다.

"이거…… 벅차구마……!"

하프 엘프 척후가 나비 단검을 휘두르면서, 신음하듯 목소리를 흘렸다. 당신은 답하지 않았다.

그렇다, 딱히— 이 망자 놈들이 강한 것은 아니다.

일 검, 이 검 칼날을 휘두르면 그걸로 충분하다. 썩어 문드러진 육체 따위 위협도 되지 않는다.

단적으로 말해서, 고블린과 슬라임에도 필적할 정도의 약한 적이다.

수가 많아 봤자 두려워할 것이 없는 이상, 어쩌면 놈들 이하일지도 모른다.

그러나— 응어리진다.

그저 아무렇게나 무기를 때려 박으면 충분한 이것은, 전투라 부를 수 없다.

풀을 베는 것처럼 망자를 휩쓸고, 다음 상대를 찾고, 역시 칼날을 휘둘러 처치한다.

체력을 소모하는 것도 아니다. 그러나, 그렇다, 응어리진다.

반복할 때마다, 반복할 때마다, 머리가 쾅쾅 흔들리는 것 같았다.

시야가 깜빡이고, 흐릿하게 번지고, 호흡이 대단히 가빠진다.

무심이라고 하면 듣기야 좋다.

그러나 실제로는 단순히 생각하는 것마저 귀찮아지는 것뿐이다.

—엉긴다. 응어리진다.

피로에 찌드는 것도 아니고, 계속 죽이는 것에 정신이 피폐해지는 것도 아니다.

무기를 휘두르는 팔은 건재하고, 일어서는 적을 그저 반복하여,

반복하여, 베어 쓰러뜨린다.

살아남기 위해서가 아니다. 재화를 위해서도 아니다. 그저 죽이는 것만을 목적으로 한 살육.

거듭해서 쌓일 때마다, 마음속이 식어간다. 머리의 심지가 둔해진다. 불이 사라진다.

그 뒤에 남는 것은, 그저 불씨처럼 타 들어가는 잿더미뿐이다.

—이것은, 작업이다. **모험이 아니다**.

"……윽."

종누이가 당신의 등 뒤에서 흠칫하며 숨을 삼켰다.

앞을 보자, 그곳에 사지가 갈기갈기 베인 시체가 있었다. 당신이 한 것이다.

그러나 그 주검은 둥실둥실, 마치 보이지 않는 실에 매달린 것처럼 일어섰다.

이미 그것은 사람 모습의 살을 가진, 역겨운, 뭐라 말하기 어려운, 이형의 생명이나 다름없었다.

"아……시, ……어……윽."

여전사가 흐느껴 우는 어린아이 같은 목소리를 흘리고, 절레절레 고개를 옆으로 저었다.

철커덕 갑옷 소리와 함께, 풀썩 주저앉듯 엉덩방아를 찧었다. 전투를 하는, 이 와중에.

본래 이 방에 들어섰을 때부터 상태가 이상하다는 것은 당신도 깨닫고 있었을까?

그것이 드디어 한계에 이르러 버렸는가. 당신은 뭔가 말하고자 입을 열어—.

그 순간, 비틀거린 그녀의 옆에서 날카롭게 천칭검이 뻗어나갔다.

"정신을, 똑바로 차려주세요……!"

여주교였다.

당황하는 여전사를 붙잡으려고 하는 시체를 천칭검이 때려서 무너뜨리고, 그녀는 소리를 높였다.

"상대가 추악하다고, 해서……! 그것에 겁을 먹어줄 필요, 는……!"

없다고.

안대가 감싼 시야, 긴 자루 무기라고는 해도 후열에서 한 공격. 제대로 맞지 않는다.

그래도 여주교는 이를 악물고, 천칭검을 휘둘러 시체에 맞서서 때렸다.

물론 그렇게 말하는 그녀도, 이것이 고블린을 상대하는 거였다면 그러지 못했으리라.

그렇기에 열심히, 자신의 바람을 담아 버티고 있다. 그렇지 않으면, 여기에는 없었다.

당신도, 여전사도, 여주교도, 동료들도, 모두 그렇다.

"이길 수 없을지도 모르, 지만……! 무서울, 지도 모르지만……!"

—그래도, 일어서서 싸워야 하는 것이다.

여주교는 이를 악물고, 입술을 깨물고, 필사적으로 천칭검으로 시체를 찔렀다.

아아, 정말이지…….

웅어리지고, 싸늘해지고, 꺼져가도, 아직 불빛(스파크)을 들어 올리는 자가 있지 않은가?

당신은 여전사의 어깨를 가볍게 두드리고, 한 걸음 앞으로 나서서 그녀의 몫까지 검을 휘둘렀다.

물기가 빠져 메마르고, 말라비틀어진 시체였다. 장작을 쪼개는 것 같은 손맛과 소리.

여기서는 한 번, 버텨내야 하리라. 당신은 껄껄 웃고, 척후에게 말을 걸었다.

"그라도 좀 힘들다 안하나! 지쳐 쓰러지삔다!"

바꿔 달라고 말하는 것 같은 대답에, 당신은 다른 곳에 알아보라고 대답했다. 너무하다는 비명.

평소와 마찬가지. 가벼운 목소리, 마음 편한 기색. 정말이지, 듬직하기 짝이 없다.

그렇지만. 아무래도, 질리기 시작한 것도 사실이다. 이제 슬슬 어떻게 되지 않는 걸까?

"조금 더 버텨라."

무자비하게 턱이 터거덕 울리는 소리.

"여기서 죽어도 아무도 신경 안 쓴다."

이거야 원, 정말이지. 우리 성직자는 어째서 이렇게나 무시무시한 것일까?

"무, 무섭지는 않다고 생각해요……!"

당신이 투덜대자 여주교가 소리를 높여서 반론했다.

어이쿠.

가볍게 어깨를 으쓱거린 당신은 여전사를 힐끔 보았다. 멍했던 그녀의 눈동자와 시선이 뒤섞였다.

"…………."

여전사는 뭔가 말을 하려다가, 입을 닫고 고개를 숙여버렸다. 그 눈꼬리가, 붉었다.

그녀는 《삶》을 찾고 있다고— 전에 들은 것을 당신은 기억하고 있을까?

그날 밤, 홀로 당신을 찾아온 이 아가씨는 그렇게 말했다. 미궁에 《죽음》이 있다면, 그 반대도.

—그 《삶》이, 이런 것일 리가 없을 거다.

"아……."

당신이 한 말이, 과연 그녀에게 닿았는지는 알 수 없다. 아무래도, 적의 수가 많은 것이다.

그런 주제에 그렇게 강하지도 않으니까, 수고만 들어서 좋지 않다.

"……정말이지, 여자애 다루는 법을 모른다니까요."

육촌이 절레절레 기가 막힌 기색으로 중얼거리는 게 들렸다. 그녀가, 여전사 쪽으로 한쪽 무릎을 꿇었다.

두 사람에게 등을 돌린 채 싸우고 있어도, 종누이가 생긋 웃는 것을 당신은 알 수 있었다.

"설 수 있나요?"

"…………응."

여전사의 가녀린 목소리. 쓱쓱 천이 스치는 소리. 소매 끝으로— 아마도 눈가를 닦는 소리일 것이다.

"……미안, 해."

"아뇨, 전혀요. 괜찮아요! 저런 거, 놀라지 않는 편이 이상한 거예요."

장비의 금속구가 철컥철컥 울리는 소리가 나고, 여전사가 일어섰다. 천천히, 였지만.

당신은 그녀에게 짧게 말을 걸었다. 멀쩡한가, 괜찮은가, 그런 느낌의 말을.

명확한 대답은 없었다. 당신 옆에 나란히 선 여전사는「조금 더, 힘낼게」하고 중얼거렸다.

—그러면, 지금은 됐다.

당신들은 정면으로, 한 덩어리가 되어 역겨운 망자의 무리에 맞섰다.

반복하지만, 그것은 도저히 싸움이라 부를 수 없는 단순한 작업에 지나지 않는다.

삶과 죽음을 쌓는 것이 모험가의 강함이 된다— 그런 말이, 문득 당신의 뇌리에 되살아났다.

일리는 있으리라. 그렇지만, 이런 것을 거듭해 쌓는 것에, 무슨 가치가 있는 것일까?

"좋다아, 이제 됐다! 망자 놈들이라면, 디스펠에는 약할 것이야……!!"

미르미돈 승려의 축도로 청량한 바람이 방에 불어 닥치고, 죽은 자들이 먼지로 변했다.

분진이 피어오르는 한복판에서도, 당신은 이 작업의 의미를 기어이 이해할 수 없었다.

§

"휴식을 해요!"

말을 꺼낸 것은 말할 것도 없이 종누이였다. 그 신경은 대체 어떻게 그리도 굵은 것일까?

찰싹 양손을 마주치고, 마치 피크닉이라도 나와서 도시락을 먹자고 제안할 때 같은 태도.

안도가 되는 건지 기가 막힌 건지. 방금 전까지의 권태감 같은 것이 모조리, 간단히 사라져 버렸다.

정면으로 말하면 우쭐거리니까 말은 안 하지만, 종누이의 이런 부분은 존경해 마땅한 것이다.

물론 장소가 시체의 잔해— 재가 되어 소실된 먼지가 쌓인 방인 것은, 어쩔 수가 없지만.

"글타고 암흑영역에서 쉴 수는 없다 아이가……."

"나는 딱히"

미르미돈 승려다.

"어느 쪽이든 상관없다."

"어이쿠야……."

하프 엘프 척후가 쓴웃음을 지으며 중얼거렸지만, 뭐 그렇게 말을 하면 분명 그랬다.

재를 마구 치워버릴 수도 없으니, 일단 방 안에서, 당신들은 자리에 앉기로 했다.

"아, 결계는, 제가……!"

재빨리 가방에서 성수를 꺼낸 여주교가, 종종걸음으로 방 안을 달려 다녔다.

이 망자 놈들이 또 다시 일어서지 않는다고도 장담 못한다. 괴물 퇴치의 결계는 필수이리라.

그것이 끝나면 지도의 확인도 부탁한다고 하자, 여주교가 「네」 하고 활기차게 응답했다.

그녀가 성수를 따라 진을 그리는 것을 보더니, 미르미돈 승려가 묵직한 엉덩이를 들었다.

"어디. 나도 도우러 가야겠군……."

"그라믄, 내도 입구 쪽 망을 보는기라."

이어서 훌쩍 움직인 하프 엘프 척후가, 양손으로 단검을 만지작거리며 소리 없이 움직였다.

"대장, 앞으로 나아갈 셈 아이가?"

—뭐, 그렇지.

적어도 이쪽의 체력과 주문 같은 자원은 일절 소모하지 않았다.

그리고— 이런 물건을 만들어내고 기뻐하는 작자들의 얼굴은, 꼭 보고 싶었다.

"그럴기다."

짧은, 그렇지만 분명한 동의의 말이었다.

그의 등을 시선으로 배웅한 다음, 당신도 짧게 숨을 내쉬고서 움직였다.

그것을 본 종누이가 웃음을 짓고는 「자요」 하고 물주머니를 내밀었다. 아아, 정말이지.

"뭔가요?"

생글생글 웃으며 고개를 갸우뚱하는 그녀에게 뭐라고 말할 것인가 생각했지만, 당신은 고개를 옆으로 저었다.

정면으로 말해줄 셈은 없는 것이다. 그저 인사만 했다.

"그래요 그래. 그러면 누나는, 주문을 준비해둘게요. 다음에 대비해서!"

다음. 암흑영역의 안쪽. 그러나 그 전에, 당신이 가야 할 곳은 방의 구석이었다.

그곳에는 여전사가 무릎을 끌어안고, 웅크리는 것처럼 앉아 있었다.

당신은 아무 말 없이 그녀 옆에 앉았다.

미궁의 벽도 바닥도, 독기 속에서는 애매모호하지만, 닿으면 차가운 돌의 감촉이 있다.

그 싸늘함에 몸을 맡기고, 잠시 입을 다물었다.

"……언니를 말야."

조용히, 중얼거리는 것처럼. 고개를 숙인 채 여전사가 소리를 흘렸다.

"……구하고 싶었어."

당신은 그런가 하고만 대답했다. 전에도 들은 이야기였다. 사원에 맡겼다는 것도.

아마도 《프리저베이션(보존)》의 기적도 늦었을 — 의미가 없다고 하진 않으리라 — 것이란 것도.

그런데도 그녀가 종종 사원에 찾아간다는 것도, 기억하고 있을지도 모른다.

당신은 물주머니에 담긴 것을 입에 머금었다. 미지근하고, 그다지 맛도 안 느껴진다.

술을 마시고 싶다고 생각했다. 스승을, 떠올렸다. 메마르고 뼈가 드러난, 메말라가는 꽃. 술과 약의 냄새.

—사람은, 죽는 것이다.

어떤 자라도, 살아 있다면 죽는 법이다. 엘프라고 예외는 없다.

그것은 어쩔 수 없는 일이다. 뒤집을 수는 없다. 사자 소생은 기적으로도 있을 수 없다.

마음속에 살아간다는 것도, 큰 착각이다. 기억은 흐려진다. 변한다. 날조된다.

무엇보다도, 남이 무엇을 생각하고, 무엇을 바라고, 어떻게 살고 죽는지 따위, 당사자밖에 알 수 없는 것이다.

기억 속의 죽은 자는, 자기 사정에 맞춰 만들어낸 것에 지나지 않으리라.

그렇지만—《죽음》도, 《삶》도, 그런 것이 아니리라.

당신은 그 말만 하고, 입을 다물었다. 여자의 냄새가 나고, 어깨에 부드러운 무게가 실렸다.

스승의 그것과도, 종누이의 그것과도 다른 향기.

"……정말로, 넌 말야."

작게, 훌쩍거리는 것 같은 목소리.

"……못됐어."

냅둬라. 당신은 짧게 대꾸하고, 그녀의 손에 물주머니를 떠넘겼다.

그녀는 얼굴을 확 찡그리면서 웃더니, 불안한 손놀림으로 입가에 옮기고, 꿀꺽 물을 마셨다.

당신은 아무것도 깨닫지 못한다. 어깨가, 그녀의 얼굴이 젖어 있다고 해도 물주머니의 물 탓이리라.

모두도 깨닫지 못하리라. 제각각 작업을 하고 있다. 가녀린 오열 따위, 들릴 리 없었다.

그래서 이것은 그저 잠깐의 휴식이며, 그 이상도 이하도 아닌 것이다.

§

또 다시, 어둠 속으로 당신들은 돌아왔다.

온 길을 되돌아간다는 평소에는 아무 문제없는 행위도, 암흑영역에서는 대단히 어렵다.

―물론, 지도가 없다면, 그랬을 거다.

"어, 아뇨. 그건. ……저는, 길을 그게, 걸어온 그대로 그렸을 뿐이니까요."

쑥스러워하는 대답이지만, 이 암흑 속이다. 그리는 것은커녕, 읽는 것도 고생이리라.

당신은 여주교의 지시에 따라 걸음을 나아가며, 암흑 속에서 힐끔 옆으로 눈길을 보냈다.

이 영역 속에서는 여전사의 얼굴이 보이지 않는 것이 다행이기도 하고, 염려가 되기도 했다.

그녀는 출발할 때쯤 평소와 다름없는 기색으로 일어서서, 가볍게 걸었다.
걱정이 없을—지도 모르지만.
"……후후, 왜애?"
장난스럽게 속삭이는 목소리에, 당신은 아무것도 아니라며 고개를 옆으로 저었다. 무슨 일이 있으면, 그때 생각하면 되리라.
그렇게 계속 걸었다. 긴 회랑을, 어디까지나.
끝이 없는 건지. 혹은 공간이 뒤틀려 있는 것인지. 그런 착각마저 빠질 것 같았다.
"……엉?"
그래서 이렇게, 하프 엘프 척후가 소리를 냈을 때는 솔직히 안도감마저 느꼈다.
"뭔가, 있대이. 대장. 눈앞이다."
"괴물인가?"
"모르긌다."
미르미돈 승려가 조심스럽게 묻자, 척후는 조용히 짧게 응답했다.
당신은 발을 멈추고 조금 생각한 다음, 각자에게 대비하라고 말하며 허리의 만도를 뽑았다.
어둠 속에서는 알 수 없지만, 지난번 싸움이라고도 부를 수 없는 작업을 거친 다음에도 칼날의 무게는 듬직하다.
오른쪽, 왼쪽, 등 뒤에서 장비가 스치는 쇳소리가 들리는 것은, 모두가 무구를 준비한 증거이리라.
"주문은 어떻게 할까요?"
종누이의 말에, 당신은 만약을 위해 부탁한다고 결단했다.

여기는 미지의 공간이다. 미지의 괴물도 있으리라. 전력을 낼 수 있도록 해둬야 한다.

그러나, 그렇게 앞으로 앞으로 나아가자— 아무래도 너무 섣부른 판단이었다는 것이 보였다.

당신 눈에도 판별이 되게 된 것은, 인광으로 흐릿하게 빛나는 문이었기 때문이다.

마치 1장의 금속판처럼 보이지만, 중앙에 줄이 있는 걸 보면 양쪽으로 열리는 문이리라.

빛을 띠고 있는 것은 문의 옆에 묻혀 있는 단자였다. 세로로 나란히, 수는 넷.

모두 기괴한 문자가 새겨져 있고, 가장 위의 것이 벽에 묻힌 것처럼 들어가 있었다.

"……무슨, 일인가요?"

당신이— 그리고 모두가 발길을 멈춘 것을 의문스레 생각했는지, 여주교가 조심조심 물었다.

당신은 문이 있다고 그녀에게 전하고, 척후에게 조사하도록 부탁했다.

"알겄다."

그가 앞으로 나선다.

"후후, 아무리 그래도 걷어찰 배짱은 너도 없구나?"

여전사가 키득키득 야유했다. 의식한 것인지, 평소와 다를 바 없는 기색으로.

그래서 당신은 평소처럼, 척후도 활약할 장면이 필요하리라고 웃으며 응답하기로 했다.

"응, 으응……. 문에 함정은 없을 기라 생각하는디, 이거 뭐고? 영문을 모르겠다 아이가……."

"아, 이거, 아마 엘리베이터가 아닐까요!"

하프 엘프 척후가 고개를 갸웃거리는데, 훌쩍 등 뒤에서 들여다본 종누이가 신이 난 목소리를 냈다.

"엘리베이터, 라고요?"

귀에 설익은 말에 여주교가 신기한 기색을 보이자「네!」하고 종누이가 풍만한 가슴을 내밀었다.

"이렇게, 상자가 매달려 있어서 말이죠. 그걸로 안에 들어간 사람을 올리거나, 내리거나 하는 승강기예요."

"……아아, 매달린 방이군."

미르미돈 승려가 턱을 터거덕 울렸다.

"그건 고대 유적에 있는 함정이 아니던가? 들어가면, 무게로 밧줄이 끊어져서 떨어진다는."

"그건 낡아서 그런 게 아닐까요? 도읍의 투기장에는 커다란 것도 있다고 해요."

"허허어."

당신은 종누이와 미르미돈 승려의 대화를 반쯤 흘려들으면서, 요점을 이해했다.

중요한 것은, 다시 말해서. 올라가거나, 내려가거나 한다는 것이니까…….

"……지하 4층. 미탐색 영역으로, 내려갈 수 있다."

당신은 여주교에게 그렇다고 하며 고개를 끄덕였다.

단자는 넷. 들어간 가장 위가 지하 1층을 가리키는 것이라면, 가장 아래는 지하 4층이리라.

당신이 단자를 손가락으로 쓰다듬는 것을 본 여전사가, 조용히 불안한 목소리를 흘렸다.

"……정말로 매달린 방? ……이라면, 어떡할 거야?"

그때는 분하긴 하지만, 종누이의 낙하 제어 술법에 의지하는 수밖에 없으리라. 분하지만. 분하지만.

음! 이라고 **육촌**이 항의하는 소리를 내는 것을 무시하고, 당신은 호흡을 가다듬었다.

당신은 모험가인 것이다.

위험에 도전하기에 모험이며, 안전하고 즐겁게 돈을 버는 것도, 작업을 하러 온 것도 아니다.

그러나, 그것에 어울려줄까 말까는—.

"헤헤, 대장이 평소다워졌다 안하나."

하프 엘프 척후가 진심으로 즐거운 소리를 흘리고, 뭐 무섭긴 하다 하며 덧붙였다.

당신은 무구를 점검하고, 만도를 고쳐 쥐고, 그리고 일동을 돌아보았다.

—가자. 지하 4층으로.

"네가 리더다. 나는—."

"……내는 어느 쪽이든 상관 읎다!"

미르미돈 승려가 턱을 울리며 더듬이를 돌리지만, 하프 엘프 척후가 씨익 웃었다.

"어느 쪽이든, 오늘은 수확이 없다 안하나. 벌이가 없으면 어쩔 도리가 없는기라."

"그러면 저는, 이제 슬슬 로열 스위트에 묵어보고 싶어요!"

생글생글 종누이가, 「그죠?」 하고 제안하는 것에 대해서는 당신도 이제 웃을 수밖에 없다.

"일박 정도라면 묵어도 괜찮다고 생각해요. 그러니까, 그거, 축하 삼아서!"

"축하? 그러니까, 지하 4층을 답파한, 것 말인가요?"

신기한 기색으로 여주교가 고개를 갸웃거리자, 종누이는 「무슨 말을 하는 건가요」 하고 펄펄 말했다.

"경쟁에 이긴 것, 말이에요!"

"아——."

입가에 손을 댄 여주교는, 완전히 뜻밖이었다고 말하는 기색이었다.

망연한 것인지, 아연해진 것인지. 안대가 없었다면, 눈을 홉뜨고 있었으리라.

그녀는 부끄러워하는 태도로 입가를 가린 채, 미약하게 볼을 풀고 수줍게 웃었다.

"……조금, 잊고 있었어요."

"아이참……."

종누이가 볼을 부풀리고 있지만, 표정은 상당히 기뻐 보였다.

그런 분위기를 여주교는 잘 느꼈으리라. 「죄송합니다」 하고 웃으며 말했다.

"하지만, 그렇네요. ……네. 지지 않도록, 열심히 해야죠."

꾸욱 천칭검을 쥐고 고개를 끄덕이는 모습은, 역시 상당히 듬직해졌다— 라고 당신은 생각했다.

이루어진다면, 당신도 처음 미궁에 들어왔을 때보다는 성장했다면 좋겠는데.

그럼, 다음은――.

"…………."

언제였던지 주점에서 초심자 사냥꾼에게 덤빌까를 의논했을 때처럼, 여전사는 입을 다물고 있었다.

당신 또한 그때와 마찬가지로 그녀의 대답을 기다렸다. 동료들도 마찬가지였다.

가는 것도, 돌아가는 것도, 딱히 아무도 강요하여 정할 일이 아니다.

모험가인 것이다. 좋다고 모험에 나서는 자다. 미궁의 바닥에 도전하여, 세상을 구하고자, 정한 것이다.

당신들이 여기에 모인 이유를, 잊거나 하지는 않는다.

"……응."

그래서 여전사가 작게 고개를 끄덕이고, 그걸로 결정됐다.

당신이 가장 아래쪽 단자를 밀어 넣어 소리도 없이 승강기 문이 열리자, 그 안으로 발을 들였다.

—관짝 같았다.

비좁고, 답답하다. 문을 닫아 버리면, 이제 두 번 다시 나올 수 없으리라.

처음에 그렇게 생각한 것도 잠시, 미궁과 방이 그런 것처럼 그 인식은 금방 변화했다.

동료들이 우글우글 이어서 타니, 다행이, 모두가 들어와도 아직 여유가 있 것 같다.

어떻게 한 건지는 모르지만, 모두가 탔다고 판단을 했는지 승강기 문이 닫혔다.

이어서— 부유감.

소리도 없이 움직인 승강기가 스윽, 바닥 빠진 것처럼 내려가기 시작했다.

익숙지 않은 감각에 파티의 멤버가 몸을 꾸물거리고, 상자의 벽 같은 곳에 무심코 손을 뻗었다.

이것은 마치, 나락에 떨어지는(폴다운) 것 같지 않은가?

문득 여전사의 붉은 입술이, 희미하게 움직였다.

—휘이잉, 콰앙.

§

소리도 없이 열린 문 너머에는, 그야말로 방으로 부르기에 걸맞은 공간이 있었다.

뻗어 있는 통로 앞, 미궁의 독기에 가로막혀서 보이지 않는 그 너머에 누군가가 기다리고 있었다.

윤곽선만 하염없이 이어지는 가운데, 당신들은 그것을 확신하고 있었다.

살기라는 것이, 실제로 있는지 없는지 당신은 모른다.

그러나— 압력이 있는 것이다.

공기가 무겁고, 가라앉고, 숨쉬기 힘들다. 무언가가 있다고, 그렇게 느끼기에 충분한 무언가가.

"……그런, 것치고, 괴물 놈들은 없다 안하나."

"묘하게 조용……하, 네."

옆에 늘어선 전위 두 명이 가는 목소리를 흘리는 것에 고개를 끄덕이고, 당신은 조심조심 한 걸음을 내디뎠다.

신발이 내는 묵직한 발소리만 울린다. 으스스하게 서늘한 대기를, 당신은 한 숨 정도 들이쉬었다.

—애당초 성대하게 환영을 해줘도, 오히려 난처하다.

"음악 같은 게, 있으면 좋겠어요."

종누이가 희미하게 웃었다.

"자자잔이나, 빠바밤이나."

"따라라란, 따라라라라란, 따라라라라라란, 같은…… 건가요?"

그걸 따라서, 여주교가 조금 굳어진 목소리지만 억지로 농담을 했다.

무슨 곡인가 하고, 미르미돈 승려가 턱을 울렸다.

"어쨌거나, 조심해라. 상대의 속셈은 알 수 없지만, 제대로 된 건 아니야."

뭐 그건 다 아는 이야기다.

당신은 승강기 안에서 어슴푸레한 빛에 익숙해진 눈을 깜빡이고, 미궁 안을 신중하게 나아갔다.

일직선의 통로, 그 안에 펼쳐진 것은— 제단 같은 기이한 돌 단상이었다.

바닥에 새겨진 문양은 거무죽죽하게 변했고, 그것이 비기하학적인 선을 그곳에 새기고 있었다.

흐릿한 주황색 불빛이 들어온 그것은, 명백하게 마도에 의한 것이었다.

일단 진언을 배우고, 세상의 이치 일부를 해독할 수 있는 당신도 그 의미는 알 수 있었다.

지배와 외법의 지식을 다스리는, 그 유물(아티팩트).

틀림없으리라. 여기가 바로, 이 미궁의 심장부, 재앙의 중심(하트 오브 메일스트롬)이다.

역겨운 영역으로 발을 들인 당신들을 맞이하여, 경보인가 싶은 종이 따르르르릉 울려 퍼졌다.

그리고, 그 혼돈의 폭풍 한가운데에서—.

"……야아. 경쟁은 우리들이 이긴 모양이네."

붉게 칠한 만도를 찬 젊은이와 파티는 평소처럼 시원스런 표정으로 당신들을 기다리고 있었다.

"……윽, 역시……."

여주교가 숨을 삼켰다.

마법전사 바로 옆에는 여주교와 꼭 닮은 여승려가 천칭검을 쥐고서 있었다.

그리고 검은 머리의 전사가 검을 차고, 그 옆에는 사적 소녀가 단검을 역수로 쥐고 있었다.

파티의 등 뒤에는— 검은 삿갓에 검은 외투를 입은, 마술사가 한 명.

그들 모두의 시선이 몰리자, 여주교는 한순간 겁을 먹은 것 같았다.

그렇지만 그녀는 꾸욱 입술을 깨물고, 과감하게도 한 걸음 앞으로 나섰다.

"……거짓말까지 하실 거라고는, 생각 못했습니다."

"거짓말을 한 건 아니야."

젊은 마법전사는, 지적을 받고서 어색한 표정을 짓고 볼을 긁적였다.

"다만, 먼저 지하 4층 안쪽으로 나아가는 방법을 발견했던 것뿐이지."

아니. 당신은 고개를 옆으로 저었다. 승부는 **지하 5층**으로 가는 수단을 발견하는가 아닌가다.

그러나, 제단 안쪽에는 단단히 닫혀 있는 문이 있다. 아마도, 더욱이 승강기가 있는 것이다.

그 문이 아직도 열려 있지 않은 이상, 그쪽이 이겼다고 할 수는 없으리라.

당신의 그 반론에, 사적 소녀가 눈을 콱 끌어올리며 짖는 것처럼 외쳤다.

"그런 거, 억지야!"

"말은 잘 한대이. 속임수를 쓴 건 그쪽 아이가."

하프 엘프 척후가, 기가 막힌 기색으로 중얼거렸다.

그는 어깨를 으쓱거리고, 그 유연한 팔을 뻗어서 여주교의 등을 찰싹 두드렸다.

놀란 것처럼 얼굴을 그쪽으로 돌리는 그녀에게 척후는 방긋이 이를 드러내고 웃으며 말했다.

"상관 읎다. 말해라, 말해. 내 옆에 안 붙어 있나!"

"……네."

끄덕 힘차게 고개를 움직인 여주교는, 더욱이 한 걸음 앞으로 나아가 안대 너머의 눈으로 과거의 벗을 보았다.

"대체 어쩌실 셈인가요? 저를, 속이면서까지, 앞서고 싶었던 건가요?"

그에 대한 대답이 돌아오기까지, 한순간 틈이 있었다.

정곡을 찔렀는지 아닌지, 당신은 알 수 없었다. 본래 주점에 남겨두고 간 부채감도 있으리라.

그러나, 즉시 대답을 할 수는 없었으리라. 긍정은 물론이고, 부정마저도.

"그렇게 말하면, 포기할 거라고 생각했어."

그래서 검은 머리의 전사가 그렇게 응답한 말은, 아무래도 변명처럼 생각되어 버린다.

"너를 더 이상, 위험하게 만들고 싶지 않았어. 괴로운 것도—."

"뭐가 괴로운지 아닌지는, 제가 정하는 거랍니다!"

따라서, 여주교의 한 마디는 천칭검을 휘두르는 것만큼이나 날카로웠다.

과거 주점 구석에서 떨고 있던 소녀는 당신들과 함께, 확실히 그렇게 소리를 높였다.

고블린에게 처참한 꼴을 당했다 한들, 주점에서 업신여김과 모진 꼴을 당하든.

미궁에 도전하기 위해, 이 소녀는 열심히 걸어온 것이다. 오늘 이때, 이 순간까지.

그것을 당신은 알고 있다. 당신들은 알고 있다.

"……애당초, 도달할 거라고 생각 못했던 거네, 이 애가."

그렇기에 여전사는 신랄하게, 입술 끝을 끌어올리며 중얼거렸다.

초췌해져서 억지로 꾸미고 있는 표정이라도, 동료에 대해서 알고 있으니까.

"뭐, 어느 쪽이든 나는 상관없다만."

그 여전사의 말을 이어서, 미르미돈 승려는 무자비하게 턱을 터거덕 울렸다.

그는 가깝지 않은 사람은 감정을 알 수 없는 겹눈과 더듬이를 돌리며, 담담하게 확인을 했다.

"지하 1층의 그것은, 네놈들의 지푸라기 인형 같은 거냐?"

"……세상을 구하기 위해서야."

젊은 마법전사의 말은, 이미 다 말한 거나 마찬가지였다.

그는 한순간 고개를 숙인 다음, 그 표정에 비장한 결의를 드러내며 당신들을 힘주어 보았다.

"세상을 구하기 위해서, 이제부터 할 모험을 위해서 힘을 손에 넣어야, 했으니까."

"자신을 위해서가 아니면, 반칙을 해도 된다는 거냐? 재미있구만."

"그러니까, 세상을 구하는 걸로 죄를 갚는다! 우리는—."

"그런 건, 통하지 않아요!"

이번에는 종누이가 소리를 높였다.

악동을 야단치는 것처럼, 어렸을 적 당신이 들은 말 그대로.

"당신들이, 멋대로 정하고, 멋대로 하는 말일뿐이잖아요!"

그녀 또한 여주교에게 손을 뻗어, 그녀와 손을 겹치고 단단히 쥐었다.

어떤 때라도, 상대가 누구든지, 할 말을 할 수 있는 건, 그녀의 존경스런 점이었다.

"나중에 사과를 할 거니까 나쁜 짓을 해도 된다는 건, 그런 건 통하지 않아요!"

"우리가 쓰러지면, 아무도 세상을 구할 수 없어!"

그것에 목소리가 튈 정도로 소리를 높여서, 여승려가 똑바로 대꾸했다.

논리가 아니다. 그저 마음뿐이다. 얼굴을 붉게 물들이고, 거칠게 숨을 쉬며, 마음을 한껏 담았다.

—닮았다.

당신은 문득, 그렇게 생각했다. 그녀도 여주교와 마찬가지로, 그녀 나름대로 일어서서 걸어온 것이다.

적어도 눈을 글썽거리며, 친구를 보는 시선에는 자애가 있었다. 걱정이 있었다. 불안이 있었다.

"고블린도 이기지 못하는 애가, 세상을 구할 수 있을 리 없잖아."

그러니까, 기다려주면 좋겠다. 안전한 장소에서. 혼자. 계속. 언제까지나.

그것은 친구를 생각하는, 진심에서 우러나온 말이리라. 성채도시에 왔을 때부터.

그녀를 주점에 홀로 남기고 미궁에 도전했을 때부터, 변함없는 마음이리라.

"아뇨. ……아니에요!"

여주교는 외쳤다.

그 작은 가슴 앞에 종누이가 쥐어준 손을 대고, 척후의 손에 의지하며 앞으로 나서서.

"고블린 따위 신경 쓸 겨를이 없어요! 고블린 따위, 문제가 아닌 거예요!"

여전사의 말과, 미르미돈 승려의 말을 듣고서, 자신의 말을.

"왜냐하면 제가…… 저희가 세상을 구할 테니까요!"

그리고 천칭검을 내밀어, 결단적으로 한 마디를 외쳤다.

"—거기서 비켜주세요! 저희에게, 방해됩니다……!"

—그 순간이었다.

목덜미에 서늘한 것을 느낀 당신은, 사고보다도 먼저 그 칼날을 여주교를 향해 휘둘렀다.

"——윽?!"

똑바로 앞을 바라보는 그녀의 자세는 흔들림이 없다. 방에, 금속음이 울려 퍼졌다.

어슴푸레함 속에 섬광과 불똥이 튀었다. 으르렁대는 바람 가르는 소리가 뒤늦게 귀에 닿았다.

이 감각은 기억이 있었다.

방의 사방에 있던 그림자가 부풀어 올라 실체를 얻어 일어선다.

당신의 발치에 박혀 있는 것은 흉흉한 형상을 한 투척 나이프가 틀림없었다.

기이한 가면을 쓴 검은 복장의 남자가, 두 명— 시노비 놈들.

물론, 당신은 그들의 파티가 품은 마음도, 기분도, 결의도, 아무것도 모른다.

그들이 어떻게 시노비 놈들과 손을 잡았는지 따위, 알 방도가 없으리라.

당신이 알고, 당신이 이해할 수 있는 것은 당신이 여기까지 걸어온 길뿐이다.

당신과 당신의 동료들이 여기에 이르기까지 쌓아 올린 것이 전부였다.

따라서, 결론은 하나.

—다시 말해서, 이런 짓을 하지 않으면 그들은 세상을 구하지 못한다는 것인가.

"…………싸우는 수밖에, 없는 거구나."

당신의 말에 젊은 마법전사가 중얼거리고, 붉게 칠한 만도를 겨누었다.

검은 머리의 전사가 장검을, 사적 소녀가 단검을 쥐고, 여승려와 검은 삿갓의 남자가 손에 주인을 맺었다.

—흠.

아무래도, 당신들은 세상을 구하기 위한 고귀한 희생으로 선택된 모양이다.

"……제멋대로, 억지를……!"

여전사가 내뱉는 것처럼 중얼거렸다. 창백해진 얼굴이, 대단히 굳어지면서.

—방 안의 공기는, 무게는 그대로, 날카로움이 늘어난 것 같았다.

일곱 명의 모험가에 비해, 당신들은 여섯 명. 수의 불리함은 명백하다.

그러나 서로의 사이에 부풀어 오른 그것은, 방에 들어가 괴물과 상대할 때하고 변함이 없다.

여전사는 창을 겨누고, 하프 엘프 척후는 나비 단검을 양손에 쥐었다.

종누이는 짧은 지팡이를 들어 주술을 위해 정신을 갈고 닦으며, 미르미돈 승려가 교역신의 이름을 중얼거렸다.

그리고 당신은 만도를 손에 들고, 짧게 괜찮냐고 물었다. 의문이 아니라, 확인을 위해서였다.

“……네.”

여주교는 천칭검에 매달리는 것처럼 손을 미끄러뜨리고, 한순간의 침묵 다음에 잘라 말했다.

“싸우겠, 어요!”

—싸움이, 시작됐다.

§

“《옴니스(만물)…… 노두스(결속)…… 리베로(해방)》.”

“《페르펙티(완전)…… 플라키둠(침묵)…… 도누문(명령)》!!”

효시가 된 것은, 드높이 읊은 주술의 목소리다.

검은 삿갓의 남자가 기괴한 주인을 맺으며 진언을 뿜어내고, 종누이가 짧은 지팡이를 내밀어 낭랑하게 노래했다.

신들이 만들어낸 세계의 이치를 다시 쓰는 말이, 방의 중앙에서 격돌하여 공기가 대전했다.

만물을 지워 버리는 무시무시한 주문의 용솟음과, 침묵을 강제하는 절대적인 선언이 맞섰다.

그 끓어오르는 대기(에테르) 한가운데를, 당신은 겁먹지 않고 돌진했다.

상대는 일곱. 단순 전력으로는 지고 있는 것이다. 신중함은 필요하지만, 주저함은 필요 없었다.

무엇보다도, 주문술사의 수는 이쪽이 웃돌고—.

"《심판을 다스리는 나의 신이여, 내 검이 선행을 심판하지 않도록 지켜보소서》."

그러나, 그 생각은 간단히 뒤집어졌다.

당신과 마찬가지로 앞에 튀어나온 검은 머리의 전사가 낭랑하게 성구를 읊었기 때문이다.

그 손에 쥔 검이 희미하게 하얀 빛을 두르는 것을 보면, 그 효과는 명백하다.

—군주(로드)인가……!

"《돌고 돌아 바람이 되는 나의 신, 우리들의 다리에서 힘이 빠지지 않도록, 차가운 바람을 막아주소서》!"

신의 위력을 깃들인 칼날 앞에, 즉시 미르미돈 승려가 수호의 축도를 기원했다.

지하 깊숙한 방에 청량한 바람이 휘몰아치고, 당신들의 몸을 감싸는 걸 알 수 있었다.

수호를 받는다는 실감은, 무엇보다도 고맙다.

"저와 함께 있을 때는, 아직……!"

후열에서 여주교가 신의 기척을 민감하게 깨닫고 소리를 질렀다.

―그렇다면, 위계로는 그녀 쪽이 위인가?

문제는 성직자 외길이었을, 적진의 승려인데― 그것을 생각하는 것보다 먼저 적과 접촉.

당신은 재빨리 투구 안에서 좌우를 둘러보고, 일단은 눈앞의 피아 전력 차이를 메우는 것에 주력했다.

적 전위는 마법전사, 군주, 사적, 그리고 시노비가 둘.

―시노비를 뒤로 보낼 수는 없다!

"맡기라, 대장……!"

당신의 그 한 마디만 듣고서도 하프 엘프 척후가 소리를 지르고, 양손의 단검을 들어 검은 복장과 맞섰다.

곧장 여전사가 그 긴 자루를 1회전시켜 간격을 제압하고 착, 반신으로 겨누었다.

"그러면, 나도 두 사람 맡아 볼까……!"

"젠장, 방해를 하지 마……!"

사적 소녀가 혀를 차면서 뛰어드는 것에, 검은 머리 군주가 「혼자서 달려나가지 마!」 하고 따랐다.

단검과 축복을 받은 검의 일격을 자루로 흘려내고, 여전사가 창으로 휩쓰는 것을 곁눈질하며 당신은 숨을 골랐다.

그렇다면, 자신의 상대는 하나다.

"……그만두는 편이 좋아. 죽어버릴걸."

붉게 빛나는 칼날을 겨누는, 젊은 마법전사다. 당신은 만도를 정면으로 겨누고, 코웃음을 쳤다.

애당초 검을 뽑으면, 결말은 사는가 죽는가 밖에 없는 것이다.

칼을 뽑았다면 필살이야말로 의무다. 죽이거나 죽지 않으면 불명예를 면할 수 없다.

당신에게 그런 것은 이 성채도시를 찾아온 첫날부터 당연한 상식이었다.

당신은 파티의 명운이라는 중대한 책임을 등에 지고, 부담 없이 여기 있었다.

—그런 것도 모른 채 모험을 하고 있는 건가?

"그런 너니까, 저 애를 맡길 수가 없는 거야……!"

크게 뻗는 것 같은 일격이었다.

충분히 예측을 하면서도 당신의 움직임은 반사적이라는 말밖에 할 수가 없다. 칼날을 종이 한 장 차이로 빠져나갔다.

이마를 스치는 공기의 압력이 날카롭다. 당신은 몸을 후방으로 보내며 만도를 휘둘렀다.

—지금 그건, 좋지 않아.

스승의 조롱이 문득 머리를 스쳤다. 언제나 상대를 해치울 셈이 아니면 견제도 되지 못한다.

붉은 칼날과 당신의 만도가 부딪쳐, 새된 검격음과 함께 서로 튕겨나갔다.

미궁의 돌바닥을 디디고 자세를 바로잡으며, 당신은 새삼 상대의 모습을 살폈다.

나이는 젊고, 시선은 곧다. 긴장된 표정은 앳되다고 해도 좋다.

장비는 그다지 낡지 않았고, 손에 든 칼날만 기이하게 눈에 띈다.

명도 같은 것을 얻은 신인. 그렇게 보인다. 그러나…….

—실력이 있다.

지금 그 한 칼을 받아내기만 했는데도, 당신의 손에는 희미하게 저림이 남아 있었다.

과거의 초심자 사냥꾼과 싸울 때, 칼을 맞댄 거한의 남자가 떠올랐다.

이 체격으로 그것과 비슷한 위력과 속도를 낼 수 있다면, 보통이 아니다.

"간, 다아……!"

에이. 오오. 기합을 지르며, 당신은 겁먹지 않고 그의 참격에 응답했다.

상대의 공격은 날카롭고, 적절하게 당신의 급소를 노린다.

목, 겨드랑이, 팔꿈치, 손바닥으로 자루를 돌리며 소용돌이(비르베르빈트)치는 칼날은 투구 아래, 보호대 안쪽을 노린다.

모두 갑옷이 없는 치명적인 부위다. 당신은 만도를 겹치며, 몸을 물리고 버텨낸다.

—정말이지, 전사직(캠프퍼즈 게쉐프트)도 편하지 않다.

그러나 그 칼의 궤적은— 분명히 본 적이 있다.

방금 전에 보았던, 그 망자의 무리에 새겨진 것과 같은 것이 아니던가?

—그렇군. 베어서 익힌 것인가……!

당신은 신음하는 것처럼 말을 흘렸다. 익숙하다. 사람을 베어 죽이는 것에. 이것은, 그런 검이다.

"싸워온 회수라면, 내가 더 위야……!"

그 목소리에 맞추어, 당신은 똑바로 파고들어 대상단에서 베어 들어갔다.

그는 한순간 허를 찔린 것처럼 경직했지만, 역시 대단하다는 말밖에 안 나오는 움직임으로 칼날을 들었다.

칼날과 칼날이 격돌하는 맑은 소리. 당신은 더욱 그보다 한 걸음 앞으로 발을 보내고, 거듭해서 공격했다.

"……크, 이게……!"

젊은 마법전사의 목소리에, 희미하게 짜증이 섞였다. 그 왼손이 재빨리 번득이고, 부적을 집었다.

"《키라나(빛)…… 다나(부여)…… 아그니(점화)》!!"

직후에, 눈을 꿰뚫는 섬광과 충격이 당신을 덮쳤다. 내던진 주부(카드)가 《파열(갬빗)》한 것이다.

백병전 와중에 술법을 다루는 기량은 무시무시하지만, 당신도 그에 뒤지지 않는 역전의 모험가다.

—사지타(화살)…… 사이누스(만곡)…… 오페로(부여)!

당신은 교역신에게 바람의 수호를 받으면서, 잇따라 셋의 인을 맺으며 힘차게 땅을 찼다.

작렬하는 부적의 궤도를 왜곡시키며, 그것을 **밟고서** 원숭이처럼 도약한 것이다.

"치, 이—잇!"

물론 그저 높이 뛰어오르기만 하는 커다란 공격에 쓰러질 정도로, 적도 무르지는 않으리라.

그는 힘으로 밀어붙였다는 것 말고는 할 말이 없는, 그러나 놀라운 속도와 강함으로 붉은 칼날을 옆으로 쓸었다.

당신의 만도와 마주친 그 칼날은 전혀 흔들리지 않고, 그 일격을 격추해냈다.

충격으로 후방을 향해 뛴 당신은 착지하는 기세에 일부러 몸을 맡기고, 돌바닥 위를 굴러 거리를 벌렸다.

안 그러면 그 한순간에, 당신의 목덜미로 칼날이 떨어졌음에 틀림없으리라.

"방심할, 틈도 없군……!!"

—그렇지도 않다. 죽을뻔한 일은 몇 번이나 있었다.

당신은 허풍을 떨면서, 재빨리 동료들의 상태를 확인했다. 전황은 어떤가?

"대장, 이 놈들 으찌 둘이나 상대했던 기가?!"

맨 먼저 들린 비명은 시노비 둘을 맡은 하프 엘프 척후의 소리였다.

양손의 단검으로 받아 흘리기를 계속하고 있지만, 도저히 우세하다고 하기 어렵다.

독사 같은 움직임으로 펼치는 주먹을 피하고, 천마 같은 날아 차기를 빠져나간다.

그 틈에 일격을 선물하고자 하지만, 마치 소용돌이처럼 회전하는 던지기에 엉켜 버린다.

"어이쿠야……?!"

척후는 그 모두를 간신히 버텨내고 있지만, 볼과 팔 등에 자잘한 상처가 보인다.

그런 의미에서는—.

"여엉차……!"

창을 휘두르며 간격을 유지하고, 두 명의 적을 접근시키지 않는 여전사도 상황은 변함이 없으리라.

단검과 장검은 어지간히 기량에 격차가 없는 한, 창을 뛰어넘어 공격하기가 어렵다.

"젠장! 비겁해, 긴 자루 무기(폴 웨폰) 같은 건……!"

"그런 건, 새삼스럽네!!"

짖는 것처럼 매도하는 사적 소녀에게, 여전사는 창끝으로 때리는 것처럼 휘둘러 내렸다.

그렇지만 여유가 있는 것처럼 보여도, 표정은 딱딱하고 땀이 나는 것이 보였다.

"잡았다……!"

그도 그럴 것이 이것은 1대 1이 아니다.

사적 소녀가 뛰어서 피하고 창날이 돌바닥을 때린 순간, 검은 머리의 군주가 찌르러 간다.

눈에도 안 보이는 전광석화의 찌르기는 그 전설의 기사도 특기였다고 들었다.

여전사는 되돌린 창의 물미로 몸을 지탱하고, 무도처럼 상체를 크게 젖혀서 칼날을 피했다.

그녀의 흉갑을 스친 칼날은, 코끝을 스치고 이마에 한 줄기 상처를 내며 지나갔다.

"아앙, 정마알……!"

반쯤 울부짖는 비명 같은 소리와 함께, 여전사의 철 구두가 억지로 앞으로 뻗는다.

발버둥 치듯 뿜어낸 발차기 따위, 검은 머리의 군주에게는 별 것도 아니리라.

검은 머리 군주는「우왓?!」하고 소리를 내긴 했지만, 발끝이 닿기 전에 뛰어서 피하고 숨을 내쉬었다.

그 모습을 보고 사적 소녀가 거칠게 소리쳤다.

"뭐 하는 거야?!"

"미안하다."

그는 사적 소녀에게 대답했다.

"하지만, 다음에는 내가 처치한다!"

여전사는— 대답이 없다.

그녀는「하, 하」하고 신음하듯 가쁜 호흡을 계속하면서, 창으로 몸을 지탱하여 간신히 서 있었다.

지금 그야말로 스쳐 지나간《죽음》을 떨쳐내듯, 떨어지는 피와 눈가에 번진 것을 억지로 소매로 닦았다.

"아직, 할 수…… 있……어."

쥐어짜낸 것 같은, 울상 짓는 것 같은 소리였다.

그것은 적에게 보내는 것이 아니라, 당신에게, 혹은 자신에게 보내는 말이었으리라.

애당초 정신적으로도 만전이라고 하기는 어렵고, 체력적으로도 전위 중에서 약한 아가씨다.

척후에 대해서도, 그는 본직이 전위라고 할 수 없다. 지금은 아직 버티고 있을 뿐이다.

일진일퇴. 결정타가 부족하다. 그리고 그렇게 되면, 언젠가 수가 부족한 이쪽이 패한다.

그러나…….

—…….

당신은 지금의 싸움에, 한 가지 위화감을 품었다. 사소한 의문이며, 틈이라고 부르기에도 빈약한 것이다.

그것에 건다는 것은, 제정신으로 할 짓이 아니리라.

그렇지만 어느 길을 고르든, 앞길에 기다리는 결과 따위 알 수 없는 것이다.

아니…… 적어도 이기는가 지는가, 사는가 죽는가라는 의미에서는 명백하던가.

—그렇다면 딱히 지장 없다. 차분하게 나아가라.

파티의 모두와 함께 싸워서 패해 죽는다면, 그것도 어쩔 수 없는 일.

보다 강하고, 혹은 보다 영리하고, 어쩌면 뛰어난 동료가 있다고 해도 고를 생각은 없었다.

후회는 없고, 참으로 기분이 좋다—. 그리고, 질 생각은 터럭만큼도 없다.

그저 한 줄기의 승기, 한 줄기의 길을 달려가는 것은 《죽음》에 도전하는 것과 비슷했다.

—이건, **좋다**.

"뭘, 웃고……!"

마법전사가 외치면서 붉은 칼날을 때리는 것에, 당신은 혼신의 힘으로 맞섰다.

강철과 강철이 격돌하는 소리와 함께, 당신의 손에 강한 충격이 흘렀다. 만도를 놓칠 수는 없으리라.

실제로, 당신도 보는 것만큼 여유는 없었다. 상황을 뒤집지 않으면, 여기서 당신의 모험은 끝이다.

"—한 수, 주세요!"

귀에 닿은 것은, 낭랑하고 긴장된 여주교의 목소리였다. 물론 그렇게 할 뿐이다.

—그렇다면, 역시 척후는 보물 상자 개봉에 전념을 해주는 편이 좋지 않을까?

"어이쿠야……!"

당신의 말에 대해 반응은 재빠르고, 적진의 멤버가 그 의미를 이해할 리도 없었다.

하프 엘프 척후는 양손에 쥔 나비 단검을 손바닥 안에서 회전시키고, 좌우에서 날아온 수도를 쳐올렸다.

동시에 옆으로 구르듯 움직여, 한 쪽을 후위로 보내듯 길을 열었다.

"하는 수 없대이, 하나 보낸다!"

"재미있군……!"

미르미돈 승려가 턱을 울리는 것과, 한 명의 시노비가 그 목을 향해서 뛰어드는 것이 거의 동시.

그러나 캉, 하는 충격음은 그 체술에 숨겨진 치명적인 기술의 날카로움을 봐서는 생각도 못하게 둔하다.

"미르미돈은 한 번 본 것은 잊지 않는다."

그 목덜미를 뒤덮은 갑각으로 수도를 받아낸 미르미돈 승려가 쩌

억, 턱을 벌리고— 웃었다.

그 순간, 소리도 없이 그의 몸을 차고 뛰어서 물러나려는 시노비의 팔을 미르미돈의 손톱이 단단히 붙잡았다.

호면에서 도저히 표정이라는 것을 살펴볼 수는 없지만— 그래도 겁을 먹었으리라, 그렇게 보이자마자.

"《사지타(화살)…… 인프라마라에(점화)…… 라디우스(사출)》!!"

종누이가 그 배를 향해 짧은 지팡이를 겨누고, 가차 없이 불꽃의 화살을 때려 박았다.

살이 터지고 타올라 증발하자, 시노비는 패배를 인정할 틈도 없이 흩어지며 무너져 내렸다.

"……위험하구만."

미르미돈 승려가 턱을 울리자, 종누이는 그 부드러운 얼굴에 자신만만한 표정을 지으며 풍만한 가슴을 내밀었다.

"흐흥, 이거라도 먹으세요, 예요……!"

—주문술사는 불꽃이나 번개를 던지기만 하는 일이 아니지만, 막상 던질 수 있으면 무시무시한 법이다.

그렇지만 그렇게 1대 1이 되어 버리면, 우리 척후는 빈틈이 없다.

"잡았대이……!"

나비 단검을 번득이며, 허둥지둥 범이 뛰어드는 것 같은 추가 공격을 엮는다.

교차한 칼날이 발목을 포착하여 시노비가 눈을 부릅뜨는 찰나, 척후의 손이 단검에서 떨어져 허공을 잡았다.

"이, 야아앗!!"

열화 같은 기합과 함께 뻗어낸 수도가, 다음 순간에 시노비의 목젖을 꿰뚫었다.

파악 피가 튀는 모양, 피이이 새되게 울리는 것은 피리와도 비슷한 음색.

그러나 방의 바닥에 추락한 그 시노비의 목은 아직 몸통과 이어져 있고, 결코 치명적이지 않았다.

"크아아……! 역시 어깨너머로 본 흉내내기는 잘 안 된대이……!"

하프 엘프 척후는 휘휘 오른손을 흔든 다음, 튕겨나가 공중에 날아간 나비 단검을 붙잡고 뛰어들었다.

그리고 호흡이 막혀 몸부림치는 시노비의 숨통을, 슥삭 간단히 멈춰 버렸다.

—이걸로, 나머지 다섯.

전위의 수는 같지만, 전력의 차이는 이미 뒤집어졌다. 이쪽이 위, 저쪽이 아래다.

"치잇!"

전황을 이해한 사적 소녀가 짖었다.

"이 여자를 처치하면, 아무것도 안 변해!"

사나운 육식 짐승이 떠오르는 움직임으로 뛰어든 소녀를, 여전사는「이 녀석!」하고 휘둘러 떨쳤다.

그것에 한 박자 늦게, 군주가 장검을 들고 돌진했다.

"포기하란 말야……!"

"그쪽이야말로…… 포기, 해……!"

간신히, 라고 해야 할까? 여전사는 위태로운 발놀림으로 장검과 창을 맞부딪쳤다.

으르렁대는 그 칼날은 고대의 명공이 만든 명품이다. 여전사의 장창으로는 불리하다.

곧장 그 창날이 불길한 소리를 내며 삐걱대고, 비명을 지르며 금이 갔다.

"이, 게……!!"

그러나 여전사는 힘으로 자루를 양손으로 휘둘러, 군주의 체구를 튕겨냈다.

거리를 벌리고, 커다랗게 한숨. 검은 머리에 숨겨진, 그 얼굴. 땀이 맺히고, 창백하고, 숨을 헐떡이는 소녀의 표정.

여전사의 눈동자가 희미하게 흔들렸다. 어떡하면 좋아? 당신 쪽을, 힐끔 보았다. 당신은 고개를 끄덕였다.

"한눈 팔 여유 따위, 없을 텐데……!"

물론, 무언가를 전할 여유도 없다. 불과 한 찰나. 미약하게 입술을 움직일 뿐이다.

그러나, 당신들에게는 그걸로 충분하다.

——한 수 겨루기를 부탁할 수 있겠나?

"——응!"

여전사의 눈동자가, 반짝 빛났다.

그 순간, 그녀의 철 구두가 경쾌하게 방의 바닥을 차고서 몸과 함께 뛰어들며 찌르기를 뿜었다.

——당신을 향해서.

"무슨……!"

젊은 마법전사가 눈을 까뒤집는 것에 눈길도 안 주고, 당신은 그 창날을 향해서 단숨에 파고들었다.

신의 만도가 아주 미약한 시간, 입맞춤이라도 나누는 것처럼 그녀의 긴 자루와 뒤엉켰다.

놀랄 정도로 가까이 다가온 여전사의 하얀 얼굴은, 무수한 작은 상처로 연지를 바른 것처럼 물들어 있었다.

칼날을 맞대는 와중에, 부서진 날의 세세한 파편이 얼굴에 박히는 것이다. 전사라면 어쩔 수 없는 일이지만.

스쳐 지나가면서— 여전사가 수줍게 웃는 걸 알 수 있었다.

당신도 희미하게 입가를 풀었다. 찌릿찌릿 당신은 얼굴의 상처가 아팠다.

그리고 꾹 짓누른 스프링이 튕기는 것처럼, 떨어진 각각의 무기의 기세가 늘어나며 빠져나갔다.

유성처럼 가속한 만도를 단단히 쥐고서 왼손으로 허리의 소검을 뽑아, 당신은 그저 세 마디를 중얼거렸다.

—《사지타(화살)…… 케르타(필중)…… 라디우스(사출)》.

"끄악?!"

"으, 아악?!"

왼손에서 쏘아져 나간 소검이 군주를 꿰뚫는 것과 동시에, 놀랄 정도로 뻗은 칼날이 사적 소녀를 대각선으로 벤다.

방어구 너머라고 하지만 여자의 살을 베는 감촉은, 참으로 싫은 것이었다. 솟아오르는 피보라도 미약하게 달콤하다.

그런 당신의, 등 뒤에서——.

"크, 아……악?!"

"……해냈, 다!"

여전사의 창이 붉은 칼날에 산산이 부서지면서, 젊은 마법전사의 이마를 때리고 있었다.

커다랗게 뒤로 넘어가는 이마에서 피가 뿜어져 나오면서도, 그는 아직 무슨 일이 일어났는지 모르는 모양이었다.

전환(스위치).

척후와 승려— 그리고 당신과 여전사. 각자가 그저 교대했을 뿐이다.

그렇지만, 그 파티는 예상도 못한 것 같았다.

—그렇다, **어떻게 이 녀석들 두 명이나 상대를 했는가**, 였다.

당신은 싸우는 와중에 보았다.

리더인 마법전사가 무엇 하나 지시를 내리지 않는 것을.

각각의 모험가들이 그저 자신이 사냥감으로 정한 상대를 공격하는 것에 전념하고 있는 것을.

그것에, 연계다운 연계는 없었다.

분명히 그들은 강자이리라.

얼마나 그 망자 놈들 상대로 단련했는지는 모른다. 1대 1이라면, 당신들보다도 역량은 위이리라.

그러나, 그들은 파티가 아니었다. 파티로서 싸우지 않고 있었다.

그들이 상대한 것은, 그저 무한히 꿈틀거리는 망자의 무리다.

그들이 한 것은, 모험이 아니라 작업에 지나지 않았다.

생각도 못했음이 틀림없다. 눈앞의 적보다, 누구보다도 강해지면 그거면 되는 것이었다.

그래서, 필요 없었으리라. 그저 눈앞의 상대를 베는 것으로 충분했으리라.

—다시 말해서, 세상을 구하기 위해 **이런 것조차 하지 않은 것이다.**

그래서는— 이미 미궁을 배회하는 괴물 놈들과 무엇 하나 다를 바 없다.

강력한 괴물이, 고작해야 예닐곱 마리 정도 방에 있을 뿐.

깨달아 버리면, 두려울 것이 없다.

"그런……?!"

적진 후위— 지금은 전위로 변한 여승려가 비명을 지르는 가운데, 여주교의 입이 말을 새겼다.

"《웬토스(바람)》!"

천칭검과 함께 들어 올린 여주교의 손 안에서, 무시무시한 질풍이 소용돌이쳤다.

이 세상 것이 아닌, 마풍이라고 할 수 있는 그 새된 으르렁거림은 무언가의 포효와 비슷했다.

그녀가 무엇을 읊었는지 깨달은 종누이가 입을 벌리지만, 이미 말은 소리도 되지 않았다.

"……읏! 심판의 다스림, 검의 군주, 천칭을 든 자여—."

"《루멘(빛)》!!"

뒤늦게 시작된 여승려의 기도를 지우는 것처럼, 힘찬 두 마디째.

난전 와중에 술법을 사용할 때를 붙잡지 못한 소녀와, 간파하여 대비한 소녀하고는 속도가 다르다.

기이하게 창백한 빛이 방을 비추고, 이 흉흉한 미궁의 심장부를 비추었다.

다음 적에게 가려고 하는 자, 바닥에 엎드려 일어서고자 하는 자, 모두가 그것을 보았다.

이계의— 마계의 핵에서 이끌어낸, 압도적인 원초의 힘.

한 소녀가 다루기에는 지나치게 무모한 그 힘을, 여주교는 초과 영창으로 제어했다.

그 손가락 끝이 검게 그을리고, 고통을 견디고자 하는 나머지 입술은 피가 베어나올 정도로 깨물고 있었다.

딱히 자만심 탓이 아니리라. 승리를 뽐내기 위해서도, 보여주기 위해서도 아니다.

그저— 지금 자신의 한계를 아슬아슬하게 짜내야 한다고, 그렇게 각오했으리라.

안대 너머로 똑바로 시선을 보내고 있을 여승려도 그것은 마찬가지였다.

자신의 소중한 친구, 아마도 지금까지 제대로 싸움도 안 해봤을 그녀가, 다가온다.

그것을 마주하며, 전력으로 맞서지 않으면 뭐가 벗인가? 뭐가 동료인가?

영혼을 깎아내는 기도는 틀림없이 천상에 닿았고, 그 천칭검에는 신의 위광이 깃들었다.

그리고 신 울림의 벼락과, 질풍과 빛이———.

"그 힘을 보이소서……!"

"——《리베로(해방)》!!!"

—해방되었다.

§

귀를 찢어내는 굉음은, 고통을 동반하는 정적이었다.

피부를 태우는 열풍이 불어 닥치고, 당신의 시야가 새하얗게 물들어 안구를 찌르는 것처럼 아팠다.

상황을 파악하기까지, 어느 정도 시간이 걸렸을까?

서 있는 것인지 쓰러진 것인지도 몰랐던 당신은, 드디어 바닥에 손을 짚고 있다는 것을 깨달았다.

만도—는, 있다. 아직 오른손에 단단히 쥐고 있었다. 그러면, 됐다.

"정, 말이지…… 참!"

그리고 처음으로 귀에 닿은 것은, 콜록콜록 기침을 하는 종누이의 목소리였다.

"아직 확실히 이해 못한 주문을 쓰다니, 너무 무모하잖아요!"

펄펄 화를 내면서— 야단을 치면서, 종누이는 맨 먼저 여주교 곁으로 달려갔다.

한계를 넘어선 술법을 행사하느라 무너져 내려, 시익시익 가늘게 호흡을 반복하는 그녀의 손을 잡았다.

언제였던가 하고는 반대의 광경에, 어째선지 당신의 얼굴에는 미소가 떠올랐다.

여주교가 뭔가 종누이에게 응답했지만, 그 작게 움직이는 입술의 움직임으로는 당신에게 목소리가 닿지 않았다.

―그러나, 문제없으리라.

당신은 비틀거리면서, 어떻게든 일어섰다. 신기하게도 이제 와서 냄새도 되살아났다.

끓어오른 대기의 냄새는, 괴롭지도 않은데 가슴이 울렁거리는 것 같은 맛이었다.

주위를 둘러보자, 데굴데굴 굴러간 하프 엘프 척후를 미르미돈 승려가 일으키고 있었다.

두 사람 다 이렇게 보면 상처도 많고 소모도 격렬하지만, 목숨에 지장이 있을 정도는 아니다.

그것을 확인한 당신은 바로 옆에 폴싹 주저앉은 여전사에게 손을 뻗었다.

"…………."

그녀는 멍하니 당신과 당신의 손을 번갈아 본 다음, 조심조심 거기에 손을 겹쳤다.

가녀리고 작은, 희미하게 떨림이 남은 손이었다.

"……고마워."

상관없다. 당신은 그녀의 손을 꼭 잡고서, 다리에 힘이 풀린 그녀를 일으켜 세웠다.

여전사는 휘청휘청 비틀거리고, 자신의 창을 지팡이 삼아서 간신히 일어섰다.

그런데, 그 시선이 창의 창날― 그것이 있던 공간을 향하더니, 헤실 표정이 무너졌다.

"부러져 버렸, 네에……."

—뭐 그런 일도 있는 법이다.

당신은 격전을 버텨낸 애도를 꼼꼼하게 살펴보면서, 허리의 칼집에 정성스레 넣었다.

무명의 만도지만, 주인의 기대에 응답해주는 좋은 무기였다.

그런 의미에서 그녀의 장창도 마지막의 마지막까지 버텨준, 좋은 무기였다.

"……응, 그렇네."

여전사는, 둥실둥실 떠도는 기색으로 기쁘게 중얼거렸다. 그 손이 창의 자루를, 자애롭게 쓰다듬었다.

입술이 언니, 라고 대단히 그리운 기색으로 움직이는 걸 알 수 있었다.

당신은 그것을, 듣지 않은 것으로 했다. 아직 귀가 아프니까.

"아~아……. 져, 버렸네에……."

그래서 당신이 의식을 돌린 것은 또래의 아가씨에게 안 어울리는 꼴로 대자로 뻗은 여승려였다.

토라진 그녀는 볼을 부풀리고, 타 들어간 머리칼을 그대로 둔 채, 불만을 마구 흘리며 입술을 삐죽거렸다.

"……그거 뭐야? 치사하지 않아?"

"치사하진, 않아요."

종누이의 부축을 받으며 간신히 일어선 여주교가 키득, 장난스레 웃었다.

상처는 없지만 소모가 격렬한 것이리라. 두 사람이 함께가 아니면, 걷지도 못하는 기색.

그래도 그녀는 한껏 자신의 다리로 서서 걷고자 시도하면서, 소중한 친구들 곁으로 갔다.

그리고, 생긋 웃으며 이렇게 말했다.

"열심히 노력했을, 뿐이니까요."

"그거, 내 노력이 부족하다고 하는 거 아냐?"

"아닌걸요?"

여주교는 어조만큼의 경건함이 없는 목소리로, 새침하게 말하고 또 키득키득 웃었다.

우음. 여승려는 도무지 믿을 수가 없다는 기색으로 소리를 낸 다음, 자기 머리칼을 마구마구 헝클어뜨렸다.

정돈해둔 때가 거짓말 같은 상태였지만, 그녀의 명랑함과 가련함은 잃지 않았다.

"뭐, 어쩔 수가 없네에……. 져버렸는걸."

그리고 깊숙하디 깊은 한숨을 내쉰 여승려는 지독히도 맥 빠진 건성의 목소리로 동료를 불렀다.

"죽었어~?"

"……살아있다."

지독히도 불만스러운, 토라진 소년의 목소리였다.

이마를 누르면서 신음하고, 드러누운 모양으로 쓰러져 있던 젊은 마법전사의 목소리였다.

손에서 붉은 칼날의 만도가 흘러내리고, 방 어딘가에 굴러가 버렸는지 보이지 않는다.

오히려 그는 아직도 뚝뚝 떨어지는 피가 더 걱정인지, 표정을 찌푸리며 투덜거렸다.

"……지금은 아직."

죽지는 않을 거다. 당신은 위로 삼아서 말해줬다. 이마의 피는 화려하게 나오는 법이다.

"응…… 하지만, 화려하게 후려쳐 버렸으니까, 잘 모르겠는데에?"

물론 그 옆에서 여전사가 목 안으로 웃음소리를 내고 있으니, 그다지 의미는 없으리라.

젊은 마법전사는 투덜투덜 불평불만을 흘린 다음, 포기한 것처럼 다음 의문을 입에 담았다.

"다른 모두는……?"

어디— 당신은 방의, 검게 그을려 버린 제단 주위를 둘러보았다.

검은 삿갓의 마술사는 방의 벽 근처에 앉아서 어깨를 흔들고 있었다.

참으로 유쾌하다고 말하듯 웃고 있다. —살아 있는 것은 틀림없으리라.

시노비들은, 뭐 죽었겠지만…… 다른 둘은 무사하리라.

당신은 방금 전의 싸움을 떠올리면서, 쓰러진 군주와 사적 소녀의 숨을 확인했다.

《매직 미사일》은 정확하게 급소가 아닌 곳을 꿰뚫었고, 만도의 참격은 힘을 좀 덜 실었다.

"……그러면, 괜찮나."

"그래."

여승려가 천연덕스레 말했다.

"……살아 있잖아. 다음이 있을 거야."

다음, 다음이라. 젊은 마법전사는 몇 번인가 중얼거리고, 그리고, 응, 하며 고개를 끄덕였다.

"……그렇네. 우리들, 지금은 졌지만…… 다음엔 이길 거야."

그런가. 당신은 대답했다. 그러나 뭐, 먼저 미궁의 가장 깊은 곳에 이르는 것은 자신과 그녀들 쪽이지만.

"그렇네."

그 말에 소년은 쓴웃음을 지었다.

"걔, 울리면 용서 안 한다."

—용서하고말고 이긴 건 이쪽이니까, 그녀를 어떡하든 내 자유가 아닌가?

당신의 말에 여주교는 얼굴이 빨개져서 당황하고, 여승려가 「에~엑!」 하고 뾰족한 소리를 냈다.

종누이가 「아이참!」 하며 또 화를 내고, 여전사의 통렬한 팔꿈치치기가 당신을 덮쳤다.

통증에 신음하는 당신을 보면서 하프 엘프 척후가 「아이고야」 하며 웃고, 미르미돈 승려는 모르쇠하는 표정.

—아아, 정말로, 정말이지. 멋이 안 나지 않는가?

그런 당신의 불평에, 참으로 산뜻한 표정으로 젊은 마법전사가 깔깔 소리를 내며 웃었다.

뭘, 본래 서로에게 원한 따위는 없었다.

기이한 상황이기는 했지만— 싸움이 끝나고 결과가 명백해지면, 그걸로 끝이다.

한 차례 웃은 소년은 숨을 내쉬고, 눈가를 적신 것을 닦아내고는 살짝 중얼거렸다.

"저기, 선생님. 또 같이 단련해줘. 그리고 단련해서, 그래서, 다음은—."

§

"——유감이야! 너희들의 모험은, 여기서 끝나 버렸다!"

§

변화는, 극적이었다.

"어——."

그 소리를 낸 것은, 과연 여주교일까, 여승려일까? 혹은 당신이었을지도 모른다.

그러나 이어지는 소리는 틀림없이 젊은 마법전사의 입에서 나온 것이 틀림없었다.

"아, 아……아, 아아아…… 아아아……?!"

우스꽝스러울 정도로 당황하는 그 표정이, 몸이, 사지가— 쪼그라든다, 줄어든다, 무너진다, 재가 된다.

몸을 움직이려고 꿈틀거리면, 소리도 없이 옷이 꺼지고, 옷자락에서 재가 흘러 나오는 것이다.

"이야아, 이것은 실패했어. 설마 이 정도까지 위계가 올라갔을 줄이야……."

끓어오르는 것처럼 웃으며, 방 안쪽에서 그림자가 일어섰다.

미궁에 가득한 독기를 두른 것처럼, 뭉클뭉클 어둠이 일어서는 것처럼.

그곳에 있는 것은 그야말로 사람의 모양을 한 암흑. 그것 그 자체가 다름없었다.

그리고— 당신은 분명히 보았다.

남자의…… 검은 삿갓의 마술사가 손에 쥐고 있는, 황황하게 반짝이는 붉은 칼날을. 요도를.

“선생님! 살려줘, 선생님! 어째서— 무슨, 이건…… 나는……!!”

“이야아, 그게, 뭐라고 할까. 싹수가 보이는 젊은이라고 생각했고, 속일 생각은 없었어.”

남자는 수업에서 잘못 가르친 교사처럼, 미안한 기색도 없이 미안미안하며 볼을 긁적였다.

당신은 그때, 남자의 기이함을 깨달았다. —인정하지 않을 수 없었다.

방금 전의 건곤일척, 여주교의 혼신의 주문 투사를 받고도, 더욱이— 이 남자는 상처 하나 없다는 사실을.

“그렇지만, 고사의 내력에 둔감한 건 감점이야. ……예로부터 말하지 않던가?”

—주운 반지를 섣불리 끼지 말라고.

그 말이 계기가 된 것처럼, 드디어 모두 무너졌다.

일단 무구와 갑주가 부딪히는 소리가 나며, 쓰러져 있던 군주의 육체가 재가 되어 사라졌다.

이어서 사적 소녀가 몸과 영혼을 잃었다. 피 웅덩이를 뒤덮어 감추는 것처럼, 솨아, 재가 무너져 내렸다.

남은 것은 의복에 장비, 박혀 있던 당신의 소검. 낡은 명검과, 단검.

그리고, 굴러 떨어지는— 빛 바랜 색조의 반지가 둘.

“선생님……! 선생——.”

착란한 젊은 마법전사의 목소리는, 이제 말이 되지 못했다.

목까지 재가 되어 버리면, 이미 호흡을 할 수도 없으리라.

당신들과 대치하고, 적대하고, 그리고 벗이 되었을 지도 몰랐던 젊은이는, 그렇게 무너졌다.

어안이 벙벙할 정도로 간단한, 그의 최후였다.

“아, 그런…… 아, 아아……?!”

여주교가 견디지 못하고, 여승려의 이름을 부르며 그 손을 잡았다— 잡고자, 했다.

닿자마자 부스스 여승려의 손이 무너지고, 재가 되어 흘러내리지 않았다면 이루어졌으리라.

“아, 아아, 아아……!!”

그러나 이미 여주교의 손에 남은 것은 한 줌의 재, 과거에 벗이었던 것뿐이다.

다음은 재가 담긴 승복과 굴러 떨어지는 반지. 그리고 그 몸을 장식하던, 파란 리본뿐이다.

여주교가 필사적으로 끌어 모으려고 하지만, 재는 미궁의 독기에 휩쓸려간다.

드디어 그녀는 텅 빈 옷을 끌어안고서, 그 손에 장식 끈을 쥐고 웅크리고 말았다.

이제 인정하지 않을 수 없으리라.

그녀의 벗은— 완전히 소실(로스트)되어 버렸다고.

“이것은…… 저주 받은 반지, 로군요. 활력을 빨아들여버리는, 종류의…….”

그런 소녀 옆에서, 종누이는 마술사로서의 냉정한 눈…… 그것을 간신히 유지하고 있었다.

살며시 아리따운 손이 주워 올린 것은, 여승려의 무너진 손에서 빠진 하나의 반지.

금색의 아무런 특색도 없는 그 반지에는 검붉은 빛의 무늬가 한순간 떠오르고, 그리고 사라졌다.

“……당신, 처음부터 전부, 이 애들의 힘을 빼앗을 셈이었나요?!”

떨리는 것 같은, 쥐어짜내는 것 같은, 그런 힐문이었다. 감정을 간신히 억누른, 평탄한 목소리.

암흑의— 검은 옷의 남자는 대답하지 않았다. 그저 소리 없이 웃을 뿐이었다.

이미 이야기할 것도 없다고, 그런 것이리라.

대신 남자는 대단히 가볍게 손뼉을 치며, 이렇게 말했다.

“이야아, 훌륭하군, 용감한 모험가 제군(콩그레츄레이션 브레이브 어드벤처러즈)!”

—네놈.

“이봐이봐. 그렇게 노려보지 말아줘. 더 기뻐해야 하지 않을까……?”

흐느적, 흐느적. 마치 고대 이야기의 검은 유귀(나즈굴) 같은 태도로, 남자는 큰소리쳤다.

암흑 같은 남자인데, 그 입가에 새겨진 웃음만 기이하게 붉다.

빛이 없는 밤에 떠오른, 피에 젖은 휘어진 달 같은 입이, 사람이라 생각하기 어려운 움직임을 보이며 상하로 움직인다.

"너희들은 지금 그야말로 바라던 대로, 그 힘을 증명하지 않았나?"

검은 옷의 남자는 한 손에 붉은 칼날을 축 늘어뜨린 채, 당연하다는 듯 말했다.

"강해진 거야. 바라던 대로, 힘을 손에 넣었지 않나?"

그것은……. 당신은 말이 나오지 않았다. 적을 쓰러뜨리고, 강해진다. 그것은 바라고 있었다.

그렇지만, 결코— 그것만을 바란 것이 아니다.

"네놈이……."

미르미돈 승려가, 방심하지 않고 대비하면서 턱을 울렸다.

"……미궁의 주인(던전 마스터)인가?"

"뭐라……?!"

하프 엘프 척후가 튕기는 것처럼 소리치고, 손에 나비 단검을 쥐는 것보다, 빠르게.

"—크, 으, 아아아아아아아아아아아!!"

그 몸에 남은 모든 힘을 쥐어짜서, 여전사가 일직선으로 뛰쳐나갔다.

그녀는 부서진 창날로 후려치는 것처럼, 그 강철의 긴 자루로 검은 옷의 남자를 때렸다.

그것은 당신의 눈에도 반할 것 같은 움직임이었고, 필살의 의지가 담긴 일격이었다.

지금의 그녀가 가진 모든 것을 쏟아낸, 혼신의, 통한의, 회심의 일격.

“어…………?”

그러나 그 일격을, 남자는 피하지 않았다.

아니, 피하지 않은 것처럼, 보였다.

불과 반 걸음이다. 미약하게 몸을 틀었다. 그저 그것만으로, 검은 옷의 남자는 완벽하게 회피한 것이다.

그리고 동시에, 살짝 손에 든 칼의 자루 끝으로 여전사의 명치를 가볍게 찔렀다.

“아, 윽?! 커, 허억……?!”

그저 그것만으로, 메말라 떨어진 잎사귀처럼 여전사의 몸이 날아갔다.

한 번, 두 번, 둔탁한 소리와 함께 그녀는 바닥을 튕기고, 방의 안쪽 벽에 부딪혔다.

내장을 세차게 맞았는지, 그 몸이 경련하며 입에서 피가 섞인 토사물이 흘렀다.

“히, 이, 이……윽, 으으으…… 이, 아…… 아…… 악.”

—살아 있다.

몸부림치는 무참한 소리를 들으며, 당신은 꾹 입술을 깨물었다.

당신은 바닥에 넘어진 여전사 곁으로 달려가고 싶은 다리를 붙들어, 남자와 대치했다.

지금 동료들 중에서 누구보다도 이 적과 가까운 자리에 있는 것은, 당신인 것이다.

자리를 벗어날 수는 없다. 여기서, 일 검—— 아니…….

—벨 수 없다.

벨 수 있다, 는 생각이 안 든다. 그 정도로 검은 옷의 남자는 완벽한 모습이었다.

한 손에 붉은 칼날을 들고, 흐느적 서 있다. 그저 그것뿐. 그럼에도 불구하고…….

—어디를 어떻게 치고 들어가도, 베이는 건 나다.

그렇게, 보이는 것이다.

당신은 그럼에도, 만도의 자루를 쥐었다. 허리를 깊숙하게 낮추고, 일어섰다.

체력은 빈약하고, 승패는 안 보이며, 동료들을 등지고, 그래도 도망칠 수는 없다.

—너는 명인이야. 상대도 명인이다.

문득, 그리운 목소리가 당신의 뇌리에 되살아났다. 이미 두 번 다시 들을 수 없는 목소리였다.

—상대는 명품을 가졌고, 네 손에 있는 건 고철이다.

술 기운에 축 녹아 내린, 그러나 결코 웃지 않는 범의 눈동자가 똑바로 당신을 찌르고 있었다.

—자, 어쩔 거지?

"이야아, 그렇지만 아직은…… 미숙해, 미숙해."

당신이 그 대답을 찾아내는 것보다 빠르게, 공놀이에 질려 내던지는 것처럼 남자의 말이 날아왔다.

검은 옷의 남자는 그 붉은 칼날로, 뭉친 곳을 푸는 것처럼 자기 어깨를 두드리면서 흐느적거리며 움직였다.

그것은 당신들 쪽을 향하는 것이 아니라, 방 안쪽의 중후한 문을 향하는 것이었다.

남자가 손을 들자, 그 문이 소리도 없이 열렸다.

곧장, 고오. 대단히 차가운, 이 세상 것이라고 생각이 안 드는 바람이 방으로 불어 닥쳤다.

"나는 기다리고 있을 테니까 말이지……."

남자는 나락의 가장자리에 손을 댄 채, 마치 잠시 산책이라도 가는 것처럼 당신을 돌아보았다.

"언제든지, 찾아와. 다만, 부디 서두르라고. 그렇지 않으면——."

—세상이 멸망해버릴걸?

그렇게 참으로 유쾌한 기색으로 말을 하고서, 검은 옷의 남자는 심연의 어둠으로 훌쩍 뛰어들어 사라졌다.

열려 있는 문 안쪽에는, 어디로 이어지는지도 모를 암흑이 펴져 있었다.

아니…… 이 나락의 안쪽 깊숙한 곳이 어디로 이어져 있고, 무엇이 기다리고 있는지는 명백했다.

—《죽음의 미궁(던전 오브 더 데드)》.

마력과 살육의 미궁계가, 당신들을 부르고 있었다…….

■작가 후기

안녕하세요, 카규 쿠모입니다!

악명의 태도(다이 카타나) 중권, 재미있으셨나요?

이번 권도 있는 힘껏 노력해서 썼으니, 재미있으셨다면 다행이겠습니다.

자 동료를 모아서 지하 1층, 2층을 답파한 당신들은, 드디어 미궁 안쪽에 도전합니다.

무시무시한 시노비, 기다리는 것은 재앙의 중심(하트 오브 메일스트롬).

철근 같은 윤곽선만 떠오르는, 세계에서 제일 유명한 미궁에서도 한층 더 어려운 난관입니다.

모험기록지에 펜과 주사위를 들고, 준비를 마쳤으면, 자 페이지를 넘겨보게나.

그런데 지금까지 한 번이라도 식사를 하지 않았다면, 여기서 식사를 해도 상관없습니다.

—이렇게 써도, 통하는 사람이 얼마나 있을지는 모르겠지만요.

『고블린 슬레이어』를 읽어주시는 분들은 아시는 것처럼, 세상은 구원을 받습니다.

이것은 세상이 구원받는 것을 알고 있는 여러분이 읽는, 세상을 구하기 위한 모험의 이야기입니다.

당신이 과거에 경험한 모험을 떠올릴 때처럼, 그립다고 생각해주시면 좋겠습니다.

누가 뭐래도, 이건 당신이 영웅이 되는 책이니까요.

그리고 그런 세상을 구한 수많은 모험을, 한 사람이 달성할 수 없었던 것처럼.

이 이야기 또한, 수많은 여러분 덕에 이렇게 여기에 존재하고 있습니다.

편집부 여러분, 영업 유통 출판 판매에 연관되어 주신 여러분.

삽화를 그려주신 lack 선생님, 코미컬라이즈를 담당해주시는 아오키 선생님.

웹판을 정리해주신 블로그 관리인 님. 그 당시부터 응원해주시는 여러분.

함께 놀아주는 친구들, 그리고 무엇보다도 이 책을 손에 집어주신 당신.

『악명의 태도』가 여기 있는 것은, 여러분 덕분입니다. 정말로 고맙습니다.

그러면 다음 권에서는 드디어 최하층. 이 세상에서 가장 깊은 미궁에 도전하게 됩니다.

두려워할 것 없습니다. 당신은 여기까지 도달했으니까요.

악마에게 매료된 자들을 타파한 마궁(魔宮)의 용사들은, 마계를 멸망시키는 것이니까요.

그렇지만 하권까지는 다소 시간이 걸리는 형태가 될지도 모르겠습니다.

그만큼 힘껏 노력할 테니, 부디 또 손에 집어 읽어주시면 좋겠습니다.

그럼 또 봬요.

■역자후기

도-모, 독자-상. 불초 역자입니다. 포스가 함께 하기를 기원합니다.
인사는 중요합니다. 고사기에도 적혀 있다고 합니다.

아마 고블린 슬레이어 시리즈를 꾸준히 애독해주시는 여러분, 그 중에서도 일각에서 재미없기로 정평이 나 있는 역자 후기도 꼼꼼하게 읽어주시는 몇 안 되는 여러분이라면 최근에 역자가 집에서 뭐 하고 있는지 대충 짐작이 가실 겁니다.

……재미는 있어요. 1회차인데도 벌써 플레이 타임이 꽤 됩니다. 일각에서는 악명의 태도(다이 카타나) 2077 따위로 야유를 듣기도 합니다만 해보면 일단 재미는 있습니다. 진짜로……. 재미는 있단 말야.

제대로 완성만 됐었어도…….
그래도 솔직히 추천작입니다. 여러분, 여러 가지 이슈 때문에 마침 가격도 떨어지는 경향입니다. 온라인 플랫폼에서도 아마 시즌마다 세일이 제법 들어갈 것 같아요. 여기저기서 얘기를 들어보면 적어도 1년은 묵혀서 버그를 다 잡은 다음에 해야 한다느니 말하는 사람들이 꽤 있는 것 같습니다만, 그건 뭘 모르는 겁니다.

……심지어 버그 찾기도 재밌어요. 그러니까 버그가 잡히기 전인 지금 해봐야 돼요. 젠장. 진짜로 재미는 있어요.

솔직히 콘솔판 같은 경우는 버그가 너무 심해서 게임 진행조차 어렵다고 합니다만, PC판은 일단 진행 자체가 막히는 수준의 버그는 없거든요. 그러면서 중간중간 이것저것 하다 보면 가끔씩 빵 터지는 버그를 찾을 수 있습니다. 솔직히 처음 보는 장르입니다. 일본 애니메이션 쪽에서 작화, 스토리, 연출 등등이 모조리 죄다 내던졌을 정도였기 때문에 오히려 컬트적인 인기를 얻은 애니메이션 같은 것이 있기는 했습니다만, 그건 저예산에 제작진도 엄청 적었단 말이죠. 이 게임은 예산도 엄청 들어갔고, 그래서 잘 만든 부분은 또 되게 잘 만들었고, 그러면서 버그투성이에다가, 미완성된 부분도 엄청 많아요.

진짜 뭐냐. 이런 거 처음 봐요.

어쨌거나 다방면에서 욕을 먹고 있긴 합니다만, 역자는 꽤 재밌게 하고 있습니다. 일단 1회차로도 150시간은 가뿐하게 넘길 것 같고, 2회차는 1회차에서 안 해봤던 짓들도 해가면서 공략도 보고 아이템 컬렉션도 모으고 해볼 셈이니까 대화를 스킵해가면서 한다고 해도 또 100시간은 넘길 것 같아요. 그 다음은 고민스럽군요. 할 만큼 했으니 묵혀 뒀다가 1년쯤 뒤에 숙성되면 다시 해보는 수도 있고, 2회차에서도 못해본 육성 트리까지 타서 한 100여시간 더 한 다음에 묵혀두는 수가 있겠죠.

고민스럽군요. 그러는 사이에 또 꼭 해보고 싶은 재밌는 게임이 나온다면 모르겠습니다만.

아무튼 여러분, 코로나가 끝날 때까지 모두 조심하시고 건강하게 다시 봬요!

고블린 슬레이어 외전 2 악명의 태도 中

초판 1쇄 발행 2021년 8월 20일

지은이_ Kumo Kagyu
일러스트_ lack
옮긴이_ 박경용

발행인_ 신현호
편집부장_ 윤영천
편집진행_ 김기준 · 김승신 · 원현선 · 권세라
편집디자인_ 양우연
관리 · 영업_ 김민원 · 조인희

펴낸곳_ (주)디앤씨미디어
등록_ 2002년 4월 25일 제20-260호
주소_ 서울시 구로구 디지털로 26길 111 JnK디지털타워 503호
전화_ 02-333-2513(대표)
팩시밀리_ 02-333-2514
이메일_ lnovelpiya@naver.com
L노벨 공식 카페_ http://cafe.naver.com/lnovel11

ISBN 979-11-278-6146-9 04830
ISBN 979-11-278-5578-9 (세트)

값 10,000원